FABBRI EDITORI

Sabrina Grementieri

Esprimi un desiderio

FABBRI
EDITORI

Pubblicato per

FABBRI
EDITORI

da Mondadori Libri S.p.A.

Pubblicato in accordo con Grandi & Associati, Milano

ISBN 978-88-915-8324-6

Prima edizione Fabbri Editori: febbraio 2020
Seconda edizione Fabbri Editori: novembre 2020

Realizzazione editoriale: Netphilo Publishing, Milano

Esprimi un desiderio

"Voglio continuare a essere folle, vivendo la vita nel modo in cui la sogno e non come desiderano gli altri."

Paulo Coelho, *Veronika decide di morire*

1

Una cascata di luce scendeva delicata dal soffitto, accarezzava silenziosa la pelle scoperta delle spalle e scivolava sul parquet di legno. La disposizione dei faretti, così come la tonalità del colore, era studiata apposta per nascondere ogni imperfezione. Attenuava le occhiaie, ammorbidiva le rughe e rendeva la figura riflessa nello specchio quasi fatata.

Era da tempo che Francesca non si lasciava più ingannare da questi sotterfugi. Al suo occhio critico e stanco non sfuggiva il fatto che gli ingranaggi della vita perfetta che si era impegnata a costruire e mantenere avessero smesso di funzionare. In quel momento più che mai.

Era il giorno del suo compleanno. I quarant'anni avevano portato in dono una sensazione di vuoto e un carico di domande a cui non era preparata a rispondere. Le risposte avrebbero richiesto un'analisi troppo scoraggiante di quegli anni, e la responsabilità del vuoto sarebbe stata pesante da sopportare in quel momento. Era sempre stata critica e severa nei propri confronti: se da una parte questo le aveva permesso di migliorarsi, dall'altra non le aveva concesso tregua. Tutta quella durezza era diventata una prigione, in cui era allo stesso tempo ostaggio e secondino.

Non era la prima volta che si ritrovava sola nel giorno del suo compleanno. Gli impegni della famiglia erano sempre venuti prima di ogni altra cosa e non le era mai importato troppo festeggiare quell'anniversario in un altro momento. O non festeggiarlo affatto. Possibile che fosse vera la diceria che i quarant'anni avessero un peso e un significato diversi?

Passò i pollici sotto le spalline dell'impalpabile abito di seta e le fece scivolare lungo le braccia. Appoggiò una mano al petto per fermare il tessuto, che altrimenti sarebbe caduto a terra. Non aveva voglia di osservare il proprio corpo nudo. I seni piccoli, le ossa del bacino sporgenti e le lunghe gambe magre non avrebbero fatto altro che sottolineare la domanda che leggeva negli occhi riflessi nello specchio: chi sei?

Era figlia, sorella, madre e moglie. Ex moglie, in realtà. Ma, tolto questo corollario, chi era veramente?

Esmeralda aveva insistito fino allo sfinimento affinché si affrancasse dal puzzle di regole che si era costruita attorno e uscisse a cena per festeggiare il suo compleanno. Da sola.

«Non posso» aveva protestato.

«E perché? Alla fine sei sola anche a casa, o no?»

Era difficile avere l'ultima parola con lei. Esmeralda De Vittis era da sempre considerata la spina fastidiosa nel fianco della famiglia Capecchi, ricca casata fiorentina di cui la madre di Francesca era, al contrario, una impeccabile rappresentante. Un'infanzia ribelle in un'epoca in cui le donne avevano precisi confini da rispettare, una passione scandalosa per il teatro, due matrimoni e un'intelligenza tagliente: era la prozia scomoda, la sorella della nonna dalla quale tenere le distanze. A settantasette anni aveva ancora la grinta di una classe di adolescenti. Ma sulla cena non l'aveva spuntata. Le aveva regalato però un biglietto per un concerto di pianoforte al quale teneva moltissimo e, nonostante i mille dubbi, alla fine si era decisa. Ed era andata da sola. Aveva ammirato fin da bambina le scelte coraggiose di Esmeralda: il lavoro, i viaggi, le frequentazioni e l'abbigliamento eccentrico. Francesca non poteva essere più diversa. Non amava le luci dei riflettori e l'idea di uscire da sola non l'aveva mai sfiorata. C'era sempre Giulio al suo fianco. Il marito era la metà socievole e carismatica della coppia e lei si era sempre considerata una donna molto fortunata, non aveva bisogno di altro. A volte cenava con qualche amica ma, negli ultimi tempi, complici anche i reciproci impegni, non sentiva più nessuna di loro. Quand'è che aveva iniziato ad accorgersi che qualcosa era andato storto?

Aveva cominciato presto i preparativi per la serata. Si era concessa un lungo bagno caldo per allentare la tensione, poi si era vestita con cura. Arrivato il momento di uscire, aveva aperto e chiuso la porta diverse volte prima di decidersi a varcarla. L'ingresso a teatro era stato altrettanto impegnativo. Una folla di persone eleganti chiacchierava e rideva nella hall; le maschere, ai piedi delle scale, indicavano i corridoi da seguire per raggiungere il proprio posto. Francesca aveva la sensazione che tutti gli occhi fossero puntati su di lei, e non era piacevole. A nulla serviva rimproverarsi tanta agitazione: nel ventunesimo secolo non interessava più a nessuno se uscivi da sola, ma non riusciva a liberarsi del disagio. Aveva raggiunto in fretta il suo posto e solo dopo le prime note si era finalmente rilassata. Amava il pianoforte, l'unico strumento i cui accordi riuscivano a spingersi sottopelle fino ad arrivare a scorrerle nel sangue. Aveva chiuso gli occhi e lasciato che la magia della musica la trascinasse via con sé. Poi si era accorta delle lacrime, che le avevano bagnato le guance e macchiato di gocce rotonde la seta blu dell'abito. Si commuoveva sempre, al suono del pianoforte. Ma detestava farlo in pubblico. Aveva stretto i pugni e si era guardata attorno, preoccupata all'idea che qualcuno si accorgesse della sua solitudine e inadeguatezza. Poi si era alzata ed era uscita quasi di corsa, incespicando sui tacchi mentre raggiungeva l'uscita del teatro.

Distolse gli occhi da quelli severi nello specchio di fronte a lei, e li abbassò sull'abito stropicciato.

Ci aveva provato, a bastarsi. Ciò che per Esmeralda era semplice e naturale, per lei rasentava il masochismo. Doveva prendere le redini della propria vita tra le mani, lo sapeva, e sapeva che non sarebbe stato semplice. L'esordio di sicuro non era stato incoraggiante. Mentre lasciava cadere l'abito a terra, Francesca pensò che probabilmente non ce l'avrebbe fatta. Quarant'anni di compromessi, di accettazione, di regole prima imposte e poi assimilate avevano creato un edificio a prova di terremoto.

Il matrimonio con Giulio era finito già da tempo, anche se le carte della separazione erano state firmate solo pochi mesi prima. Permettere al marito di restare nella loro casa finché non avesse trovato un'altra sistemazione creava solo confusione, rimandando il momento di affrontare la realtà.

I ragazzi erano cresciuti e reclamavano la loro autonomia: avrebbero trascorso l'intera estate lontani da casa, Gaia in un college in Gran Bretagna e Matteo in ritiro con la squadra di canottaggio e poi in vacanza in compagnia degli amici.

La solitudine che fino a quel momento poteva nascondere dietro le necessità della famiglia ora era uscita allo scoperto, più cruda e profonda che mai. Colmarla sembrava un'utopia.

Voltò le spalle allo specchio, frustrata e stanca. Il silenzio della grande casa vuota era opprimente, tanto denso che nemmeno i rumori fuori riuscivano a penetrare.

Spense le luci della cabina armadio e raggiunse il letto a piedi nudi. Avere finalmente del tempo a disposizione per se stessa non era stato quel traguardo di cui tanto si parla:

si sentiva sbattuta fuori dalla realtà rassicurante che l'aveva sempre protetta. E che non dava tempo e spazio a domande scomode e brutali.

Indossò la camicia da notte e si raggomitolò sotto le lenzuola. L'abatjour illuminava la confezione nuova di sonniferi appoggiata sul comodino: li aveva acquistati sotto prescrizione del suo medico, preoccupato per la sua magrezza eccessiva e i frequenti mal di testa. Ma non voleva usarli. Dormiva poche ore, di un sonno intenso e senza sogni. Quando si svegliava, se i pensieri erano troppo pesanti, si alzava e scendeva in cucina, a sperimentare ricette che Giulio non le avrebbe mai permesso di realizzare nel suo ristorante. E, quando il giorno faceva capolino attenuando il nero all'orizzonte, si vestiva e usciva a correre.

Avrebbe fatto così anche questa volta. Come tutti i giorni. La routine era la sua ancora di salvezza.

Mentre si allungava per spegnere la luce, i numeri sulla radiosveglia cambiarono: quattro perfetti zero le annunciarono la fine della giornata. Aveva compiuto quarant'anni e nulla era cambiato.

2

Il ristorante era silenzioso e profumava di bucato e cera per pavimenti. La luce entrava di sbieco dalle vetrate che davano sul vicolo, filtrava attraverso le tende di organza e scivolava morbida sui tavoli e le sedie disposti con cura.

Francesca si aggirava nel locale passando le mani sulle tovaglie candide, sistemando i centrotavola e raccogliendo briciole invisibili dalle sedute.

Arrivava sempre con un po' di anticipo, per godersi il silenzio prima dell'arrivo dei cuochi, dei camerieri e dei fattorini delle consegne. Era un'abitudine che la confortava, momenti di quiete in cui poteva organizzare gli impegni della giornata e assicurarsi che ogni cosa procedesse senza intoppi.

Fuori le strade brulicavano di vita, ma i rumori arrivavano attutiti e rassicuranti. Le prime ventate di estate scendevano dalle colline attorno alla città portando energia e, se possibile, ancor più gente nelle vie di Firenze.

Quella mattina era uscita di casa alle sei, quando ancora la luce fredda dei lampioni tentava di scacciare i primi barlumi del giorno. Era scesa di corsa verso l'Arno, aveva superato il ponte e si era diretta lungo il fiume verso le Cascine. L'aveva costeggiato fino al monumento all'Indiano, era tornata indietro e aveva di nuovo superato il fiume lungo un ponte pedonale. La stanchezza le aveva svuotato la mente, in quel momento concentrata solo sul respiro e l'andatura regolare. L'elegante villetta in cui viveva si trovava a ovest della città, a pochi chilometri dal centro ma già immersa nel verde delle colline e degli ulivi toscani. Quando l'aveva raggiunta, aveva percorso quindici chilometri.

Mentre l'acqua bollente della doccia le rilassava i muscoli, Francesca pensava che sarebbe stato bello fermarsi nella bottega del verduraio e comprare qualcosa di insolito da provare in cucina. Da quando il ristorante aveva conosciuto il successo, non era più lei a occuparsi degli acquisti, e così sfogava il proprio estro culinario tra le mura domestiche. I figli erano i critici più spietati, ma ormai tra loro era un gioco e si divertivano a punzecchiarsi a vicenda. La verità era che spesso l'avevano aiutata a capire dove migliorare.

Ora che i ragazzi non c'erano, anche la voglia di sperimentare si era affievolita. Inoltre Giulio sarebbe rientrato la sera stessa dal suo viaggio a Milano, ed era impensabile fare esperimenti nella sua cucina, per i suoi ospiti.

La sua cucina. Quanti anni erano passati da quando aveva smesso di considerare quell'ambiente la "loro" cucina? C'erano momenti in cui dubitava perfino che fosse accaduto davvero. Aveva conosciuto Giulio quando frequentava la scuola alberghiera. Lui aveva sette anni più di lei, ed era stato invitato dalla scuola per parlare della sua esperienza come chef. Giulio lavorava in un ristorante rinomato e stava facendo carriera in fretta, e Francesca era rimasta affascinata dalla sua abilità, dai modi gentili ma autorevoli e soprattutto dalla sicurezza che mostrava. Era un giovane uomo che aveva le idee chiare su se stesso e le proprie capacità. Tutto il contrario di come si sentiva lei, che aveva dovuto ingaggiare una battaglia epocale con la famiglia per poter frequentare una scuola che gli illustri genitori consideravano "roba da sguatteri". Gli sbocchi nel settore alberghiero non erano all'altezza del nome della famiglia. La madre, Delia, non perdeva occasione per sminuire lei e le sue scelte, e l'insicurezza era ormai una compagna di vita implacabile. Se non fosse stato per Esmeralda, che era stata caparbia nel sostenerla e dura nei litigi con Delia, Francesca avrebbe seguito le imposizioni di famiglia: un liceo rinomato e un'università come si deve.

Durante uno stage nel ristorante dove lavorava Giulio, i due ragazzi si erano innamorati e avevano coltivato il sogno di aprire un posto tutto loro. Non ricordava più quando era stato il momento in cui lei aveva smesso di essere la sua socia in cucina ed era diventata moglie e madre. Avevano anzi deciso che Francesca avrebbe fatto il corso Ais per diventare sommelier, ma dopo aver conseguito il diploma non aveva mai esercitato la professione. Erano anni che Giulio non le permetteva nemmeno di avvicinarsi ai fornelli.

Aveva chiuso con stizza il rubinetto della doccia ed era uscita gocciolante dal box. Non avrebbe permesso che la sensazione di tregua che le aveva concesso la corsa venisse polverizzata dopo nemmeno un'ora. Si era vestita in fretta ed era uscita.

Lo squillo del telefono del ristorante la richiamò alla realtà. Si avvicinò alla reception e sollevò la cornetta.

«Perché non rispondi al cellulare?»

«Non l'ho sentito» sospirò di fronte al tono brusco di Giulio.

«Non rientro questa sera» la informò. «Ho un incontro con alcuni finanziatori per cena e faremo tardi.»

«Come sta andando?»

Giulio era a Milano perché sognava da tempo di aprire un altro ristorante in quella città. Il primo tentativo non era andato a buon fine, e lui incolpava i suoi vecchi soci del fallimento. Con diplomazia Francesca aveva cercato di fargli capire che non era tagliato per mettersi in società con altre persone, ma lui non aveva ascoltato. Come sempre.

«Un sacco di chiacchiere» brontolò. «Ma questa sera dovranno darmi una risposta.»

Francesca tacque. L'uomo al quale aveva dedicato gli anni migliori della sua vita aveva perso il fascino magnetico che l'aveva portata a seguire e supportare tutte le sue scelte. Quando avevano aperto il ristorante, con i soldi prestati da Esmeralda, la sua carriera aveva subito un'impennata prodigiosa. Anche se molti dei piatti più originali erano stati un'invenzione di Francesca, Giulio era riuscito a prendersene tutti i meriti. Era stato anche ospite in un programma televisivo sulla cucina, e questo lo aveva portato a sognare in grande. Il desiderio di espandersi era diventato il suo chiodo fisso.

«Ti mando per mail le prenotazioni per stasera» proseguì Giulio. «Mi raccomando, metti Nejrotti e la sua ultima fiamma nel privée. Il tavolo migliore per il sindaco: è il compleanno della moglie. E...»

Francesca sospirò, lasciando che le parole del marito diventassero un brusio di sottofondo. Sapeva esattamente cosa doveva fare. Lo aveva fatto per anni, stemperando l'irruenza di Giulio e creandogli un'importante rete di contatti e conoscenze. Perché lui si ostinava a ripeterglielo? Anche adesso che avevano assunto un direttore di sala, un altro chef che sapeva farsi da parte quando lui aveva voglia di tornare in cucina e una commercialista per l'amministrazione, lei si preoccupava che tutto fosse oliato alla perfezione come quando era la sola a occuparsene. La sufficienza con cui la trattava era esasperante.

«Mi hai sentito?» sbottò l'uomo di fronte al suo silenzio.

«Naturalmente» replicò drizzando le spalle. «Andrà tutto bene. Ci vediamo domani.»

Negli ultimi tempi ci stava prendendo gusto, a riattaccargli il telefono in faccia. Un piccolo gesto di ribellione, anche per rimarcargli che adesso erano separati.

Il campanello d'ingresso suonò: era arrivata la prima consegna della mattina. Francesca drizzò le spalle e si diresse con passo deciso alla porta. Da quel momento in avanti non si sarebbe accontentata di interrompere la sequela imperiosa di ordini dell'ex marito: lo avrebbe obbligato a trovarsi un appartamento e lasciarla finalmente libera.

3

Francesca osservava compiaciuta il piatto di fiori di zucca alla ricotta salata che Ettore stava preparando: un piatto leggero e saporito, ideale per un pranzo di lavoro in quella bella giornata di primavera. Lo chef spolverò i fiori ripieni con il pangrattato e un pizzico di formaggio e li passò in forno: senza friggerli risultavano molto più leggeri, ma altrettanto gustosi. Poi sollevò gli occhi e la guardò, inarcando un sopracciglio in attesa.

«Mi hai fatto venire fame» gli confidò sorridendo. Lui annuì, le fece l'occhiolino e continuò con la preparazione di altre pietanze.

Ettore era un ottimo chef, ma non era tagliato per l'imprenditoria. Così aveva scelto di lavorare alle dipendenze di altri più capaci di lui nel gestire un'attività. Era un uomo poco loquace e dai modi spicci il quale, dopo essersi scontrato un paio di volte con Giulio, aveva scelto la linea del silenzio. Eseguiva le disposizioni del capo senza fiatare, anche quando non era d'accordo. Però amava assecondare la curiosità di Francesca, e il suo desiderio di sperimentare. Così, quando il titolare non c'era, capitava di sentirlo parlare e vederlo sorridere, divertito dall'entusiasmo della donna.

Francesca non sapeva molto della sua vita privata, benché lavorasse per loro ormai da anni, ma si fidava di lui, che si era sempre dimostrato all'altezza.

«Signora Francesca...» Lisa, la giovane cameriera appena assunta, era entrata in cucina con un vassoio carico di stoviglie da lavare. «La signora Esmeralda chiede di lei.»

Francesca sospirò: sapeva che la donna avrebbe preteso il resoconto della sua serata. Accontentarla dopo che le aveva regalato quel biglietto introvabile era il minimo che potesse fare. Raddrizzò le spalle e sorrise alla ragazza.

«Ha ordinato qualcosa?»

«No, si è appena seduta.»

«D'accordo, ci penso io. Grazie, Lisa.»

Francesca girò attorno al piano di lavoro e afferrò tre fette di pane e le mise a tostare. Poi prese la mozzarella di bufala e le alici del Cantabrico e preparò l'antipasto preferito di Esmeralda: dispose le fette di pane caldo in un piatto, le cosparse di olio aromatizzato al timo, poi adagiò una fetta di mozzarella e due alici su ognuna. Un ricciolo di burro e un rametto di timo per abbellire il piatto ed era pronta per affrontarla.

Ettore la guardò uscire pensieroso: Francesca era come una farfalla rinchiusa in una gabbia di vetro. Il passo leggero con il quale era uscita dalla cucina non aveva niente a che fare con quello affaticato e rassegnato che aveva quando Giulio era nei paraggi. Non capiva la sua ostinazione nel non voler spiccare il volo, ma non si sarebbe immischiato. A quarantacinque anni era ancora scapolo e l'universo femminile gli sembrava ogni giorno più indecifrabile.

Nel frattempo Francesca aveva fatto un cenno al sommelier perché le portasse un calice di Chardonnay e aveva raggiunto Esmeralda al suo posto abituale accanto alla vetrata.

La donna la aspettava con un grande sorriso stampato in volto, le mani ingioiellate posate sul piano del tavolo e un nuovo colore di capelli. Era un personaggio davvero singolare: vestiva abiti ampi e dai colori sgargianti, i capelli cortissimi cambiavano tinta a seconda dell'umore e il viso, solcato da una quantità irrisoria di rughe considerata l'età, era sempre truccato.

«Buongiorno, mia cara!» la salutò quando Francesca si fermò accanto a lei. Poi osservò il suo piatto preferito, il cameriere che versava lo Chardonnay e il sorriso si trasformò in una smorfia carica di sospetto.

«Devi dirmi qualcosa?»

Francesca corrugò la fronte confusa.

«No» rispose.

«Non sei andata al concerto» sentenziò Esmeralda mentre le appoggiava il piatto di fronte. «E ora mi porti il mio antipasto preferito per farti perdonare.»

Francesca trattenne una risata: il ristorante era pieno e lei non desiderava attirare l'attenzione. Ma, mentre si sedeva di fronte alla donna, i suoi occhi brillavano divertiti.

«Certo che ci sono andata.»

«E com'è stato?»

«Intenso. Commovente. Bellissimo.»

«Molto bene.» Esmeralda rilassò le spalle afferrando la forchetta. «Con quale pezzo hanno chiuso?»

«Mi stai facendo il terzo grado?»

Esmeralda sorseggiò con lentezza il vino, poi puntò i suoi occhi chiari in quelli di Francesca.

«Ci sono stata davvero al concerto» sospirò quest'ultima. «Sono solo andata via un po' prima della fine perché non mi sentivo bene.» Abbassò gli occhi per non leggere la delusione della donna e attese i suoi rimproveri. Che non arrivarono.

Quando risollevò lo sguardo Esmeralda si stava gustando le alici.

«Non fare quella faccia» le disse. «Le grandi rivoluzioni mica si fanno in una serata. Sono molto orgogliosa di te. Vedrai che la prossima volta andrà meglio.»

«Io non credo.»

Esmeralda la liquidò con un gesto della mano, poi addentò un altro boccone di pane. «Comunque non sono venuta per farti un interrogatorio. Dovrei chiederti un favore.» Francesca la guardò stupita, ma Esmeralda non le diede il tempo di aprire bocca. «Si tratta della casa in Maremma» esordì. «Te la ricordi?»

«E come potrei dimenticarla?» Francesca appoggiò il mento alla mano, mentre i ricordi si impadronivano di lei. Nella vecchia tenuta adagiata tra i vigneti nel cuore della Maremma toscana, lei e la sorella Caterina avevano trascorso parecchie estati da bambine. Per quanto i loro genitori disapprovassero Esmeralda, i loro frequenti viaggi e soggiorni all'estero li costringevano ad approfittare dell'unica parente disposta a tenere le figlie. «Pensavo l'avessi venduta» confessò, riscuotendosi. «Non ne parli da così tanto tempo.»

«Non ci sono più tornata, dopo la morte di Giorgio» ammise, la voce appena incrinata. Giorgio era stato il suo secondo marito, morto da ormai dodici anni, e l'unico, grande amore della sua vita. «Ho lasciato che una sua nipote ci trascorresse le estati, ma ora anche lei non ci va più.»

Esmeralda tacque, distogliendo lo sguardo. Questo era l'unico argomento in grado di incrinare la sua sicurezza. Sospirò, poi afferrò il bicchiere d'acqua e lo portò alle labbra.

Francesca la osservava, ammirandone i movimenti eleganti e misurati. Era da tempo che aveva abbandonato la carriera teatrale, ma ogni cosa in lei parlava di grazia e passione.

«Non sono ancora pronta per liberarmene» proseguì. «Ma non voglio nemmeno che resti abbandonata a se stessa.»

Il silenzio di Francesca ora era venato di curiosità.

«E siccome ho deciso che per te è arrivato il momento di prenderti una vacanza, ho pensato che potresti trascorrerci un po' di tempo. Farla rivivere.»

«Io?» Francesca si era portata una mano alla bocca dopo essersi accorta di avere alzato la voce.

«E chi altri?» la rimproverò l'anziana donna. «Tu sei l'unica che l'ha amata quanto lui.» La passione di Giorgio per quella tenuta era stata così profonda da contagiare la ragazzina timida che lo seguiva come un'ombra. Le vigne, gli ulivi, i campi di girasole. E poi i cavalli, i cani e il piccolo orto delle erbe aromatiche che avevano iniziato a piantare insieme.

«Ma io non posso andare in...»

«Ma certo che puoi!» la interruppe Esmeralda infastidita. «I ragazzi saranno via tutta l'estate, no?»

«Sì, ma il ristorante...»

«Il ristorante ha un comproprietario che può occuparsene» le fece notare. «Un direttore di sala, tre camerieri e due cuochi. E tu sarai a meno di due ore da qui.»

Esmeralda tacque, sfidandola a contraddirla. Sebbene fosse stata lei ad aver messo a disposizione i soldi per aprire l'attività vent'anni prima, se ne era pentita presto quando si era accorta di quale gabbia era diventata per Francesca. Giulio era uno chef molto bravo, ma per quanto riguardava tutto il resto si era rivelato un pessimo affare. «Anzi» aggiunse, «ora che ci penso due ore di distanza sono troppo poche!»

«Esmeralda, io apprezzo moltissimo il tuo pensiero...»

«Non accetto un no come risposta.»

Francesca sospirò, abbassando gli occhi sulle mani appoggiate al tavolo. C'erano almeno due validi motivi per esaudire la richiesta di Esmeralda. Quella donna era stata il vero punto fermo della sua vita: anche quando non era fisicamente presente, perché impegnata nelle sue tournée teatrali, Francesca sapeva di poter sempre contare su di lei. E l'aveva sostenuta nei momenti più decisivi, come la scelta della scuola che desiderava e l'apertura del ristorante. E poi quel luogo era stato una vera isola felice anche per lei, lontano dai giudizi della madre, dove poteva essere se stessa. Ma accettare era impensabile: con l'arrivo dell'estate al ristorante c'era bisogno della sua presenza, soprattutto con Giulio sempre in viaggio. E poi non era da lei fare una vacanza da sola: era stato difficile uscire per andare a teatro, figurarsi rinchiudersi in un posto che, per quanto bello, era pur sempre sperduto tra le colline.

«Tu sai che farei qualsiasi cosa per te.» Francesca sollevò gli occhi verdi e incrociò quelli color acquamarina dell'altra. «Ma ciò che mi chiedi è davvero difficile da realizzare.»

«Non vorrei offenderti, mia cara, ma nessuno è indispensabile.» Allungò una mano e la appoggiò sul braccio di Francesca. «Il ristorante è in buone mani. Se i ragazzi dovessero avere bisogno sei reperibile in ogni momento. Non c'è niente che ti costringa in città per tutta l'estate.»

«Non posso stare via così tanto tempo!»

«Ti ricordi la vista che si ha dal portico?» proseguì Esmeralda imperterrita. «Le colline che scendono verso il mare, punteggiate dagli ulivi...» L'enfasi nelle parole trasportò Francesca sulla sedia a dondolo da dove, nelle calde serate estive, Giorgio le raccontava le storie di quelle terre. «Il mare non si vede, ma lo senti vicino. E il frinire delle cicale, gli zoccoli dei cavalli lungo la sterrata...» La voce di Esmeralda, modulata da lunghi anni di recitazione, aveva la magia di un incantesimo. «Puoi fare tutto ciò che vuoi: andare a correre tutti i giorni, prenderti cura dell'orto, andare al mare, a cavallo. Credimi, non sarà così terribile stare un po' da sola, lì.»

Chi poteva saperlo meglio di lei? Esmeralda viveva sola da almeno dodici anni. Viaggiava da sola, cenava fuori da sola, andava a teatro e ovunque ne avesse voglia da sola. Aveva moltissimi amici e conoscenti, ma non aveva bisogno di loro per sentirsi libera di muoversi e vivere. Francesca non era mai stata di quello stampo, forte e indipendente: cosa avrebbe potuto fare in una casa disabitata nel cuore della Maremma?

«Non mi aspetto che tu mi dica subito di sì.» Esmeralda le regalò un sorriso affettuoso. «Potrai restare quanto vuoi. Due giorni come due mesi. Ma mi vuoi proprio negare un favore che ti chiedo?»

Francesca si alzò in piedi, sistemò la sedia e guardò Esmeralda con un mezzo sorriso.

«Grazie ancora per il regalo di compleanno.»

«Sciocchezze» la liquidò l'altra. «Pensa alla mia proposta, ma ricordati che le decisioni prese d'istinto sono le più azzeccate.»

Francesca si chinò a baciarle una guancia, poi raggiunse la cassa, dove un paio di clienti stavano aspettando di pagare il conto.

Il lavoro la tenne impegnata fino a tarda sera. Nel frattempo le parole di Esmeralda mettevano radici. I ricordi legati alla tenuta erano i più genuini che avesse. Era lì che si era appassionata alla cucina, scoprendo il suo potere terapeutico. Riempiva i vuoti della solitudine che puntellava la sua vita fiorentina, tra l'assenza dei genitori, la tata severa e la sorellina da accudire. Caterina aveva quattro anni meno di lei e Francesca si era sempre sentita responsabile nei suoi confronti. Ma in Maremma Giorgio ed Esmeralda l'avevano liberata del suo rigido senso del dovere, permettendole, in quei momenti, di essere solo una ragazzina.

Quando finalmente rientrò a casa e si mise a letto, le arrivarono alla mente le immagini di una vecchia dimora in pietra immersa nel verde, il profumo dei fiori e della terra, l'azzurro del mare in lontananza che si fondeva con quello più tenue del cielo, e sentieri in terra battuta sulle colline, e sabbia morbida sotto i piedi nudi, il profumo di salsedine e di pini che impregnava l'aria. Da quanto tempo non si concedeva una vacanza degna di tale definizione? Erano anni che Giulio non le dedicava un po' del suo tempo prezioso, tanto che le vacanze estive le trascorreva sempre sola con i figli.

Avvolta nel silenzio della casa, l'idea di accettare l'invito le sembrò meno assurda. Si sentiva confusa ed eccitata, spaventata e tentata dalla novità.

La razionalità sarebbe giunta puntuale al mattino, insieme alle prime luci dell'alba: avrebbe rifiutato la proposta di Esmeralda e ingoiato il senso di sconfitta a cui si sarebbe condannata.

Ma in quel momento, cullata dal silenzio confortante della notte, lasciò che i pensieri corressero liberi, mescolandosi ai sogni e rendendo le ore notturne finalmente più piacevoli.

4

Francesca riemerse dalle nebbie del sonno con lentezza, acquisendo consapevolezza del proprio corpo a sprazzi. Le palpebre non volevano saperne di aprirsi: si voltò su un fianco immergendo il viso nel cuscino, desiderosa di prolungare l'abbraccio del sonno. Il quale però non collaborava, ma scivolava via lento insieme alle ombre scacciate dal sorgere del sole.

Rotolò sulla schiena e si stiracchiò, poi guardò l'orologio: le sette e mezzo!

Scattò seduta sul letto stropicciandosi il viso con le mani: come aveva potuto dormire così a lungo? Erano anni che non accadeva. Un'occhiata alla confezione di sonniferi le assicurò che il suo era stato un sonno naturale: la scatolina era intonsa, incastrata tra la lampada e il muro come gli altri giorni.

Si mise in piedi a fatica e andò in bagno. Tutte quelle ore di sonno le avevano intorpidito le membra: per come si sentiva, il riposo non sembrava averle fatto così bene.

Si sciacquò la faccia e indossò la vestaglia, poi raggiunse la cucina. Mentre preparava il caffè ricordò le parole di Esmeralda e sorrise: la casa in Maremma. Inspirò a fondo l'odore del caffè che gocciolava nella tazzina e pensò a come dirle che non avrebbe accettato l'offerta. Con i ragazzi lontani avrebbe comunque avuto più tempo libero da dedicare a se stessa anche rimanendo in città, e magari poteva aiutare Giulio a cercarsi finalmente un appartamento: era ora che il suo ex marito levasse le tende. Se all'inizio credeva che la separazione in casa fosse un modo più indolore per affrontare la questione, e il modo giusto per proteggere i ragazzi, ora si rendeva conto che era solo causa di incomprensioni e irritazione. E non era nemmeno riuscita a evitar loro sofferenze.

«C'è una cosa che dobbiamo dirvi» aveva esordito una sera in cui erano tutti e quattro riuniti attorno al tavolo. «Ecco, io e vostro padre ci abbiamo riflettuto a lungo e...»

«Divorziate» aveva concluso Gaia per lei. Francesca era ammutolita, mentre Matteo guardava prima una poi l'altro per capire se fosse uno scherzo.

«Ho ragione?» Gaia fissava la testa del padre, china sul piatto, ma lui era rimasto zitto. Nemmeno una parola.

«È così» era intervenuta Francesca. «Mi dispiace. Ci abbiamo provato ma sono cambiate tante cose... siamo cambiati noi e...»

«Ci hai provato anche tu, babbo?» La voce arrabbiata di Matteo aveva costretto Giulio a sollevare la testa.

«Che domande!» aveva protestato lui. «L'ha detto tua madre, siamo cambiati e non condividiamo più le... cose...»

Francesca aveva appoggiato i gomiti sul tavolo e si era coperta il viso con le mani: in realtà Giulio non aveva fatto nulla per cercare di tenere insieme il matrimonio.

«Il babbo resterà a vivere qui finché non troverà un appartamento» aveva continuato Francesca. «Ci dispiace davvero che le cose siano andate così.» Vent'anni di matrimonio, metà della sua vita, iniziata e conclusa con una firma su un foglio di carta. Non era dispiacere, ciò che lei provava, ma una sensazione devastante di fallimento.

«Ah, quindi per ora non cambia poi tanto» aveva sentenziato Gaia alzandosi da tavola. «Io adesso esco.» Li aveva guardati ancora una volta e poi era sparita dalla cucina.

Matteo aveva fissato gli occhi in quelli della madre, in silenzio. I sensi di colpa la stavano soffocando. Aveva fatto l'impossibile per creare attorno a loro un nido sicuro e amorevole che lei non aveva mai avuto. Anche se il più delle volte si era ritrovata a vestire i panni di entrambi i genitori. E ora quel nido non esisteva più. Poi anche Matteo si era alzato, le si era avvicinato e le aveva posato un bacio sui capelli, dopo di che era uscito. E lei era scoppiata a piangere.

Non poteva pensare di prendere e andarsene proprio in quel periodo della loro vita: i figli avevano in programma di trascorrere l'estate lontani da casa, e Francesca aveva il dovere di ricostruire il nido dopo il terremoto della separazione, e renderlo accogliente per il loro ritorno.

Sorseggiò il caffè bollente con lo sguardo perso fuori dalla finestra della cucina. Il verde dei cipressi nell'angolo del giardino spiccava sullo sfondo azzurro del cielo. La magnolia si stava riempiendo di foglie e il grigio-verde di quelle dell'ulivo al centro del prato ammorbidivano lo scenario fatto di colori forti e decisi. Da lì non poteva vederla ma sapeva che, oltre il muro di cinta del giardino, la vista spaziava sulla cupola del Duomo e sul cuore della città.

Il trillo del cellulare la fece sobbalzare: non le veniva in mente nessuno che potesse chiamarla prima delle dieci del mattino e fu tentata di non rispondere. Ma il buonsenso ebbe la meglio, così raggiunse lo scrittoio nel salotto dove aveva lasciato il telefono la sera prima.

Quando lesse il nome sullo schermo si bloccò: non sarebbe stato un dialogo piacevole. Non lo era mai.

«Ciao, mamma.» Delia Capecchi, la donna che dal primo momento in cui l'aveva messa al mondo non aveva perso occasione per farle pesare la sua presenza. La gravidanza era arrivata prima che diventasse un desiderio e le cose non erano state affatto facili. Quell'esserino bisognoso di affetto non le aveva suscitato alcun istinto materno e, non appena le si era presentata l'occasione, l'aveva lasciata alle cure di una tata e aveva seguito Carlo nei suoi viaggi. Francesca aveva poco più di tre anni quando i coniugi Gori si erano stabiliti all'estero, dove il padre, dirigente di una multinazionale farmaceutica, doveva avviare una nuova sede. L'idea di portare la bimba con loro non era stata nemmeno presa in considerazione: Carlo sapeva che sarebbe stato assorbito dal lavoro ed era certo che la piccola sarebbe stata più serena lontana dalla madre, per un periodo.

«Allora ci sei ancora» brontolò la genitrice. «Ti chiamo per tuo padre.»

«Qualcosa non va?» Francesca si mise subito in allarme. Un paio di anni prima il padre aveva avuto un infarto piuttosto grave, in seguito al quale gli era stato proibito di continuare a viaggiare per lavoro. Aveva resistito un anno in ufficio, poi aveva scelto la pensione. Non si era mai ripreso del tutto da entrambe le cose.

«Va tutto come al solito» stava dicendo Delia. «Tua sorella è partita per il mare con i bambini e sarà via tutto il mese.»

Francesca inspirò a fondo e iniziò a contare. Sentì i battiti del cuore accelerare e l'amaro del caffè bruciarle in gola.

«Come ogni estate» ricordò alla madre, buttando fuori le parole insieme al fiato. Al contrario di quanto era accaduto con lei, la nascita di Caterina era stata accolta con favore. La piccola era nata all'estero, dove i genitori vivevano, e si era mostrata fin da subito una bimba testarda e indipendente. La prima volta che l'aveva vista, Francesca aveva pensato che da quel momento non sarebbe più stata sola.

«Io non posso occuparmi di tuo padre» gracchiò l'altra. «È insopportabile.»

Francesca si passò una mano tra i capelli facendo scorrere le dita fino alla nuca, poi afferrò con forza le punte spettinate fino a farsi male. Non aveva senso ricordarle che aveva lasciato Firenze per trasferirsi accanto alla figlia minore, secondo lei più attenta e comprensiva di fronte alle necessità dei genitori, per poi scoprire che anche la secondogenita aveva la sua vita e i suoi interessi, e non era affatto tagliata per fare la badante a mamma e papà. Non che ce ne fosse davvero bisogno: erano entrambi in buona salute e autosufficienti, ma il rientro forzato in Italia e lo spavento che Carlo Gori si era preso dopo l'infarto li avevano fatti regredire entrambi. Ora pretendevano attenzioni con una caparbietà così infantile da sembrare loro, i figli.

«Mi dispiace» mormorò alla fine.

«I ragazzi sono partiti?»

«Sì.»

«E Giulio dov'è?»

Inutile ricordarle che erano separati. Finché convivevano sotto lo stesso tetto e lavoravano insieme per la madre erano ancora una coppia.

«Rientra stasera.»

«Quindi quest'estate non avrai molto da fare» sentenziò.

«Lo sai che d'estate c'è sempre da fare. E Giulio viaggia molto negli ultimi tempi.»

«Sciocchezze. Che fai tu al ristorante? Se anche ti assenti nessuno se ne accorgerà.»

«E mi dovrei assentare per andare dove?»

«Qui. A occuparti di tuo padre.»

«Cosa?»

Francesca non era riuscita a trattenersi: aveva compiuto quarant'anni – e la genitrice non si era nemmeno degnata di mandarle uno straccio di auguri –, ma Delia continuava a trattarla come una bambina alla quale impartire ordini.

«Cosa ho detto di così terribile?» protestò la madre piccata. «È tuo padre ed è tuo dovere prenderti cura di lui.»

«Mio padre non ha bisogno di una badante» sbottò dopo aver contato fino a dieci. «Gli basterebbe una persona paziente e rispettosa al suo fianco.» Francesca si domandò per l'ennesima volta se la madre si sarebbe mai stancata di sentirsi in obbligo di farle espiare la colpa di essere nata. Lei ci aveva provato in tutti i modi, a farsi accettare. Era stata obbediente, e poi invisibile. Aveva riversato il suo affetto sulla sorellina, lasciando che fosse lei a riempire il vuoto che l'assenza dei genitori aveva radicato in lei. E l'aveva invidiata, per il suo carattere forte e la sua capacità di infischiarsene.

«Non capisco che problema hai» continuò la madre. «Fare niente a Firenze o fare poco qui cosa ti cambierebbe?»

«Posso parlare con papà?»

«Dorme ancora.»

«Allora lo chiamo più tardi» concluse Francesca. «E comunque non verrò da voi. Ho già preso un impegno.» Sapeva di mentire ma, per la prima volta, non si sentì in colpa: in quel momento la proposta di Esmeralda era un'ottima scusa per liberarsi della madre.

«Ma brava» sbottò Delia. «I tuoi comodi prima di tutto, vero?»

«Adesso devo proprio salutarti, mamma.»

Francesca riattaccò prima che l'altra potesse aggiungere qualcosa, poi lanciò il cellulare sul divano.

Non c'era niente e nessuno al mondo in grado di farla uscire di senno più di sua madre. Nemmeno Giulio l'aveva mai esasperata tanto, nemmeno quando le rinfacciava di non avere sufficiente polso per tenere testa a quella donna. Come se lui fosse un uomo di polso.

Aveva rinunciato a cercare di capire perché una donna adulta e coscienziosa come si riteneva non riuscisse a evitare di soffrire di fronte all'acredine della madre. L'unico modo che aveva di sopravviverle era starle più lontana possibile. Le dispiaceva dover rinunciare, per questo, a entrambi i genitori, ma d'altronde anche Carlo Gori non primeggiava in amore paterno. Il più lontana possibile: la proposta di Esmeralda acquistava sempre più fascino.

Francesca sospirò, poi si premette i polpastrelli sul collo per allentare la tensione. Era tardi per andare a correre, ma aveva bisogno di sfogare la frustrazione e riprendere un po' di autocontrollo. Tornò a passo deciso in camera da letto, indossò la tuta da jogging e, con le cuffie nelle orecchie e la musica sparata a tutto volume, uscì.

Una cosa giusta Delia l'aveva detta: la sua presenza in città non era indispensabile. E non lo era da tanto tempo.

5

«Tu ed Esmeralda?» Il tono sarcastico di Giulio, enfatizzato dal sopracciglio inarcato, la indispettì.

«Cosa ci trovi di tanto divertente?»

L'uomo fece spallucce e abbassò gli occhi sulle carte che aveva tra le mani.

Era tardi, il ristorante era chiuso e i dipendenti se n'erano andati. Francesca aveva sistemato le ultime cose, chiuso la cassa e poi si era seduta al tavolo di fronte a Giulio, che stava leggendo dei documenti che si era portato da Milano.

«E comunque andrei da sola.» Giulio non era mai stato nella tenuta di Esmeralda: da quando si erano sposati nemmeno lei ci era più andata. Gliene aveva parlato all'inizio della loro relazione, una vita fa.

«Tu da sola?» Al sarcasmo si era aggiunta la perplessità.

«Perché no?»

«Non sei il tipo.»

L'aveva liquidata con sufficienza, senza degnarla di uno sguardo. Francesca strinse le mani a pugno e abbassò il mento sul petto. Giulio non la credeva capace di mollare tutto per andarsene da sola in una casa sperduta tra le colline: non per egoismo, come le aveva rinfacciato la madre, ma per le sue insicurezze e per il suo senso del dovere. Come dargli torto, del resto? A parte andare a correre, non aveva mai fatto nulla solo per se stessa.

Ora, però, quel giudizio le provocò una stanchezza abissale, e tanta rabbia: essere una persona giudiziosa e dedita al prossimo sembrava essere un difetto, una debolezza.

«Invece penso proprio di andare» concluse alzandosi. Era la seconda volta che lo diceva a voce alta.

Giulio sollevò gli occhi dalle carte, incrociò le braccia appoggiandole al piano del tavolo e la guardò.

«Che ti prende?» Il tono con cui pose la domanda, impregnato di sufficienza, la fece avvampare.

«Non so di cosa stai parlando» replicò, la voce stridula. «Una persona mi ha chiesto un favore e mi fa piacere aiutarla. Tutto qui.»

«Questo l'ho capito» sbuffò l'uomo. Si passò una mano sulla barba, poi la fece scivolare verso il collo, impaziente. «Cosa pensi di fare in un rudere immerso nella natura? Tu sei una donna di città. Come pensi di cavartela da sola?»

«Mi sembra di averti dimostrato che me la so cavare benissimo, da sola.» Francesca allargò le braccia e indicò il ristorante attorno a sé.

«Qui è diverso» la contraddisse spazientito. «E non sei mai stata sola.»

Lei mise le mani sui fianchi e lo guardò, invitandolo a riflettere sulle sue parole. Certo che non era mai stata sola. Da quando erano nati i bambini, occuparsi di loro e del ristorante le aveva riempito le giornate, mentre Giulio era impegnato a curare la propria carriera e correre dietro ai suoi desideri. Ma non avrebbe intavolato quella discussione, non adesso. E anche il marito sembrava pensarla allo stesso modo.

Giulio si alzò a sua volta, radunò le carte e sistemò la sedia sotto al tavolo.

«Sono stanco» borbottò. «Ne parliamo un'altra volta. Adesso voglio andare a casa.»

«Non c'è niente di cui parlare.» Francesca gli voltò le spalle e andò a prendere la borsa che aveva lasciato accanto alla cassa. «Ho già deciso. Il ristorante non ha bisogno di me e poi ci sei tu, no?»

Se non fosse rimasto ammutolito dallo stupore, Giulio avrebbe protestato con veemenza. Che cosa le era successo? Era lui quello dei colpi di testa. La guardò mentre si avviava con passo deciso all'uscita. Le sembrò più magra di quanto ricordasse, il passo più elastico e deciso e le spalle dritte. Quando raggiunse la porta si voltò verso di lui e gli puntò addosso gli occhi: verdi con sfumature dorate, sul viso scavato sembravano ancor più grandi del solito.

«A proposito di casa» lo apostrofò. «È ora che ti trovi un appartamento.»

«Che fretta hai?» sbottò. «La casa è grande e non mi sembra di darti molto fastidio.»

Francesca inclinò il capo in silenzio, senza togliere gli occhi dai suoi. Quando parlò, la sua voce era tagliente come una lama. «Tu hai voluto la separazione. Tu hai deciso di restare fino a che non avessi trovato un'altra sistemazione. Che però non stai cercando. Pretendi di disporre dei nostri spazi e delle nostre vite a tuo piacimento, senza accorgerti che i ragazzi ne soffrono: sono confusi, così non riusciranno mai a capire che non stiamo più insieme. È ora che inizi ad assumerti la responsabilità delle decisioni che prendi. E a gestirne le conseguenze. Io non posso più farlo.»

«Ma che diavolo ti prende?» balbettò Giulio esterrefatto. «Eravamo d'accordo. Sia sulla separazione sia sulla casa e...»

«Hai ragione» lo interruppe. «Eravamo. Non ho cambiato idea sulla separazione, ma sembra che tu l'abbia cambiata sul cercarti un appartamento.»

«Non ho avuto tempo.»

«Ti ho offerto il mio aiuto ma mi hai detto che te ne stavi occupando tu.»

«Devi portare a casa un altro?» L'assurdità delle parole di Giulio la lasciarono senza fiato. Erano già arrivati a quel punto?

Si era promessa di fare qualsiasi cosa affinché il loro rapporto si mantenesse rispettoso. Lo doveva ai ragazzi, e del resto non avrebbero potuto continuare a lavorare insieme senza un minimo di civiltà. Giulio aveva chiesto la separazione perché lei non avrebbe mai avuto il coraggio di farlo, ma non era così cieca da non sapere che il loro matrimonio era già finito da anni. Era rimasto il bisogno reciproco a legarli: lui non sarebbe arrivato dov'era senza la razionalità di Francesca, e lei aveva la necessità di sentirsi utile. Aveva chiuso gli occhi sui suoi tradimenti, le sue debolezze, la sua tracotanza: Giulio aveva sempre fatto ritorno da lei. Fino a quando aveva deciso di interrompere il balletto.

La sua accusa meschina l'aveva ferita. Rispondergli significava accettare di giocare sullo stesso piano. Così gli voltò le spalle e mise una mano sulla maniglia della porta.

«Vado a casa a piedi.» E scomparve.

«Francesca!»

Giulio raggiunse la porta e uscì di corsa nel vicolo.

«Francesca!» gridò. «Non essere sciocca! Sono almeno tre chilometri!»

Lei non rallentò. Continuò a camminare spedita, il rumore dei tacchi che colpivano il selciato rimbalzava tra le mura strette delle case e la luce fioca dei lampioni avvolgeva la sua figura alta e magra rendendone i contorni sempre più indefiniti.

«Francesca!» tentò di nuovo Giulio. Ma la donna aveva raggiunto il fondo del vicolo e aveva svoltato, scomparendo nella notte.

Sbalordito e irritato, Giulio fissò per qualche minuto l'angolo dietro il quale si era eclissata la moglie, aspettando che riapparisse. Non poteva fare sul serio, non la Francesca che conosceva. Ma il tempo passava senza che accadesse nulla. Giulio rientrò, mentre una spiacevole sensazione di smarrimento prendeva il posto dell'irritazione.

6

La strada era uno stretto nastro di asfalto sconnesso che si snodava sinuoso tra le colline. Sulla sinistra un campo arato, punteggiato da qualche albero solitario, digradava verso valle, una peluria verde brillante che spiccava sullo sfondo bruno. A destra un vigneto ordinato seguiva le curve morbide della collina, i tralci non ancora cimati che si allungavano gli uni verso gli altri in una parvenza di abbraccio.

Chiusa nel bozzolo dell'abitacolo dell'auto, con l'unica compagnia del rumore del motore che avanzava piano, Francesca si sentì un'intrusa.

«Sono sicura che starai benissimo» le aveva assicurato Esmeralda prima della partenza. «L'atmosfera di quel posto ti ha sempre fatto bene da bambina.»

Aveva voluto crederle. Era vero che il tempo trascorso nella tenuta le era sempre sembrato di una perfezione quasi fiabesca. Ma allora aveva poco più di dieci anni e un inesauribile bisogno di sentirsi una ragazzina spensierata. Non aveva più memoria di quella bimba e adesso, mentre macinava chilometri, i dubbi sulla sensatezza della sua decisione presero il sopravvento.

Eppure il paesaggio attorno a lei era di una bellezza rassicurante. Si era lasciata la frazione di Montiano alle spalle, poche case arroccate su una altura che dominava la valle. Di fronte a lei la linea dell'orizzonte era movimentata da un susseguirsi di colline stemperate dalla foschia, oltre le quali c'era il mare, lo sapeva. Tutt'attorno terra ondulata a perdita d'occhio, dove le sfumature di verde primaverile si mescolavano al marrone della terra e degli steccati in legno, a quello più chiaro delle pietre dei casali, al rosso dei papaveri e al giallo brillante di iperico e tarassaco che punteggiavano le zone incolte.

La voce fredda del navigatore la riportò alla realtà: stava per arrivare a destinazione. Scrutò perplessa fuori dal parabrezza, ma non vedeva alcuna casa. Solo la strada che saliva verso il cielo e oltre le cime di alcuni cipressi.

Raggiunta la sommità della collinetta una curva brusca a sinistra terminava in uno spiazzo all'ombra di un boschetto di querce. Di fronte a lei, avvolta dall'abbraccio di un'imponente pianta di vite, si ergeva una costruzione in pietra a due piani, dalla forma solida e squadrata.

Francesca frenò bruscamente, colta di sorpresa. I ricordi la travolsero come una cascata, lasciandola senza fiato. Erano trascorsi più di vent'anni dall'ultima volta che era stata lì, ma in quel momento le sembrarono solo una manciata di giorni. Lasciò correre lo sguardo sull'edificio: si sviluppava su due piani, un portico sul lato sinistro ricoperto di coppi rossi che poggiavano su quattro robusti pali di legno. Di fronte a lei, sotto una fila di finestre rettangolari con gli scuri chiusi, un pergolato dall'apparenza instabile faceva ombra a un portoncino di legno scuro. Tutt'attorno prato, piante di ginestre, rosmarino e salvia, e altre specie che non riconosceva.

Accostò l'auto alle querce e spense il motore: il silenzio dilagò attorno a lei come l'acqua liberata da una diga. Francesca trattenne il fiato, le mani strette al volante e la schiena premuta contro il sedile. Aveva toccato con mano cos'era la felicità in quella tenuta. A dispetto della solitudine, del senso di inadeguatezza e della tensione costante in cui viveva quando era con i genitori, lì era riuscita a liberarsene. Accanto a Esmeralda e Giorgio, che trattavano lei e la sorella come le figlie che non avevano mai avuto, era stata una ragazzina felice. Adesso, però, questa consapevolezza non l'aiutava, era passato troppo tempo tra lei e quella bambina. E i pochi sprazzi di serenità non erano riusciti a cambiare il corso della sua vita. Anche con Giulio aveva rincorso una spensieratezza che in realtà si era rivelata troppo superficiale: ogni passo che aveva compiuto era stato sempre ben ponderato, razionalizzato, niente era lasciato all'istinto.

Era ancora in tempo ad andarsene: mise la mano sulla chiave inserita nel quadro e premette il piede sul pedale della frizione. Poi rivide lo sguardo scettico di Giulio che la seguiva per casa mentre preparava i bagagli, e sentì la voce stridula della madre emettere sentenze implacabili: ritrasse la mano dalla chiave e aprì con decisione la portiera dell'auto.

Poteva almeno provarci, a restare un po'. Senza illusioni o aspettative. Lo doveva a Esmeralda, convinta che l'altra donna sepolta dentro di lei si meritasse un'opportunità. Esmeralda era così: anche quando non si vedevano per lunghi periodi, ricompariva nei momenti più impensati per assestarle metaforici calci nel sedere, per ricordarle quanto valesse e infierire in modo colorito sulle persone che le erano accanto. Era una vera amica, anche se tra loro c'erano un legame di parentela e quasi quarant'anni di differenza.

Fece scattare la chiusura dell'auto, più per abitudine che per necessità, e si avviò lungo un breve vialetto di ghiaia bianca che conduceva all'abitazione.

Il silenzio dal quale si era sentita travolta non era davvero tale. Una brezza leggera faceva sussurrare le foglie sulle cime degli alberi, il cinguettio degli uccelli tra i rami si propagava nell'aria limpido e allegro. E poi scricchiolii, tonfi, e il battito accelerato del cuore che rimbombava nelle orecchie.

Non riusciva a credere di essere lì. Si sentiva stordita dai ricordi, confusa dal mescolarsi di passato e presente. Era l'emozione il sentimento che, più di tutto, la sbalordiva. Da quanto tempo non si sentiva così?

Inspirò a fondo e mosse qualche passo sotto il pergolato: il profumo dei fiori bianchi di gelsomino che lo ricoprivano era dolce e intenso e Francesca sollevò gli occhi al soffitto per ammirarne la fioritura. Poi voltò le spalle al portone d'ingresso e osservò il giardino. Era circondata da cespugli, erbe aromatiche, alberi e fiori di campo che crescevano ovunque senza un ordine apparente. Di fronte al portico sulla sua destra il terreno digradava bruscamente: una recinzione fatta di bastoni di legno separava il prato dalla parte più ripida e oltre lo sguardo spaziava su campi e colline. La vista era strepitosa. Avrebbe avuto tempo per godersi i dintorni, ma ora la curiosità di rivedere l'interno della vecchia dimora fu più forte. Si avvicinò alla porta con le chiavi strette in pugno e ne provò alcune prima di individuare quella giusta. Ruotò senza problemi la serratura e, con una leggera spinta, la porta si aprì.

L'interno era avvolto nella penombra. C'era odore di chiuso e di cenere, anche se il pavimento pulito indicava che qualcuno c'era stato di recente. Esmeralda le aveva detto di aver fatto sistemare tutto prima del suo arrivo.

Lasciando la porta d'ingresso aperta, fece qualche passo avanti. Si trovava in un'anticamera quadrata, non più di due metri per due. Di fronte a lei una scala con gradini sconnessi in pietra portava al piano superiore. Sbirciò alla sua destra e, con la luce che proveniva da dietro le spalle, intravide la sala da pranzo: la sagoma del camino in pietra, il lungo tavolo rettangolare al centro e poco altro. Alla sua sinistra si trovava la cucina. Una delle finestre non era chiusa con le imposte e i raggi del sole che attraversavano il vetro illuminavano il pulviscolo sospeso nell'aria. Entrò nella stanza e trattenne il fiato, mentre una sensazione rassicurante si impadronì di lei. Quell'ambiente era stato il cuore della casa e rivederlo la commosse. Di fronte a lei c'era un imponente tavolo in travi di legno sbiancate con attorno sei sedie spaiate di diversi colori pastello. La cucina correva su due lati, uno dei quali era quello della finestra senza scuri, la cui vista spaziava sulla valle e le colline lontane. Il lavandino era in pietra chiara e sul piano di lavoro c'erano barattoli di tutte le forme e materiali, quasi che fosse stata abitata fino al giorno prima. Sull'altro lato il camino sembrava in attesa di riprendere vita. Al suo fianco, la vecchia credenza in noce, che riprendeva il colore scuro delle travi del soffitto.

Era la cucina dei suoi sogni, quella che Giulio non le aveva permesso di realizzare, preferendo ai toni pastello, alla pietra e al legno il vetro e l'acciaio.

Chiuse gli occhi e riprese fiato, mentre un sorriso le apparve agli angoli della bocca. Era incredibile ma, per un attimo, Francesca si era sentita di nuovo a casa.

7

Era appoggiata allo stipite della porta di una delle camere al pianoterra, una tazza di latte macchiato tra le mani e gli occhi fissi sui suoi abiti distesi sul letto.

Il pomeriggio precedente, dopo avere esplorato casa e cortile, si era decisa a disfare le valigie. La casa era grande, il piano superiore era un appartamento autonomo a tutti gli effetti, con una cucina, il salotto, uno studio e due grandi camere da letto. Ma lei aveva preferito sistemarsi al pianoterra, nella stanza con le travi in legno e il pavimento in mattonelle di cotto rosso fatte a mano in cui dormiva da bambina. Aveva una portafinestra che dava sul cortile posteriore, dalla quale Francesca usciva di notte per ammirare le stelle, e che usava per fare entrare di nascosto Rufus, il cane maremmano di Giorgio. Il ricordo di Rufus le strappò un sorriso: quel cane era il doppio di lei e quando saltava sul letto la faceva rimbalzare rischiando ogni volta di farla cadere. I rimproveri di Esmeralda non erano serviti a tenerlo lontano dalla sua stanza: lei lo adorava e Rufus era molto protettivo nei suoi confronti. Il sorriso scomparve al pensiero dell'avversione del marito per gli animali domestici: per quanto, anni prima, i figli lo avessero supplicato di prendere un cane, Giulio era stato irremovibile.

Francesca concentrò di nuovo l'attenzione sugli abiti: era sicura di aver preso cose comode e pratiche ma adesso, guardando i pantaloni dal taglio elegante, le camicette e le décolleté, si sentì fuori posto. Possibile che il suo guardaroba fiorentino non prendesse in considerazione niente di meno formale? Jeans, magliette, gonne lunghe e ampie: da quanto tempo non indossava più capi del genere?

Bevve un sorso del latte ormai tiepido e sospirò. Avrebbe dovuto rifare il guardaroba, se avesse deciso di restare. Ma non era affatto convinta che avrebbe resistito. Non si sentiva a proprio agio da sola. Non aveva mai avuto l'esigenza di ritagliarsi degli spazi soltanto suoi. La sua vita l'appagava così com'era e le insinuazioni di Esmeralda sull'egoismo di Giulio e sulla gabbia dorata dentro la quale si era rinchiusa non avevano scalfito le sue convinzioni. Se solo avesse riflettuto meglio sulle parole dell'amica, prima che Giulio si stancasse del loro matrimonio, prima che i figli uscissero dal nido e il vuoto diventasse presenza…

Voltò le spalle a quegli abiti così inadatti che facevano da specchio a come si sentiva e andò in cucina. Posò la tazza nel lavello, poi ci si appoggiò con le mani, lasciando scorrere lo sguardo fuori dalla finestra. Tutto quello spazio e quel silenzio lasciavano entrare pensieri non invitati e scuotevano con insistenza le fondamenta già fragili della sua vita. La costringevano a mettere in discussione molte delle sue scelte, a vedere il suo matrimonio, soprattutto negli ultimi anni, con l'occhio critico di un estraneo. Solo se pensava ai ragazzi i dubbi, in parte, si dissolvevano. Con loro era sicura di avere fatto un buon lavoro, e questo valeva di certo la dedizione totale che aveva rivolto loro. Non era stato così con Giulio. Al contrario, sembrava che tanta abnegazione lo avesse indotto a cercare stimoli altrove.

Francesca lasciò che la bellezza della natura fuori dalla stanza catturasse la sua attenzione. I raggi del sole filtravano tra le foglie degli alberi e sfioravano con delicatezza i fiori selvatici tra l'erba. Il fianco della collina di fronte a lei era punteggiato di ulivi, le cui foglie verde-argento sembravano brillare al sole. Aveva voglia di vedere il mare. L'improvvisa urgenza del suo desiderio la stupì.

Doveva reagire. Vagare da una stanza all'altra con l'unica compagnia dei suoi pensieri non faceva che renderla più malinconica. Sciacquò la tazza e si asciugò le mani, poi fece per dirigersi verso la porta quando il cellulare appoggiato al tavolo squillò.

«Buongiorno!» esclamò allegra Esmeralda quando lei rispose. «Sei ancora lì, mi auguro.»

«Buongiorno anche a te.» Il tono vivace dell'amica sembrò ravvivare l'atmosfera della stanza. «Sì, sono qui.»

«Bene.» Era sollievo ciò che aveva sentito nella sua voce? «Cosa fai di bello?»

«Al momento, niente.»

«È sempre un buon inizio. Quando mai hai fatto "niente" tu?»

«Non sono abituata...» Francesca sorrise suo malgrado.

«Sei lì per imparare a farlo. L'ozio è un modo di prendersi cura di sé.»

«Speravo fosse più...» Si interruppe, cercando la parola giusta. «... Rilassante.»

La risata di Esmeralda esplose nel silenzio della cucina quasi lei fosse lì in carne e ossa.

«Ci vuole tempo» le disse. «Concediteli.»

«Grazie, Esmeralda. Non so proprio cosa farei senza di te.» Francesca stava sorridendo.

«Lo so, cara. Il modo migliore per ringraziarmi è smetterla con il tuo tipico atteggiamento autolesionista. Un po' di sano egoismo non può che farti bene.»

«Se lo dici tu...»
«Ma certo che lo dico io! E vedrai che ho ragione. Sei andata a correre?»
«Non ancora.»
«Allora ti lascio» concluse Esmeralda. «E non avere fretta di tornare.»
«Non sono sicura che...»
«Ciao, cara!» Esmeralda riattaccò prima di lasciarla finire. Di nuovo, Francesca sorrise. Sarebbe andata a correre, almeno per un paio d'ore avrebbe staccato la spina a tutto quel rimuginare.
Fece per uscire dalla cucina quando sentì il rumore di un'auto nello spiazzo di fianco a casa. Allungò il collo per sbirciare dalla finestra ma, a parte il muso ammaccato di un vecchio fuoristrada, non vide altro.
Si passò le mani tra i capelli cercando di dare loro una parvenza di ordine, poi osservò il proprio riflesso nello specchio della credenza. All'ultimo minuto aveva infilato in valigia una vecchia tuta della figlia, logora e sformata, con la sigla blu Nypd che spiccava sul fondo chiaro: era comoda e pratica, ma mai al mondo avrebbe voluto farsi vedere così infagottata.
Il tempo di cambiarsi non c'era, sempre che l'intruso fosse lì proprio per lei, quindi sospirò e si avviò alla porta: forse anche questo era un modo per cambiare, essere arruffata e disordinata.
Il rumore dei sassi del vialetto calpestati confermò che aveva visite: afferrò la maniglia, drizzò le spalle, inspirò a fondo e aprì.
La porta si spalancò di slancio, rischiando di farla cadere a terra.
«Ma cosa...»
Una massa confusa, che terminava con una lunga coda di pelo bianco, scomparve in cucina prima che facesse in tempo a vederla per intero.
«Ehi!» esclamò allarmata.

«È abituato a entrare in casa.» La voce rauca dell'uomo che si era materializzato sulla porta la fece sobbalzare. «Il cane» ribadì lo sconosciuto di fronte al suo silenzio.

«Sì, certo» balbettò confusa. «Lei sarebbe?»

«Il suo vicino di casa.»

Sentiva le unghie del cane picchiettare sul pavimento in pietra della cucina mentre lei osservava il suo ospite. Doveva avere una sessantina d'anni, i capelli brizzolati e folti incorniciavano un volto dalle rughe marcate, gli occhi scuri e sospettosi che la osservavano sfacciati.

«Io sono un'amica di Esmeralda...» Il dubbio di conoscerlo si insinuò nella sua mente.

«Lo so.» Lapidario.

«Ci conosciamo?»

«Sono Fedo.»

L'amico scorbutico del marito di Esmeralda, ecco chi era. Non l'avrebbe riconosciuto, se non le avesse detto il nome: le era rimasto impresso già da bambina. Quello e il suo carattere indisponente.

«Posso fare qualcosa per lei?»

«No.»

Francesca ingoiò il desiderio di rispondergli per le rime. A quanto pare non era affatto cambiato.

«Bene» replicò. «Se vuole richiamare il suo cane, io avrei delle cose da fare.»

Senza toglierle gli occhi di dosso, l'uomo emise un fischio basso e prolungato e, prima ancora che terminasse, il cane era seduto ai suoi piedi.

«Grazie per la visita signor...»

«Fedo» la interruppe. «Senza signore. Solo Fedo.»

Francesca, al limite dell'esasperazione, fece per richiudere la porta. «Allora buona giornata... Fedo.»

«Io lavoro qui in giro.» L'uomo sputò fuori le parole quasi gli bruciassero in bocca. Francesca lo guardò in silenzio. «Se ha bisogno...» proseguì, visibilmente indispettito per lo sforzo che gli costava la conversazione.

Lo avrebbe ringraziato se non fosse che la situazione le suonava completamente surreale. Per quale motivo avrebbe dovuto avere bisogno di un uomo che la stava guardando come se fosse la più grande scocciatura apparsa sulla sua strada? Per non parlare del suo cane, un orso dal pelo bianco che la stava studiando come se fosse un pezzo di carne cruda. Fedo la metteva a disagio e dubitava che si sarebbe potuta rivolgere a lui per qualcosa.

«Ho tutto ciò che mi serve, qui, e comunque non mi fermerò a lungo...» disse alla fine. «Grazie per essere passato.»

«Bene.» Fedo fece un lieve cenno con la testa, poi le voltò le spalle e, invece di tornare alla macchina, si diresse con passo deciso sul retro della casa.

«Dove sta andando?» esclamò Francesca uscendo sotto il pergolato.

«Ad annaffiare l'orto» borbottò lui senza fermarsi. «Le ho detto che lavoro qui, no?» Furono le ultime parole che udì prima che l'uomo scomparisse oltre un'alta siepe di alloro.

L'ovale quasi perfetto della sua bocca, aperta in una muta esclamazione di protesta, esprimeva tutto il suo sbalordimento. Avrebbe dovuto sentirsi indispettita per il comportamento villano dell'uomo, ma non riusciva a pensare ad altro se non che era lei l'intrusa tra quelle colline e quei silenzi.

Abbassò gli occhi sui piedi che calzavano le infradito, e sulla tuta sformata che l'avvolgeva, e pensò che doveva essergli sembrata una pazza. Lei stessa non si sentiva del tutto sana di mente in quel momento: come aveva potuto abbandonare la sua casa e i suoi doveri? Per fare cosa poi?

Desiderare più di quanto si potesse essere era frustrante, inutile e presuntuoso.

Sarebbe tornata a casa, l'unico posto dove forse non era troppo felice, ma era di utilità a qualcuno. Compiere quarant'anni l'aveva resa inquieta, era comprensibile, ma si trattava solo di una fase. Avrebbe detto questo a Esmeralda, quando gli occhi chiari dell'amica l'avessero guardata delusi.

Voltò le spalle alla siepe, all'orto e a quel contadino villano e si diresse dentro casa a passo di marcia. Avrebbe fatto subito le valigie e sarebbe tornata a Firenze prima di mezzogiorno.

Si fermò nell'ingresso in penombra, dopo aver chiuso la porta dietro di sé. La casa era fresca e silenziosa, i vecchi muri in pietra erano profondi e tenevano fuori il mondo e tutte le sue complicazioni. Un vago profumo di caffè aleggiava ancora nell'aria e si mescolava all'odore di cera, cenere e legno vecchio. Per quanto si sforzasse di essere ragionevole, l'atmosfera della casa l'aveva avvolta e rassicurata fin dal primo momento. Sospirò, stringendo le mani a pugno e conficcandosi le unghie nei palmi. Non riusciva a riflettere con lucidità, ogni pensiero razionale sembrava avere un degno avversario in grado di distruggerlo.

Fece qualche passo verso la cucina, i colori pastello riscaldati dalla luce del sole che filtrava obliqua dalle finestre, il mazzo di lavanda raccolto all'alba che giaceva sul tavolo al centro della stanza, il lilla dei fiori che spiccava sul bianco del piano e profumava l'ambiente.

Si sarebbe preparata un altro caffè. Poi sarebbe andata a correre.

8

Correre tra le colline, lungo carreggiate in terra battuta, non aveva nulla a che vedere con la corsa in città. Il rumore cadenzato dei suoi passi, il respiro, l'abbaiare di un cane in lontananza, il fruscio del vento: si era talmente abbandonata da smarrire la strada.

Quando finalmente era rientrata, aveva il fiatone e l'acido lattico le bruciava i quadricipiti. Aveva fatto un po' di allungamenti sul prato di fronte al pergolato, avvolta dal profumo dei fiori di gelsomino baciati dal sole. Poi aveva lasciato spaziare lo sguardo attorno a sé, e solo allora si era accorta che il fuoristrada di Fedo non c'era più. Sospirò di sollievo, poi si liberò della fascia che le tratteneva i corti capelli castani. Dopo la corsa si sentiva sempre bene: con il sudore si era liberata del peso dei pensieri e tutto assumeva una luce differente. A Firenze quella sensazione di pace e ottimismo non aveva lunga durata, ma forse tra quelle colline profumate sì.

Avrebbe fatto una doccia e poi sarebbe andata a dare un'occhiata all'orto: nelle sue perlustrazioni del giorno precedente non lo aveva visto perché si era limitata al cortile attorno all'edificio. In realtà non credeva nemmeno che in una casa disabitata ci fosse qualcuno che si prendesse la briga di coltivare un orto.

La curiosità, però, ebbe la meglio e, invece di dirigersi alla porta d'ingresso, svoltò l'angolo e si avviò verso la siepe d'alloro oltre la quale era scomparso Fedo. Le piante erano alte almeno due metri, le foglie di un verde intenso erano tanto fitte da creare un vero e proprio muro di separazione. Quando lo oltrepassò, Francesca si ritrovò in un ampio spiazzo ghiaiato sul quale si affacciavano alcuni edifici di servizio: un fienile chiuso su tre lati, con all'interno alcune balle di fieno e attrezzi da giardino, una tettoia in legno adibita con ogni probabilità a riparo per le auto e un'altra costruzione, sempre in legno, che sembrava una stalla per cavalli. Adesso era vuota, i bastoni che fungevano da porta erano appoggiati a terra e all'interno il terreno era secco e calpestato.

Si guardò attorno alla ricerca dell'orto e individuò un cancello di legno oltre il quale il terreno digradava scomparendo alla vista. Lo raggiunse e, non appena lo superò, si accorse che l'aria era impregnata di profumi resi intensi dal calore del sole. Quando i suoi occhi si posarono sul responsabile di quegli odori, lo stupore le fece trattenere il fiato: era il giardino delle erbe aromatiche che Giorgio aveva iniziato a coltivare più di trent'anni prima. Lei lo aveva aiutato a interrare le prime piantine, a realizzare il recinto che lo delimitasse. Le aveva insegnato a distinguere le erbe, i tempi di semina e raccolto, e come utilizzarle in cucina. In quel rettangolo di terra erano rinchiusi ricordi indelebili. Negli anni il giardino era cresciuto: la recinzione era più robusta, c'era una casetta in legno sul fondo, con i girasoli che svettavano su un fianco e, sotto un piccolo portico, una sedia a dondolo e cesti di tutte le forme. File ordinate di erbe aromatiche si alternavano rigogliose: lavanda, salvia, rosmarino, melissa, timo, iperico e tante altre di cui non conosceva nemmeno il nome si crogiolavano al sole sul fianco della collina, mentre api, farfalle e altri piccoli insetti riempivano il silenzio con un brusio costante.

Francesca si portò le mani al volto, emozionata. L'amore che le aveva trasmesso Giorgio per le erbe aromatiche se lo era portato a Firenze e, quando si era sposata e aveva avuto una casa tutta sua, per quanto piccola, aveva ripreso a coltivarle: in fondo al giardino, nei vasi sui davanzali delle finestre, ovunque trovasse un po' di spazio soleggiato. Nulla a confronto di quel paradiso, un'oasi di pace che esprimeva cura e passione. L'immagine strideva con quella dell'uomo che si era presentato alla sua porta. L'ordine del giardino era quasi maniacale: non c'erano erbacce attorno alle piantine, i sentieri erano fatti con lastre di pietra serena affondate in un mare di sassolini bianchi. Un tubo per l'irrigazione, che collegava tutte le fila, era disposto in modo da sembrare invisibile.

Perché mantenere intatto un luogo del genere? Giorgio era mancato dodici anni prima e, da allora, Esmeralda non vi aveva più messo piede. Non era un "orto" qualsiasi, come l'aveva definito Fedo in modo sbrigativo. Era un gesto d'amore, un simbolo di sensibilità, empatia, passione.

Si inginocchiò accanto a una pianta di melissa, sfiorò le foglioline setose e si portò i polpastrelli al naso, inspirandone l'aroma. C'era da ubriacarsi in mezzo a quei profumi e Francesca inalò a fondo, chiudendo gli occhi e sollevando il viso verso il cielo. Per la prima volta si sentì in pace, con se stessa e con il mondo attorno. Trattenne il respiro, timorosa che quella sensazione potesse volatilizzarsi al minimo movimento. Era così nuova, travolgente, leggera: era davvero possibile che fosse reale?

Come se una nube avesse all'improvviso oscurato il sole, un brivido freddo le scivolò tra le scapole ancora accaldate dalla corsa.

Francesca si riscosse e si sollevò in piedi, si pulì le ginocchia e si guardò attorno, confusa. Il sole brillava in un cielo libero da nuvole, una leggera foschia rendeva incerti i confini delle colline in lontananza e l'aria era sempre più calda.

Si allontanò dal giardino senza fermarsi, fin quando raggiunse la porta di casa. Infilò la chiave nella toppa ed entrò, poi si fermò perplessa. Fece due passi indietro e vide, ai lati della porta, due ceste piene di legna per il camino. Era sicura che non ci fossero, quando era rientrata dalla corsa. Sollevò gli occhi verso lo spiazzo dove c'era solo la sua auto: forse Fedo era tornato e lei non l'aveva sentito. Ma perché lasciarle la legna? La temperatura era così piacevole e, anche se in casa faceva più fresco, non le sembrava la stagione per accendere il fuoco. Alzò gli occhi al cielo ma non c'erano nubi che minacciassero un cambiamento del tempo. Scrollò la testa e rinunciò a capire. Fedo e la sua scontrosità non rientravano nella lunga lista dei suoi problemi e non aveva intenzione di lasciargli alcuno spazio.

Avrebbe fatto la doccia e poi sarebbe andata a fare la spesa. Aveva portato con sé poche provviste e il frigo vuoto le aveva sempre trasmesso una sensazione di trascuratezza. Anche se era da sola, non avrebbe rinunciato al piacere di cucinare. Magari sperimentare qualcosa di nuovo, con qualcuna delle meravigliose erbe aromatiche che aveva ammirato nel giardino.

Quando si voltò per rientrare vide l'ennesima sorpresa: sul davanzale della finestra accanto alla porta c'era una tortiera ricoperta da un telo a scacchi. Sollevò un lembo e vide una crostata alla marmellata ancora tiepida, che profumava di vaniglia e cannella. Non poteva credere che anche quella fosse opera di Fedo. Doveva chiamare Esmeralda e farsi raccontare qualcosa dei suoi vicini, aveva ricordi troppo vaghi di quelle persone.

9

Riccardo scese da cavallo con un movimento fluido ed elegante, gli accarezzò il muso, poi entrò in casa sbattendo gli stivali sullo zerbino di fronte all'ingresso. Raggiunse la madre in cucina, la stanza in cui trascorreva la maggior parte del suo tempo, e si appoggiò allo stipite della porta a guardarla mentre controllava la cottura della crostata che aveva appena estratto dal forno.

«Ti ho detto di non portare quel bestione davanti a casa» brontolò.

Riccardo sorrise e raggiunse il tavolo avvicinando il viso al dolce per annusarne l'intenso aroma di vaniglia e cannella.

«Ehi!» La madre lo allontanò colpendolo con un cucchiaio di legno. «Questa non è per te.»

«Per chi sarebbe, stavolta?»

Tosca gli sorrise orgogliosa. Amava cucinare, soprattutto preparare torte e dolci che regalava e vendeva ad amici e a tutti coloro che glielo chiedevano. «È per l'ospite della signora Esmeralda. Un pensiero di benvenuto.»

Qualche giorno prima la madre lo aveva informato che una donna sarebbe venuta a stare nella tenuta che i genitori curavano da anni. Era una delle nipoti di Esmeralda, che quando era bambina aveva trascorso qualche estate lì, ma di lei Riccardo non serbava alcun ricordo. Tosca aveva provato a ipotizzare quali fossero le ragioni che l'avessero riportata lì dopo tanti anni, ma Riccardo non le aveva dato corda. La cosa non lo riguardava e, soprattutto, voleva evitare che la madre si sentisse autorizzata a spingerlo a fare nuove conoscenze. Da quando aveva lasciato Roma, lei temeva che il figlio si isolasse e restasse solo. Cosa che, invece, Riccardo desiderava con ostinazione.

«Devi portarle anche un po' di legna per il camino» continuò Tosca mentre copriva la crostata con una garza sottile e l'appoggiava al davanzale per farla raffreddare.

«Io?»

«E chi sennò? Io devo preparare il pranzo, e poi mi hanno ordinato dei biscotti.»

«Ma il babbo non è andato là questa mattina?»

«La crostata non era pronta.»

Riccardo sospirò. Era tornato a casa dai suoi dopo essersi separato dalla moglie, quando ormai la vita in città aveva perso il suo fascino e la nostalgia della sua terra e dei suoi cavalli lo aveva travolto. Il padre poi aveva bisogno di una mano nella gestione della fattoria, che negli ultimi anni stava scivolando lenta verso il declino. Era stato un cambiamento necessario, ma non era più abituato a quella convivenza.

«E la legna? A che le serve?»

«La casa sarà fredda» gli fece notare la madre. «Non vorrai che si ammali!»

«Mi sembra uno scrupolo eccessivo...» Riccardo raggiunse la macchinetta del caffè. Sollevò il coperchio della moka e constatò con disappunto che era vuota.

«Meglio uno scrupolo in più che uno in meno» sentenziò Tosca. «Le ceste sono nella legnaia.»

«Mamma, ci sono venti gradi e non è ancora mezzogiorno!»

«Questa sera il tempo cambierà, me lo dicono le ossa.»

«Ah, be', in questo caso allora vado subito, corro!» Riccardo sgattaiolò fuori dalla cucina ridendo, prima che la madre lo colpisse con il cucchiaio.

«Ricordati la crostata!» gridò Tosca prima che si chiudesse la porta alle spalle. «E porta via il bestione, che mi riempie la casa di mosche!»

«Non ascoltarla» sussurrò al cavallo accarezzandogli il muso. «È felice solo quando brontola.» Montò di nuovo in sella e tornò alle stalle, dove avrebbe lasciato l'animale e preso il fuoristrada per andare dalla vicina. Sua madre era riuscita a incastrarlo in quella commissione, ma lui non aveva intenzione di dargliela vinta: avrebbe lasciato torta e legna e avrebbe tolto velocemente il disturbo per andarsene a cavalcare con Lapo. Era un'abitudine che entrambi curavano con gelosia: Riccardo aveva bisogno di quegli spazi per scrollarsi di dosso pensieri e problemi responsabili della piega che aveva preso la sua vita. E Lapo, memore delle sue origini maremmane e della vita allo stato brado, doveva sfogarsi dopo le lunghe ore trascorse rinchiuso nelle scuderie.

Gli zoccoli sollevavano sbuffi di polvere chiara che creavano una nuvola bassa in scia al cavallo lanciato al galoppo. Riccardo era piegato in avanti, il respiro si mescolava a quello di Lapo mentre la lunga criniera nera gli solleticava il viso. Avevano attraversato campi di grano maturo, le cui spighe dorate si allungavano verso il cielo e frusciavano al vento, ed erano arrivati ai piedi delle colline. La mulattiera che spezzava la fitta boscaglia era ripida e sconnessa e Riccardo aveva rallentato l'andatura. Mentre entrambi riprendevano fiato, lui cercò con gli occhi attraverso gli arbusti l'azzurro intenso del mare, che in linea d'aria distava una decina di chilometri. Fece fermare Lapo in un punto panoramico, ma l'unica cosa che vide fu un fronte di nuvole bianco e compatto che avanzava da occidente. Le ossa della madre avevano davvero percepito il cambiamento del tempo.

«Andiamo» mormorò a Lapo battendo il tallone sul fianco. Il cavallo proseguì al trotto, e i pensieri di Riccardo andarono all'ospite di Esmeralda.

Aveva raggiunto la tenuta e parcheggiato accanto a una Mercedes GLA blu ricoperta da un leggero strato di polvere. Aveva bussato alla porta senza ricevere risposta. La donna doveva essere uscita per una passeggiata e a lui non dispiacque: aveva fretta di tornare a casa per andare a cavallo e non aveva voglia di perdere tempo in chiacchiere.

Aveva appoggiato la crostata sul davanzale e le ceste con la legna tagliata di fianco alla porta, poi era tornato all'auto. Prima di salire, però, uno scrupolo l'aveva fatto indugiare. E se l'ospite di Esmeralda non si fosse sentita bene? Oppure fosse caduta mentre passeggiava tra quei sentieri sconnessi e sassosi?

Sbuffando, aveva chiuso la portiera e fatto il giro della casa. Sbirciando dalle finestre, l'interno avvolto nella penombra gli parve deserto. Allora aveva oltrepassato la siepe d'alloro per controllare gli edifici di servizio e l'orto.

Superato il cancelletto che portava al giardino aromatico l'aveva vista e si era fermato di colpo. La figura alta e magra in piedi in mezzo alle piantine era immobile. Aveva i capelli corti e ondulati, del colore del grano maturo, che lasciavano scoperto il collo lungo e sottile. La tenuta da corsa esaltava la sua magrezza, ma anche una bella abbronzatura dorata. Combattuto tra annunciarsi e scomparire, era rimasto in silenzio a osservarla. Lei si era guardata attorno con gli occhi colmi di meraviglia, poi si era inginocchiata e aveva accarezzato le foglie di una pianta ai suoi piedi, portandosi poi le dita lunghe al viso per inalare il profumo. Riccardo avrebbe voluto andarsene: gli sembrava di violare un momento intimo e privato, ma le gambe non volevano obbedirgli. Quando la vide chiudere gli occhi e sollevare il viso al cielo trattenne il fiato: poteva vedere chiaramente il petto sollevarsi al ritmo del suo respiro e il collo muoversi mentre deglutiva. Era certo che non avrebbe apprezzato intromissioni. Zittendo l'istinto di avvicinarsi, Riccardo aveva voltato le spalle ed era tornato all'auto in silenzio.

Mentre rientrava al passo dalla lunga cavalcata, Riccardo pensò di nuovo a quella donna. Raggiunse le stalle mentre le prime propaggini di nuvole oscuravano il sole. Smontò dalla sella e condusse Lapo all'abbeveratoio, poi prese una spazzola e iniziò a strigliarlo. Si era ritrovato curioso di saperne di più, su di lei. Magari si era semplicemente regalata un po' di tempo per rigenerarsi nel luogo dove aveva trascorso l'infanzia. L'auto costosa e il portamento elegante parlavano di città e benessere: chissà quanto tempo avrebbe resistito tra quelle colline ruvide.

10

Un botto improvviso la fece sussultare. Sollevò gli occhi dal libro e guardò il fuoco nel caminetto di fronte a lei, dove un pezzo di legna aveva causato lo scoppio e ora scintille incandescenti volteggiavano all'interno della cappa.

Il giorno successivo avrebbe dovuto ringraziare Fedo. Quando aveva visto le ceste fuori dalla porta non aveva creduto fosse necessaria la legna per il fuoco a metà giugno. Nel pomeriggio però il tempo era cambiato rapidamente e, anche se non pioveva, le nuvole provenienti dal mare avevano portato umidità e fresco.

Adesso stava accoccolata sulla vecchia poltrona e guardava le fiamme allungarsi verso l'alto, calde e vive, che emanavano una luce soffusa e avvolgente nella stanza e scacciavano le ombre negli angoli lontani.

Era stata una giornata piacevole e rilassante. Non si era concessa molto tempo per pensare: era uscita con l'auto per esplorare un po' i dintorni, aveva fatto la spesa e si era spinta fino al mare, dove aveva camminato a piedi nudi sulla sottile striscia di sabbia della spiaggia di Talamone. Il mare era di un intenso color turchese, che sfumava nel blu a mano a mano che si allontanava dalla costa. Alla sua destra, oltre il promontorio dove sorgeva il paese con la rocca che dominava il mare, c'era il parco naturale dei monti dell'Uccellina, ricoperti da una fitta e bassa vegetazione mediterranea che si spingeva fino sugli scogli a picco sull'acqua. A sinistra la sagoma azzurra dell'Argentario si allungava verso l'isola del Giglio. La spiaggia era quasi deserta, il rumore delle onde che lambivano il bagnasciuga erano una carezza rassicurante e l'odore di salsedine intenso e frizzante.

Quando era rientrata le nuvole avevano creato un soffitto basso e grigio che smorzava la luce e spegneva i colori. Aveva aperto tutte le imposte del pianoterra, anche se la luce faticava a farsi strada, poi aveva riposto la spesa e cucinato. Quando il silenzio si era fatto troppo pressante, aveva chiamato i ragazzi. Matteo era stato, come al solito, conciso e frettoloso: aveva atteso l'estate con l'impazienza e l'eccitazione dei suoi sedici anni e alle telefonate a casa era dedicato il minor tempo possibile. Gaia era stata più premurosa: era rimasta colpita dalla scelta della madre di concedersi una vacanza così diversa, ma temeva che potesse soffrire troppo la solitudine.

«Io sto bene, tesoro» l'aveva rassicurata. «E comunque sono vicina a casa. Non devo mica prendere l'aereo se mi stanco di stare qui.»

Gaia aveva riso, poi le aveva raccontato con dovizia di particolari della sua esperienza nel college e dei nuovi amici. I figli le erano parsi davvero entusiasti e questo l'aveva consolata.

Francesca appoggiò la testa allo schienale della poltrona e il libro sulle gambe, gli occhi sempre fissi sulle fiamme arancioni. Era un momento di quiete assoluta, perfetta. Di certo lo sarebbe stato se fosse riuscita a liberarsi della sensazione da "pesce fuor d'acqua" che le pizzicava sottopelle e la faceva sentire inquieta, spingendola a cambiare spesso posizione nella poltrona.

Per quanto le piacesse il posto, non avrebbe dovuto trovarsi lì. Certo, si sarebbe riposata, ma non era la stanchezza ciò che aveva reso gli ultimi tempi così difficili. E non avrebbe trovato lì le risposte.

Lo squillo del telefono lacerò il silenzio come una lama. Francesca corrugò la fronte infastidita, poi si alzò e raggiunse la cucina dove aveva lasciato il cellulare. Guardò il display e sospirò, poi premette il tasto verde.

«Allora, torni a casa?»

«Ciao, Giulio.»

«Starai morendo di noia» continuò il marito sarcastico. Qual era stato il momento in cui aveva smesso di sopportare il suo tono?

«In realtà è molto piacevole qui» replicò paziente. «Come va al ristorante?»

«Come al solito» borbottò. «Sono stato impegnato al telefono tutta la sera.»

«Problemi?»

«Dovrò tornare a Milano» brontolò. «Mi stanno creando un sacco di rogne.»

Francesca sospirò, poi si massaggiò la radice del naso con il pollice e l'indice. Giulio aveva sempre avuto sogni grandiosi. Il suo idolo era Gordon Ramsay, cuoco ricco e famoso, nonché ristoratore, imprenditore, personaggio televisivo: colui che deteneva il record mondiale di stelle Michelin. Francesca non era contraria alle grandi aspirazioni, ma Giulio non aveva l'umiltà e la determinazione giuste per percorrere un cammino simile. Se non otteneva i riconoscimenti che era convinto di meritare, la colpa era sempre di qualcun altro. Era un bravo cuoco, ma incostante, e questo gli aveva pregiudicato l'assegnazione della stella. La breve carriera televisiva che aveva intrapreso lo aveva reso ancor più sicuro di sé e sempre più cieco di fronte alle sue debolezze.

«Non sei obbligato ad andare avanti, lo sai.»

«Di cosa stai parlando?» La voce di Giulio aveva assunto una sgradevole declinazione lamentosa. «Io voglio aprirlo quel ristorante. E lo farò anche da solo!»

Milano era un desiderio che Giulio cullava da tempo. Qualche anno prima aveva conosciuto degli imprenditori della ristorazione che si erano detti interessati a mettersi in società con lui. Ma, mentre loro erano convinti che Giulio si sarebbe occupato in prevalenza della cucina, lui aveva assunto un atteggiamento accentratore da primadonna che aveva finito per portare solo invidie reciproche e antipatie tra i soci. E alla fine il progetto era fallito. Ora Giulio voleva riprovarci, con altri soci, ma questi volevano più garanzie: il suo nome non bastava più.

«Dovrai trasferirti a Milano.»

«E che problema c'è?»

Francesca inspirò a fondo e tacque. I problemi c'erano eccome. Giulio era sì un vulcano di idee, ma era capriccioso, irruente, e gli ostacoli tendevano a farlo fuggire. Trasferirsi a Milano significava investire soldi che lui non aveva, ed energie che sarebbero state più utili a Firenze. Anche Esmeralda si era premurata di fargli notare, durante una delle loro discussioni al vetriolo, che senza la moglie lui non avrebbe potuto aprire nemmeno un negozio di frutta e verdura. Francesca ricordava bene il viso paonazzo del marito, tanto che aveva temuto che gli venisse un infarto.

«Ti sto solo dicendo di rifletterci bene» gli rispose.

«Credi che non lo faccia?» replicò stizzito. «Certo, sarebbe più facile se tu non mi piantassi a risolvere tutto da solo!»

Francesca si appoggiò al banco della cucina, stringendo con pollice e indice l'attaccatura del naso quasi a scongiurare l'arrivo del mal di testa.

«Non mi sembra di essermi mai tirata indietro» mormorò.

«E allora torna a casa» sbottò. «Cosa stai facendo lì? Dovevi farmi pagare qualcosa?»

«Giulio, per favore. Mi sono solo presa qualche giorno di vacanza. Non c'è nessun secondo fine.»

«Be', è piuttosto difficile da credere, conoscendoti.»

«Non puoi chiedermi l'appoggio per il tuo progetto.» Francesca preferì cambiare discorso. Lei stessa faceva ancora fatica a capire cosa ci era venuta a fare, in quella casa.

«Se fosse per te non realizzerei mai nulla di nuovo... Tutta quella paura di rischiare...» Francesca poteva immaginare la smorfia di insofferenza di Giulio: la faceva ogni volta che non poteva ottenere tutto subito. Inutile ricordargli che il ristorante nel cuore di Firenze era arrivato a quel livello anche grazie alla sua prudenza.

«Avevi chiamato per dirmi altro?»

«Ti sto disturbando, forse?» Giulio era decisamente su di giri e Francesca si allarmò.

«Sei sicuro che vada tutto bene?»

Sentì l'uomo sbuffare e, quando rispose, l'aggressività era scomparsa.

«Sono solo stanco. E vorrei che fossi qui.»

«Non credo cambierebbe niente.» Gli dispiaceva sentirlo così. D'altra parte l'aveva sostenuto, incoraggiato e coccolato per tanti anni e non era facile fare finta che non fosse mai accaduto.

«Ha chiamato tua madre.» Come una doccia gelata, quelle quattro parole le svuotarono i polmoni.

«Perché?»

«Immagino perché aveva finito le persone con cui lamentarsi.»

«Il babbo sta bene?»

«Sì, sì tranquilla. Questo tuo colpo di testa l'ha molto indispettita.»

«Colpo di testa?»

«Chicca, ti prego. Sappiamo tutti che questa vacanza è, quantomeno, stravagante. Non c'è niente di male ad ammetterlo. D'altronde hai appena compiuto quarant'anni, è normale fare delle sciocchezze nei momenti più delicati...»

Doveva essere avvampata perché sentiva le orecchie scottare.

«Se ci sono problemi al ristorante fammelo sapere, d'accordo? Ora devo salutarti.»

«Ehi! Non te la sarai mica presa?»

Francesca trattenne il desiderio di urlare.

«Buonanotte, Giulio.»

«Ehi, aspetta!»

Riattaccò e spense il cellulare, resistendo alla voglia di scaraventarlo contro il muro. Tutto ciò che aveva affrontato e tollerato con pazienza e costanza fin da quando aveva memoria, ora non lo sopportava più. I capricci di Giulio, la meschinità della madre, l'indifferenza del padre: li detestava tanto quanto detestava la sua stessa prevedibilità.

Si passò le dita tra i capelli, stringendo le ciocche tra i pugni, mentre un grido spingeva nel petto come l'acqua di una diga. A nulla valsero i suoi tentativi di fermarlo: l'urlo esplose nel silenzio della casa, lacerante, doloroso. Quando si portò le mani alle labbra, di nuovo padrona di sé, l'aria attorno a lei sembrava ancora elettrica.

Tornò in salotto, vergognandosi dello sfogo, e si rannicchiò nella poltrona. Abbracciò le ginocchia al petto, mentre una disarmante sensazione di deriva la fece tremare. Quando

Esmeralda le aveva detto che i primi giorni in quella casa sarebbero stati i più difficili, lei l'aveva sottovalutata. In fondo, si trattava di stare in una splendida tenuta a un paio d'ore da Firenze e a pochi minuti dal mare. Ancora una volta realizzò che la conosceva meglio di quanto lei conoscesse se stessa. La reggia perfetta che aveva desiderato e costruito per sé e la sua famiglia si stava sgretolando. Permettere a Giulio di restare nella loro casa era stato un tentativo di evitare il crollo che li avrebbe seppelliti. Ma nel frattempo lei aveva iniziato a guardare alla propria vita con occhi diversi: Giulio l'aveva lasciata perché si sentiva soffocare dalle sue manie di controllo, dalla mancanza di spontaneità. L'aveva lasciata perché voleva sentirsi libero e spensierato, e dedicarsi alle sue scappatelle alla luce del sole, senza faticare in sotterfugi e doversi scontrare con lo sguardo ferito della moglie. L'aveva lasciata anche perché ormai non c'era più niente tra di loro, tranne i figli, che per Francesca erano tutto il suo senso di famiglia. Per lei era stata una sconfitta dolorosa. Da lì a iniziare a mettere in discussione tutte le sue scelte era stato un attimo. Come poteva essere uno sbaglio aver amato tanto Giulio e i ragazzi da mettere le loro priorità davanti a ogni cosa? Non avrebbe mai permesso che i suoi figli crescessero con il vuoto affettivo in cui era cresciuta lei. Ma allora cosa non aveva funzionato? Perché ora si trovava sola?

Si passò le mani tra i capelli, poi appoggiò la testa contro lo schienale della poltrona: sarebbe stata una lunga notte.

11

«Posso aiutarla?»

«No.» Febo non voltò nemmeno la testa per guardarla. Inginocchiato a terra, stava trapiantando delle piantine da un contenitore simile a un portauova nella terra lavorata di fronte a lui.

«Che cosa sono?»

L'uomo non rispose. Continuò imperterrito a lavorare, afferrando le piante e posandole a dimora con una delicatezza che strideva con le sue mani tozze e callose. Forse sperava di farla allontanare, ma Francesca si avvicinò e si fermò al suo fianco.

«È malva» borbottò infastidito.

«Mi piacerebbe imparare a riconoscerle.» Imperterrita, Francesca si accovacciò di fianco a lui.

«Può guardare.»

Lei non replicò, mordendosi un labbro per trattenere un sorriso. Non voleva irritare Febo ma quel giardino racchiudeva troppi ricordi piacevoli per riuscire a starne lontana. E poi gli insegnamenti di Giorgio si erano smarriti nel tempo e, a parte le erbe più conosciute che coltivava a Firenze, Francesca non poteva certo definirsi un'esperta. Così rimase a osservarlo in silenzio, cercando di non ostacolarlo nei movimenti.

Finito di trapiantare le piantine di malva, Febo si sollevò e ripose gli attrezzi in una carriola in cima al sentiero. Poi raggiunse un altro gruppo di piante e tastò il terreno.

«Posso aiutarla ad annaffiare» si offrì.

«Non ce n'è bisogno.» L'uomo sollevò gli occhi al cielo, ancora oscurato dalle nubi, poi le voltò le spalle, afferrò la carriola e si avviò al cancello in legno, dove l'aspettava il cane dalle dimensioni inquietanti. Fedo non solo non faceva nulla per rendersi simpatico, ma sembrava proprio si impegnasse a essere il più insopportabile possibile. Si affrettò dietro di lui e lo raggiunse mentre riponeva gli attrezzi nel fienile.

«Volevo ringraziarla per avermi portato la legna ieri» disse rivolta alla sua schiena. «E anche per la crostata. È molto buona.»

«L'ha fatta mia moglie.»

Dunque qualcuna era stata tanto coraggiosa da resistere accanto a quel concentrato di simpatia.

«La ringrazi da parte mia.»

Lui fece un cenno col capo, incrociò gli occhi del cane ed entrambi si allontanarono verso il fuoristrada.

«Buona giornata!» gli gridò dietro. Febo aprì la portiera del guidatore, lasciò entrare il cane, poi si sedette e mise in moto. Scomparve in una nuvola di polvere, senza nemmeno voltarsi per ricambiare.

«È davvero un piacere avere a che fare con lei, signor Febo» mormorò. Poi si guardò attorno. Il sole non era riuscito a penetrare lo strato di nuvole lattiginose che stazionavano pigre nel cielo. Il silenzio ricopriva le colline come un mantello di seta sottile: la natura sembrava trattenere il respiro, in attesa.

Quell'angolo di Toscana non aveva la morbidezza delle colline più a nord, quelle che nell'immaginario comune rappresentano il fascino della regione: morbidi avvallamenti ricoperti di vegetazione, il verde scuro dei cipressi che svettano alti sopra le case stemperato dal grigio degli ulivi. I filari ordinati di viti che convergono attorno a casolari in pietra curati nei minimi dettagli, e i borghi arroccati sulle cime dei colli che vigilano sulle valli.

La Maremma era più brulla e meno popolata. Il monte Amiata vegliava severo sulle colline di tufo, le acque termali, le pianure alluvionali, le scogliere e il mare. Era una terra rude, popolata da gente ruvida e scontrosa.

I ricordi della forza dirompente della natura selvaggia si ripresentarono sotto forma di sensazioni, più che di immagini. Il tempo che aveva trascorso in quella casa le era rimasto impresso come un abbraccio: la generosità e l'affetto che aveva conosciuto grazie a Giorgio ed Esmeralda era quanto di più prezioso potesse riportare a casa.

In quel momento la loro assenza divenne pesante come un macigno. La casa era uno scrigno di ricordi, che però non servivano a rasserenarla. Di nuovo si domandò cosa ci stesse a fare lì. Cosa sperava di ritrovare?

Il trillo del telefono la distrasse da quei pensieri soffocanti. Fece un respiro profondo e rientrò in casa.

«Mia cara, come va?» La voce squillante di Esmeralda le strappò un sorriso.

«Tutto bene, grazie.» Francesca prese un bicchiere dalla credenza, lo riempì con l'acqua del rubinetto e si sedette al tavolo della cucina.

«Che fai di bello?»

«Uhmmm, vediamo...»

«Sì, d'accordo, lo so che non c'è molto da fare lì. Ma ti piace?»

«Sì» ammise Francesca. «La casa mi sembra quasi più grande di come la ricordavo.»

«Giorgio aveva occhio per riconoscere i posti speciali. Non si sarebbe trasferito lì, altrimenti.» La voce della donna assunse una sfumatura più dolce nel ripetere il nome del marito. Anche Giorgio Montero era stato un attore di teatro, poi aveva fatto il regista e il produttore cinematografico. Ma la sua vera passione era la tenuta, e i vigneti, gli ulivi e le erbe officinali. Tanto da farne la sua residenza principale, per quanto fuori dal mondo.

«Non mi avevi detto che c'era ancora il giardino delle erbe» continuò Francesca. «È un vero gioiello e Fedo lo cura come fosse figlio suo.»

«Hai incontrato Fedo.»

«Ho la sensazione che lui avrebbe preferito non avermi qui.»

«Oh, non lasciarti intimorire!» rise Esmeralda. «È un orso scorbutico, ma è un brav'uomo e puoi fidarti di lui.»

«Speravo mi lasciasse lavorare con lui nel giardino ma non sembra intenzionato a farlo.»

«Fedo è molto geloso di quel giardino. Penso che continuare a prendersene cura sia il suo modo di onorare la memoria di Giorgio.» Esmeralda tacque. Erano passati dodici anni ma l'amore per il marito era rimasto immutato.

«Non sembra il tipo per una passione di questo genere.»

«Erano molto uniti, per quanto fossero molto diversi. Giorgio l'ha tirato fuori dai guai più volte. Era una testa calda, e non ci sapeva fare con gli affari dell'azienda.»

Esmeralda tacque e Francesca capì che per il momento non avrebbe saputo altro.

«Sua moglie mi ha fatto avere una crostata» disse per spezzare l'improvviso vuoto di parole.

«Tosca è una gran donna» constatò Esmeralda. «Quell'uomo dovrebbe baciare la strada dove cammina. L'hai già incontrata?»

«Non ancora.»

«Vai a trovarla. Le farà piacere. Sono sicura che si ricorderà di te.»

«Sono io ad aver dimenticato» le fece notare. «Fedo non l'avevo nemmeno riconosciuto.»

«A quei tempi era assorbito nell'azienda agricola che sua moglie aveva ereditato» raccontò Esmeralda. «Non lo avevi incontrato spesso, mentre Tosca ogni tanto passava a bere un caffè. Ma tu e tua sorella eravate piccole e troppo impegnate a giocare all'aria aperta!»

«Sì, può essere...» Sorrise malinconica. «Lì va tutto bene?»

«Ma certo!» replicò brusca. «Il ristorante va alla grande anche senza la tua supervisione. E Giulio imparerà cosa significa essere un uomo adulto.»

«Grandioso...» borbottò.

«È ora che impari a non accorrere ogni volta che qualcuno ha bisogno di aiuto. Da quanto tempo lo fai? Vent'anni?»

Francesca tacque: che altro poteva dire? Non era una menzogna il fatto che fin da ragazzina fosse stata abituata a risolvere i problemi di tutti. I suoi non c'erano mai, era lei a occuparsi della sorellina piccola e di tutte le incombenze della vita quotidiana. Poi era arrivato Giulio, ma il suo ruolo non era cambiato.

«I ragazzi sono grandi, mia cara» proseguì Esmeralda. «Giulio è una palla al piede e i tuoi genitori... be', ognuno ha la sua croce, no?»

«Non saprei da che parte cominciare» mormorò.

«Il primo passo potrebbe essere smettere di sentirti in colpa perché sei lì.»

«Non è così semplice...»

«Ho detto che è semplice?» la rimproverò.

«Credimi, mi sembra di essere su un altro pianeta.»

A questo punto l'amica scoppiò a ridere, e la tensione si spezzò.

«Ti capisco, mia cara!» esclamò Esmeralda. «Quella terra è proprio come i suoi abitanti: scorbutica, difficile, quasi primitiva. Ma potrebbe sorprenderti.»

«Potresti venire a trovarmi» suggerì Francesca.

«Non ancora.» Il sospiro di Esmeralda arrivò chiaro e forte alle sue orecchie. «Non riesco ancora a mettere piede in quel posto...»

«Mi dispiace.»

«Non essere dispiaciuta. Io sto benissimo. Tu invece impara a prenderti cura di te stessa.»

«Mi ci metterò d'impegno.»

«Brava ragazza! Lasciati andare, vedrai che se apri uno spiraglio in quella fortezza le cose belle accadranno.»

Francesca sorrideva mentre Esmeralda la salutava e riattaccava. La vena poetica dell'amica l'aveva sempre affascinata, soprattutto quando la sua parlata assumeva un'inflessione quasi teatrale. Era stata un'attrice di prim'ordine, ed era ancora una donna di grande carisma. Avesse avuto anche solo un briciolo del suo coraggio, chissà, magari la sua vita avrebbe potuto prendere una piega differente.

12

I giorni si susseguivano lenti e pigri e Francesca era stupita di trovarsi ancora lì. Sapere di potersene andare in ogni momento era certamente d'aiuto, così come lo era sapere che a casa non c'era nessuno che avesse davvero bisogno di lei. Dai rari messaggi che le mandavano, i ragazzi stavano trascorrendo le loro vacanze ideali, e il silenzio di Giulio significava che se la stava cavando benissimo anche senza di lei.

Ma questo non la faceva certo stare meglio. Lei aveva bisogno degli altri: i figli, la famiglia, i dipendenti, gli amici. Esserci per loro dava un senso alla sua esistenza, il cui vuoto adesso era così rumoroso da fare venire voglia di gridare.

Aveva cercato di creare una routine che assomigliasse a quella che viveva a Firenze, per non farsi sorprendere dalla malinconia dei silenzi. Al mattino si alzava con calma, senza il richiamo della sveglia. Si preparava il primo caffè, poi aspettava Fedo per accompagnarlo nel giardino delle erbe. Aveva la sensazione che l'uomo fosse ogni giorno meno scontroso, anche se le parole che pronunciava si potevano contare sulle dita delle mani.

Aveva preso l'abitudine di fargli trovare il caffè pronto quando arrivava. Il primo giorno lui l'aveva guardata sospettoso, poi però aveva accettato il gesto ringraziandola con un secco cenno del capo. Oliver, il cane maremmano che lo accompagnava ovunque, era molto più espansivo. Quando arrivava si precipitava alla porta grattando e guaendo finché lei non apriva, poi faceva una corsa attorno al tavolo e si sedeva in attesa del suo biscotto, spazzolando con la coda il pavimento.

Quando Fedo se ne andava, Francesca usciva a correre. Ogni giorno aumentava la lunghezza del percorso, fino ad arrivare a casa all'ora di pranzo. I pomeriggi erano più duri da riempire: leggeva e studiava nuove ricette, oppure andava in auto fino al mare, dove amava camminare sul bagnasciuga a piedi nudi. Dopo cena si concedeva un'altra passeggiata e poi si rannicchiava sulla sedia sotto al portico con un bicchiere di vino ad ammirare il tramonto.

Quella mattina Fedo era in ritardo. Francesca aprì le ante della finestra per poter udire meglio il rumore dell'auto avvicinarsi mentre lavava la tazza della colazione. Poi preparò una seconda moka di caffè, la mise sul fornello e andò ad aprire tutte le finestre al pianoterra.

La casa stava perdendo lentamente l'odore di chiuso e umidità. Era una stagione capricciosa, che alternava giornate calde di sole ad altre umide e grigie. Per questo accendeva il camino tutte le sere: anche quando non ce n'era bisogno, era comunque una compagnia gradevole.

Se Fedo non arrivava, sarebbe scesa da sola nel giardino delle erbe. Avrebbe tastato il terriccio delle piantine come aveva visto fare, per annaffiare le più bisognose. Avrebbe estirpato le erbacce e si sarebbe lasciata avvolgere dai profumi che emanavano al solo tocco.

Si stava lavando i denti quando sentì il rumore di un'auto arrivare, e poi parcheggiare nello spiazzo sotto le querce. Si sciacquò la bocca, passò le mani tra le ciocche spettinate e si avviò alla porta, dove già poteva udire le zampe di Oliver premere contro il legno.

«Arrivo!» esclamò, mentre un sorriso le saliva alle labbra. Si stava affezionando a quel cane.

Aprì la porta tenendosi in disparte per evitare l'irruenza di Oliver e, quando lui si diresse deciso in cucina, lei sbirciò fuori. Di Fedo, però, nessuna traccia.

«Che fine ha fatto il tuo padrone?» domandò, raggiungendo l'animale in cucina. Prese un biscotto da un contenitore di vetro e glielo allungò. Oliver sembrò ingoiarlo intero, poi corse fuori, e Francesca lo seguì.

Girò l'angolo della casa diretta al giardino e, prima di oltrepassare la siepe di alloro, sentì il rumore di un motore che si metteva in moto sputacchiando.

Raggiunse lo spiazzo ghiaiato di fronte al fienile e vide un uomo che spingeva un tosaerba verso la parte occidentale della casa. Le dava le spalle e procedeva spedito, seguito dal cane. Era evidente che non fosse Fedo: era più alto e più giovane, le spalle squadrate sopra un fisico snello e muscoloso e le gambe lunghe e leggermente arcuate. Era irritante constatare che nessuno sembrava prendersi il disturbo di annunciare la propria presenza.

«Ehi!» lo chiamò mentre lo raggiungeva. Il rumore del tosaerba però era troppo forte e lui proseguì indisturbato. Quando gli fu alle spalle gli appoggiò una mano sul braccio e lui sussultò voltandosi di scatto.

«Buongiorno!» lo apostrofò.

«Buongiorno.» L'uomo spense il tosaerba e la guardò. Aveva i tratti del viso forti e ben definiti, le sopracciglia folte sopra occhi dalla forma allungata e di un grigio chiaro che brillava nel viso abbronzato.

«Cosa sta facendo?» Non appena ebbe formulato la domanda, si accorse di quanto fosse banale. Un angolo delle labbra dello sconosciuto si sollevò in un sorriso trattenuto, mentre guardava prima il tosaerba e poi lei.

«Taglio il prato» dichiarò serafico.

Francesca arrossì. «E Fedo dov'è?»

«Mio padre è bloccato a letto con il mal di schiena.»

La sua espressione meravigliata doveva essere divertente, perché adesso l'uomo non cercava più di trattenere il sorriso.

«Se è un brutto momento posso passare più tardi.» Mentre parlava accarezzava la testa di Oliver, seduto in mezzo a loro, senza toglierle gli occhi di dosso.

«No, no» balbettò Francesca. Stava scavando nella memoria alla ricerca di un ricordo legato a lui, ma ai tempi dovevano essere stati entrambi due ragazzini. Eppure non avrebbe potuto dimenticare quegli occhi, in cui il freddo del grigio dell'iride era mitigato da un luccichio scanzonato.

«Io comunque sono Riccardo» si presentò. Fece per allungarle la mano, poi si ricordò di avere indosso i guanti da lavoro e ne sfilò uno.

«Francesca.» Si riscosse scambiando la stretta: le sue mani erano grandi e ruvide, ma avevano un tocco gentile.

«Quindi posso?» Riccardo indicò con un cenno il tosaerba.

«Ma certo.» Francesca fece un passo indietro mentre Riccardo si voltava per riaccendere il tosaerba. «Vuoi un caffè?» gli gridò alla schiena.

«Come?» strillò l'uomo per sovrastare il rumore.

«Un caffè!» Francesca mimò il gesto di portare la tazzina alle labbra e lui sorrise.

«Taglio qui davanti e poi arrivo, va bene?»

Francesca annuì e si allontanò, seguita da Oliver, mentre lui si rimetteva al lavoro. Rientrò in casa, chiuse la porta alle proprie spalle e ci si appoggiò. Si stava abituando alla presenza silenziosa e innocua di Fedo e questa novità l'aveva colta di sorpresa. Più ci pensava e più era certa di non averlo mai incontrato prima. Lei e Caterina avevano sempre giocato da sole, non c'erano altri bambini. Aveva fissato Riccardo come se fosse un alieno, non era da lei trattare la gente con superiorità. Era quasi sicura di aver fatto la figura della cafona, e non solo con lui: sua madre continuava a mandarle biscotti e dolcetti, tramite Fedo, e lei non si era ancora presa il tempo di andare a ringraziarla. Era arrivato il momento di fare una visita a Tosca.

Esmeralda le aveva consigliato di imparare un po' di sano egoismo e sembrava proprio averla presa in parola. Non era sicura di sapere come si sentiva nei panni della nuova Francesca. Il cambiamento era iniziato ben prima di quel viaggio in solitaria. La separazione era stata la scossa che aveva aperto la prima crepa nelle mura dorate dentro le quali si era barricata e partire da sola ne era stata la conseguenza, il primo gesto eclatante della donna che, come sosteneva da sempre Esmeralda, viveva nascosta dietro la sua facciata perfetta. Una persona con passioni e desideri soffocati dai sensi di colpa con i quali era stata cresciuta. E per zittire i quali aveva dedicato la sua vita alla realizzazione dei sogni degli altri.

Il silenzio improvviso la riscosse: il tosaerba era stato spento e lei si precipitò in cucina a preparare un nuovo caffè.

Poco dopo le zampe di Oliver grattarono alla porta e lei andò ad aprire.

Riccardo le sorrise e fece per entrare, poi si fermò abbassando gli occhi sugli scarponi inzaccherati. «Entra pure» lo rassicurò lei, evitando di incrociare il suo sguardo. Quegli occhi erano al contempo inquietanti e affascinanti, e avevano la capacità di toglierle la parola.

Si fece da parte per farlo passare e lui raggiunse Oliver in cucina.

Non era un uomo dalla corporatura possente, ma la sua presenza riempiva la stanza. Francesca non si spiegava l'imbarazzo e il disagio e, mentre serviva il caffè, evitava di guardarlo.

«Grazie» le disse quando gli allungò la tazzina.

Francesca sorrise, gli occhi fissi sulle mani appoggiate al tavolo.

«Ti trovi bene qui?»

«Sì.»

«È bello vedere questo posto di nuovo abitato.» Riccardo lasciò correre lo sguardo nella stanza, si soffermò ad ammirare gli alberi frusciare fuori dalla finestra aperta, poi tornò a guardare lei.

«Non resterò molto.» Le parole le uscirono rapide, definitive.

«Capisco.»

Si aspettava che le chiedesse altro, ma Riccardo si limitava a sorseggiare il caffè in silenzio. Sembrava rilassato, al contrario di quanto invece si sentiva lei.

«Grazie per il caffè... Ora è meglio se continuo. Andiamo, Oliver.» Il cane si alzò e lo seguì alla porta, dove Riccardo si era fermato. «Se hai bisogno di qualcosa, per quel poco che pensi di restare, non hai che da chiedere.»

«Grazie» balbettò Francesca.

Riccardo sorrise di nuovo, poi uscì.

Lei rimase a fissare la porta lasciata aperta, la luce del sole che scivolava sulle mattonelle di cotto sfumando il rosso in un caldo arancio. Avrebbe dovuto stupirsi per l'improvvisa incapacità di sostenere un dialogo civile con uno sconosciuto. Avrebbe dovuto semplicemente richiudere la porta davanti a lei.

«Aspetta!»

Francesca corse fuori e lo raggiunse: Riccardo le aveva offerto il suo aiuto e lei aveva già un'idea su come approfittarne.

13

«Prima o poi dovrai rispondere a quelle telefonate.» Tosca dava le spalle al figlio seduto al tavolo della cucina. Lavava i piatti e sospirava ogni volta che il cellulare di Riccardo iniziava a suonare. Lui sembrava non accorgersene, in apparenza impegnato a sorseggiare vino e sgranocchiare biscotti.

«La prossima volta le parlo io e le dico che sei disposto a tornare» lo provocò. Poi scrollò il capo sbuffando. Riccardo non la stava ascoltando.

«Si può sapere cos'hai?» sbottò voltandosi verso di lui e incrociando le braccia al petto.

Aveva catturato la sua attenzione. Riccardo aveva alzato gli occhi e la guardava confuso.

«Non hai ascoltato una parola di ciò che ho detto.»

«Scusami, mamma. Ero distratto. Di cosa stavi parlando?»

«Il tuo telefono.» Tosca accennò con l'indice all'altra stanza. «Non fa altro che squillare. Quando ti deciderai a rispondere?»

«Lo spegnerò.»

«Non è questo che volevo sapere» lo rimproverò. «Dovrai parlare con lei, prima o poi.»

La "lei" in questione era la ex moglie di Riccardo. Il matrimonio era naufragato nel peggiore dei modi e lui le aveva concesso la separazione senza pensarci due volte. Avevano già firmato anche le carte del divorzio e, in sospeso, rimaneva solo la questione dell'appartamento, un attico nel quartiere più esclusivo di Roma, intestato a entrambi e che Riccardo voleva farsi liquidare. Ma Vanessa trovava sempre mille scuse per non dargli i suoi soldi.

«Le parlerò solo quando mi dirà che mi pagherà la mia parte» borbottò.

«Magari ti telefona per quello.»

Lo scetticismo gli strappò una smorfia e un lampo di rabbia brillò nello sguardo.

«Voglio solo che questa storia finisca, e che tu guardi avanti» si difese Tosca.

«Lo sto facendo.»

«No che non lo fai!» La voce della madre vibrava di collera e dolore. «Dopo tutto ciò che hai fatto per andartene da qui... Non è questo il tuo posto.»

«Ne abbiamo già parlato, mamma.» Riccardo si passò le mani tra i capelli, folti e striati di grigio sulle tempie. Capiva il desiderio di Tosca di vederlo realizzato lontano da quelle terre dure: aveva fatto di tutto per mandarlo a studiare altrove. La situazione, però, era molto più complessa e lui non voleva affrontare l'argomento.

Si versò dell'altro vino, poi si alzò da tavola e uscì in giardino. Il sole era già tramontato, e il cielo color glicine faceva da sfondo alle creste morbide delle colline. Si sedette sulla sedia a dondolo in legno intagliata dal nonno e Oliver, disturbato, sollevò una palpebra con indolenza.

Non voleva pensare a Vanessa quella sera. Non voleva ricordare uno dei motivi che l'avevano riportato alla casa della sua infanzia. Aveva quarantadue anni e tutta la vita in cui aveva creduto fino a quel momento era svanita come foschia asciugata dal sole. Ma non era questo che lo faceva stare male. Da quando era tornato si era accorto con stupore che fare l'avvocato non gli mancava affatto. Era stato felice di andare a studiare a Roma: a diciannove anni aveva sentito il bisogno di vivere diversamente e la città lo aveva ammaliato con le sue contraddizioni. Ma non aveva cancellato la sua passione per i cavalli e per la vita all'aria aperta. Questo era difficile da spiegare alla madre, convinta che il tradimento che aveva portato alla separazione da Vanessa lo avesse annichilito tanto da farlo sragionare. Lui ragionava perfettamente. E adesso erano altri i pensieri in cui preferiva perdersi. Quella mattina, per esempio, si era divertito come non gli accadeva da mesi.

Suo padre era rimasto bloccato a letto da uno dei suoi frequenti mal di schiena, così lui era andato a tagliare l'erba nel prato della tenuta dei vicini. Non aveva intenzione di disturbare l'ospite di Esmeralda, anzi si augurava che non fosse nemmeno a casa. Certe mattine, mentre cavalcava con Lapo, l'aveva intravista correre per le strade battute tra i campi. Aveva una falcata lunga e leggera, sembrava quasi non toccasse terra. Ma non era interessato ad approfondire la conoscenza. Dopo Vanessa, l'universo femminile non gli sembrava più tanto desiderabile.

Ma lei lo aveva sorpreso. All'inizio le era sembrata delusa di trovare lui invece del padre. Poi, quando l'aveva rincorso per chiedergli di insegnarle a usare il tosaerba, non era riuscito a trattenersi ed era scoppiato a ridere. Lei però l'aveva guardato seria, gli occhi grandi e verdi che risaltavano sul viso magro dagli zigomi pronunciati.

«Non credo sia una buona idea» aveva cercato di dissuaderla.

«Io credo di sì, invece» l'aveva contraddetto. «Ho un sacco di tempo libero e non mi piace stare con le mani in mano.»

«Potresti trovarti un'occupazione più...»

«Più cosa? Adatta a una donna?»

«Non ho detto questo» aveva ribattuto Riccardo stizzito. Per chi lo aveva preso? Uno zotico maschilista? Poi lei gli aveva sorriso, e lui si era arreso.

Il vecchio tagliaerba era pesante e non proprio maneggevole. Il motore e la lama erano ricoperti da un involucro di plastica verde ammaccato in più punti, e il manico da impugnare per governarlo era macchiato di ruggine. Si metteva in moto tirando una corda che aveva all'estremità una piccola maniglia di plastica: non era agevole nemmeno per lui che era pratico di quegli attrezzi. Lei aveva dovuto tirare parecchie volte prima di riuscire ad avviarlo, ma quando il motore si era messo a scoppiettare gli aveva rivolto uno sguardo vittorioso. Alla prima partenza il tosaerba l'aveva quasi trascinata via con sé: Riccardo era combattuto tra la preoccupazione che si facesse male e la voglia di mettersi a ridere. Alla fine lei aveva preso in mano la situazione e si era mostrata più robusta di quanto il corpo magro e le mani curate alla perfezione lasciassero intendere.

Era rimasto in piedi a braccia conserte a guardarla condurre il tosaerba su e giù per il giardino e lottare per manovrarlo tra i cespugli. Teneva gli occhi fissi davanti a sé, concentrata su ciò che stava facendo. Una ciocca di capelli le era uscita dalla fascia che teneva in testa e ogni tanto la scostava soffiando da un angolo della bocca, per non lasciare la presa sul manico. Non sembrava del tutto nuova a quell'attività e Riccardo si scoprì curioso di sapere qualcosa di più sulla sua vita.

Dopo aver tagliato il prato su tutti i tre lati della casa, Francesca aveva lasciato andare il tosaerba alzando le mani in segno di resa: il sorriso che le illuminava il viso gli aveva tolto il fiato.

«Posso invitarti a pranzo?» gli aveva chiesto.

«Purtroppo devo andare.» Riccardo si era accorto con stupore di quanto gli dispiacesse dover rinunciare. «Ora che mio padre è bloccato a letto ci sono un sacco di cose che devo fare.»

«Se c'è qualcosa che posso fare io qui, ti risparmierei del lavoro.»

«Grazie. Il giardino delle erbe è quello che richiede più cure. Per il resto cerchiamo di impedire alla vegetazione di impossessarsi della proprietà. È più un lavoro di mantenimento.»

«Come tagliare l'erba.»

«Esatto. Per qualche settimana, però, non ce ne sarà più bisogno.» Si era fermato prima di chiederle se si sarebbe trattenuta tanto. «Se vuoi, puoi occuparti dell'orto finché mio padre non si rimette in piedi.» Voleva rivedere il sorriso illuminarle il viso e infatti, a quelle parole, i suoi occhi si rianimarono di entusiasmo.

«Mi piacerebbe moltissimo!»

«Affare fatto, allora.» Le aveva voltato le spalle afferrando il manico del tosaerba, per dirigersi verso la rimessa.

«Sicuro che tuo padre non sia contrario?» La voce di Francesca lo aveva raggiunto alle spalle. «Mi sembra che ne sia così...»

«Geloso?» aveva concluso per lei. «Se ne farà una ragione.» Non era sicuro di essere riuscito a trattenere la contrarietà che gli provocava l'argomento: lui e Fedo non riuscivano a non discutere, quando ne parlavano. Riccardo non capiva perché il padre si ostinasse a spaccarsi la schiena su quel pezzo di terra, quando a casa loro ne avevano fin troppi di lavori da fare. Poi le aveva sorriso, facendole l'occhiolino, e aveva spinto il tosaerba verso il retro della casa.

Quando era tornato indietro, lei era in piedi sotto al portico che accarezzava la testa di Oliver. Le aveva rivolto un breve cenno di saluto mentre si dirigeva all'auto, poi aveva chiamato il cane. Che però l'aveva guardato inclinando il testone, incerto se seguirlo o restare.

«Ehi!» aveva esclamato di fronte alla sua titubanza.

«Posso portartelo più tardi se ora vuole restare. Avevo intenzione di passare da tua madre per ringraziarla dei dolci.»

«Non preoccuparti, conosce la strada.» Poi aveva guardato il cane. «Quindi resti qui?»

Oliver non si era mosso, così Riccardo era salito in auto. Quando aveva messo in moto, il cane l'aveva raggiunto e lui gli aveva aperto la portiera.

Svuotò il calice e allungò le gambe avanti, appoggiando la testa alla spalliera della sedia e rilassando le spalle.

Una striscia sempre più sottile di luce violetta stava per essere scacciata dal buio della notte, e l'aria si era fatta più frizzante. Era stanco e avrebbe dovuto andarsene a letto. La vita alla fattoria lo sfiancava. Mandrie, campi, ulivi: anche con l'aiuto di dipendenti, era un lavoro senza tregua. Per fortuna c'erano i cavalli, con i quali passava tutto il tempo libero. Erano loro, la cosa che gli era più mancata quando viveva a Roma. Ed erano sempre loro il motivo per cui era tornato senza troppi rimpianti. Suo padre gli aveva insegnato a cavalcare quando era piccolo e, da buttero qual era, gli aveva trasmesso il suo amore per quegli animali intelligenti e fieri. Ora doveva trovare il modo di trasformare la sua passione in un'attività lavorativa: Tosca non sarebbe stata felice di vederlo mettere radici in quelle terre ma, il giorno in cui l'avesse visto sereno e realizzato, si sarebbe arresa.

Ma nemmeno questa era una faccenda alla quale aveva voglia di pensare, adesso. Se avesse avuto voglia di alzarsi, si sarebbe versato un altro bicchiere di vino: forse sarebbe servito per acquietare quella corrente di inquietudine.

Invece tornò con la mente a Francesca. Gli era piaciuto il suo sguardo determinato mentre conduceva il vecchio tosaerba. La sua voglia di rendersi utile senza paura di sporcarsi le mani lo aveva meravigliato: si era aspettato di trovarsi di fronte una donna più pretenziosa. E quegli occhi, di un bellissimo verde screziato d'ambra, lo avevano quasi messo a disagio, le poche volte che si erano posati su di lui.

Si alzò in piedi bruscamente, facendo sobbalzare Oliver. Non aveva nessuna intenzione di lasciarsi coinvolgere da quella donna. Adesso che il dolore per il tradimento da parte delle due persone che credeva di conoscere come se stesso si era placato, voleva stare solo. Aiutare i genitori a risollevare l'azienda agricola gli prendeva buona parte dei pensieri. Il resto del tempo era per sé e i cavalli, che lo avevano guarito.

Indugiò sulla porta di casa, poi si allontanò verso le stalle. Inutile che andasse a letto sapendo che non si sarebbe addormentato. Una bella cavalcata con Lapo gli avrebbe fatto bene. Almeno per quella sera.

14

La sabbia le solleticava la pianta dei piedi, insinuandosi tra le dita e rimanendo attaccata alla pelle fino all'onda successiva. La spiaggia era un nastro di sabbia fine lungo qualche chilometro, stretto tra la bassa vegetazione mediterranea e il mare. Aveva un aspetto selvaggio, punteggiata da numerosi tronchi portati dall'acqua e sbiancati da sole e salsedine. In alcuni punti qualcuno aveva formato dei ripari intrecciando i rami più grandi, rustiche capanne che davano un aspetto ancora più primitivo al paesaggio. La spiaggia si incurvava verso ovest, interrompendosi contro una sporgenza rocciosa ricoperta di arbusti; oltre, solo scogliere a picco su un mare dalle sfumature azzurre, verdi e blu.

Era una mattina soleggiata, il cielo terso permetteva di spaziare con gli occhi dall'isola del Giglio a quella di Montecristo. Francesca era quasi certa che la piccola sagoma che si intravedeva sulla linea dell'orizzonte fosse la Corsica.

Il potere curativo di quelle terre stava sconfiggendo la sua diffidenza. I sensi di colpa non l'avevano abbandonata del tutto, ma si era accorta di poterli tenera a bada. E il rientro a Firenze veniva rimandato giorno dopo giorno. Occuparsi dell'orto, tenere in ordine il giardino e la casa, fare esperimenti culinari: semplici attività che le donavano una pace di cui aveva dimenticato il sapore.

Poi era arrivata la telefonata di Giulio, carica di insofferenza e di accuse. Voleva che tornasse a Firenze, che la smettesse di fare i capricci come una bambina egoista.

Le sue parole ingiuste, così simili a quelle che amava rinfacciarle anche la madre, l'avevano ferita più di quanto immaginasse. Il colpo di grazia l'aveva dato la telefonata di Gaia.

Così, dopo una notte insonne, si era alzata e aveva iniziato a fare le valigie. Non aveva nemmeno raggiunto Fedo, che era tornato a curare il giardino delle erbe.

Poi Esmeralda era riuscita a interromperla.

«Mi ha telefonato Gaia» aveva esordito al telefono. Come per lei, anche per i suoi figli Esmeralda era una presenza solida e importante. Non avrebbe mai permesso loro di chiamarla "nonna", ma in pratica il ruolo che rivestiva aveva la stessa importanza. I ragazzi non avevano mai legato con Delia, la cui freddezza li aveva tenuti a distanza.

«Ha chiamato anche me» aveva ribattuto Francesca. «A quanto pare si è ambientata benissimo lassù.» Gaia amava le lingue, e amava viaggiare. Tanto che già all'inizio delle scuole medie aveva espresso il desiderio di studiarle, magari anche all'estero. E sembrava avesse trovato il modo di realizzare questo sogno prima del previsto: infatti aveva telefonato alla madre per esprimerle la sua intenzione di proseguire il liceo proprio in Inghilterra.

«Io non avevo dubbi» aveva asserito Esmeralda. «E penso sia un'ottima cosa per lei restare a studiare in quel Paese.»

«Ma ha solo sedici anni...». Aveva fatto un grande sforzo per non smorzare l'entusiasmo della figlia, ma non era sicura che fosse una buona idea. Francesca temeva che la separazione dei genitori avesse influito troppo su questa scelta e avrebbe preferito che Gaia restasse in Italia almeno per finire il liceo.

«Non fare la mamma chioccia» l'aveva rimproverata Esmeralda. «Gaia è una ragazza matura e responsabile. E se non dovesse trovarsi bene, tornerebbe a casa.»

A lei sedici anni continuavano a sembrare troppo pochi per fare un passo del genere. Gaia le aveva anche spiegato, a grandi linee, come avrebbero dovuto gestire la situazione a livello burocratico, ma lei non le aveva prestato ascolto. «Non ti sento molto entusiasta...» aveva commentato Esmeralda di fronte al suo silenzio.

«Vorrei solo essere sicura che le sue motivazioni siano solide.»

«Non sta scappando dalla vostra separazione.» Come poteva dubitare che Esmeralda non colpisse dritto al cuore del problema?

«E tu come lo sai?»

«Perché ne abbiamo parlato.»

Bene. Adesso si sentiva pure in un angolo e accerchiata.

«Ha sempre espresso il desiderio di andare all'estero» le ricordò la donna. «Dovresti essere orgogliosa del lavoro che hai fatto con lei. Con entrambi i tuoi figli. Lei sta scegliendo per se stessa, ed è anche merito tuo.»

«Che merito sarebbe quello di averle fatto desiderare di allontanarsi alla prima occasione?»

«Che noia che sei» aveva sbottato Esmeralda. «Non la finisci mai di rimproverarti per qualcosa, eh?»

«Voglio solo evitare di commettere errori che possano farli soffrire.»

«Tutti commettiamo errori. E tu non sei come tua madre.» Francesca aveva sussultato.

«Se lei è felice, lo sono anche io» aveva concluso. «Vorrei solo essere sicura che lo sia davvero. Io comunque la sosterrò sempre.»

«È quello che devi fare. Lei ha le idee chiare. E vedrai che, se va avanti di questo passo, troverà anche un uomo alla sua altezza.»

Francesca aveva fatto finta di non cogliere l'allusione. Aveva salutato l'amica prima di lasciarsi sfuggire che sarebbe tornata in città. Poi aveva abbandonato le valigie aperte sul letto e aveva raggiunto la spiaggia. All'improvviso anche quella casa spaziosa era diventata opprimente, le toglieva l'aria. Aveva ripreso a respirare solo di fronte al mare e all'aria impregnata dal profumo di salsedine e dei ginepri, del rosmarino e dell'elicriso.

Non avrebbe fatto molta differenza vivere in una casa vuota nel cuore della Maremma o in una altrettanto vuota nel centro di Firenze. Là almeno avrebbe potuto riprendere le sue abitudini, la vita al ristorante, le corse lungo l'Arno…

Esmeralda era sicura che, in quella tenuta e con tanto spazio e tempo da dedicare a se stessa, Francesca avrebbe scoperto che anche lei aveva avuto dei sogni. L'amore per la cucina, che le aveva fatto ingaggiare la prima, seria, battaglia con la madre affinché le lasciasse frequentare la scuola alberghiera, era uno di questi. Che lei aveva sacrificato sull'altare della maternità e della famiglia. Le discussioni con Esmeralda sull'argomento erano sempre state dure e accalorate. Francesca sosteneva di aver sempre fatto le proprie scelte liberamente: lasciare che Giulio continuasse la carriera come cuoco, mentre lei si occupava dei figli e di fare filare tutto liscio, a casa e al lavoro, l'aveva deciso lei dopo essere rimasta incinta. Ma i quarant'anni erano coincisi con il lento svuotamento della casa: la separazione dal marito, per quanto si ostinasse a vivere ancora lì, l'aveva segnata più di quanto avrebbe ammesso ad alta voce. E adesso anche i ragazzi sembravano decisi a seguire i loro progetti altrove: Gaia in Inghilterra e Matteo in un'altra città, se le selezioni che aveva fatto per una squadra di canottaggio fossero andate a buon fine. Quando ne aveva parlato con Giulio, lui non si era mostrato preoccupato per i ragazzi. Anzi, era stato tanto sfacciato da dirle che, con i ragazzi lontani, lei avrebbe potuto dedicarsi al ristorante a tempo pieno e lui sarebbe stato libero di andarsene a Milano.

Questi cambiamenti erano la vera causa della sua inquietudine e del suo smarrimento. Inutile volerci vedere altro.

Raggiunse il limite della spiaggia, si lasciò cadere seduta sulla sabbia e rimase a osservare il paesaggio quasi incontaminato che la circondava. Quando i raggi del sole si fecero più caldi e perpendicolari, si alzò e tornò indietro camminando piano, cullata dal rumore delle onde che accarezzavano il bagnasciuga. E la sua anima.

15

L'inconfondibile rumore delle zampe di Oliver che grattavano la porta le strappò un sorriso. Era stupita dal suo affetto, che la riportava indietro di vent'anni alla sua speciale intesa con Rufus. Appoggiò lo strofinaccio con il quale stava pulendo il piano della cucina e, con il sorriso stampato sul viso, si avviò alla porta. Il telefono iniziò a squillare prima che afferrasse la maniglia. Si fermò indecisa: quell'apparecchio suonava più spesso di quanto avrebbe desiderato. Fece qualche passo indietro e afferrò il cellulare che vibrava sul tavolo. Quando vide il nome della madre si irrigidì, rimproverandosi per la sua incapacità di tenerlo spento e rendersi irreperibile.

«Pronto?»

«Allora ci sei ancora.» Non aveva bisogno di non vederla per immaginare il suo viso contratto dall'acidità.

«Come stai, mamma?»

«Non fingere che ti interessi» brontolò. «Sono molto stanca. Avrei bisogno di una vacanza anche io!»

«L'estate è appena iniziata» le fece notare. «Devi solo scegliere una meta.»

«Ma come siamo spiritosi oggi!» La voce era sferzante e d'istinto Francesca trattenne il fiato. «Tuo padre non vuole muoversi e io non posso certo abbandonarlo qui da solo come hai fatto tu!»

«Io non ho abbandonato nessuno.»

«Ma certo! Tu hai prima allontanato tutti per poi farti i fatti tuoi!»

Francesca strinse i pugni, piantando le unghie nella pelle del palmo: non c'era stato un giorno della sua vita in cui si fosse fatta i fatti suoi. Mentre sua madre preferiva seguire il marito nei suoi lunghi viaggi di lavoro e lasciava le figlie a casa con la babysitter, era lei che si occupava della sorellina. E, quando era diventata maggiorenne, Delia non si era presa nemmeno più il disturbo di assumerne una. E lei ce l'aveva messa tutta: Caterina, la scuola, la spesa, la casa. Anche dopo aver incontrato Giulio, averlo sposato ed essere diventata madre a sua volta, non c'era stato giorno in cui non si fosse resa disponibile alle richieste della madre. Quando il padre aveva avuto l'infarto era volata a Londra dove si trovavano in quel momento per occuparsi di tutto, mentre Delia interpretava il ruolo di martire santificata.

«Hai telefonato per dirmi qualcosa?» mormorò trattenendo la frustrazione.

«Non ti sei stancata di stare lì?»

«No.»

«Ho sentito Giulio. È stanco e nervoso. Non potresti andare ad aiutarlo?»

«Te lo ha chiesto lui?»

«Ma certo che no!» sbuffò Delia come se fosse impensabile per un uomo come Giulio chiedere aiuto. «Ma se tu torni in città, magari io e tuo padre possiamo venire a trovarvi. A lui manca Firenze.»

«Potete andare anche senza di me» replicò. Poi si decise ad aprire a Oliver, che nel frattempo aveva iniziato a uggiolare. «La casa è vuota, non dovete andare in albergo.»

«Non capisco cosa ti sia successo» sbottò l'altra. «Prima ti separi da tuo marito, poi ti comporti da egoista insensibile. Forse dovresti parlarne con qualcuno.»

Francesca ascoltava allibita le parole della madre: voleva mandarla dallo psicoanalista perché si rifiutava di accorrere a ogni sua assurda richiesta?

«Perché ce l'hai così tanto con me?» sussurrò. Quel pensiero, che la perseguitava da anni, le era scivolato fuori dalle labbra insieme al respiro.

«Ma cosa stai dicendo?» strepitò la madre. «Vedi? Non si può parlare con te!»

Nel frattempo Oliver aveva fatto il giro del tavolo di corsa e ora sedeva sulle zampe posteriori in attesa del suo biscotto. La guardava allegro e speranzoso, mentre la coda spazzolava le vecchie pietre scure.

«Senti, mamma, non verrò a fare compagnia a papà. Lui sta benissimo e non ha bisogno di nessuno. Se volete andare a casa a Firenze ti faccio trovare le chiavi.» Fece una pausa, allungando una mano dentro il vaso di vetro e afferrando un paio di biscotti. La sua voce risuonò calma e sicura quando proseguì. «Ho passato tutta la vita a cercare di renderti fiera di me. Ho fatto del mio meglio, ma sembra che non sia sufficiente.»

«Adesso cosa fai, la vittima?»

«No» replicò esasperata. «Ti sto solo chiedendo di lasciarmi in pace. Tutto qui.»

«Ah, sì? Siamo diventati un disturbo adesso? Non ci chiami mai, non chiami nemmeno tua sorella. Lo so che sei sempre stata gelosa di lei.»

«Adesso devo andare» la interruppe brusca. «Se avete bisogno delle chiavi di casa fammelo sapere.»

Chiuse la chiamata e spense il cellulare. L'assalì una stanchezza pesante come un sudario e Francesca si lasciò cadere in ginocchio di fronte al cane. Non ce l'avrebbe fatta ad ascoltare ancora una volta quelle parole. Sempre gli stessi discorsi, detti e ripetuti negli anni fino a diventare veleno. Quella donna non aveva capito niente di lei. Il dubbio che non le interessasse nemmeno fece capolino nella sua mente, rendendo all'improvviso insignificante la domanda che sempre l'aveva perseguitata: perché non riesco a renderla felice?

Oliver le leccò una guancia e solo allora si accorse delle lacrime. Si passò le mani sul viso, poi si alzò in piedi respirando a fondo. Non c'era più niente che potesse fare per cambiare la situazione. Le lacrime ora bruciavano di umiliazione: si sentì sciocca, infantile, senza spina dorsale. Era questa la donna che sognava di diventare? Una creatura fragile e piagnucolosa, incapace di portare rispetto a se stessa?

Afferrò un altro biscotto e lo porse al cane, che lo inghiottì senza morderlo.

«Una di queste volte ti rimarrà bloccato in gola» lo ammonì. Poi raggiunse la porta d'ingresso aperta, seguita dall'animale.

Oliver corse fino all'imbocco della strada, poi si fermò e si voltò a guardarla, impaziente. Quando vide che lei rimaneva immobile tornò indietro, le infilò il muso umido nel palmo della mano e abbaiò.

«Non sono esperta di linguaggio canino ma, se è un invito a seguirti, credo che accetterò.» Oliver corse di nuovo verso la strada e si fermò, scodinzolando.

Francesca non si curò di guardarsi allo specchio, prendere la borsa e il telefono. Si chiuse la porta alle spalle, sfilò la chiave dalla toppa e lo seguì. Alla ricerca del sogno in cui lei era finalmente la protagonista.

16

Non sarebbe mai stata in grado di ripercorrere lo stesso tragitto che stava facendo con Oliver. Avevano attraversato lunghi filari ordinati di viti basse e ricoperte di foglie di un verde brillante. Poi campi abbandonati, boschetti percorsi da sentieri sassosi e prati dove cavalli e mucche dalle lunghe corna brucavano pigramente.

Si augurava di riuscire a convincerlo a riaccompagnarla a casa: per quanto fosse dotata di buon senso dell'orientamento, tra quelle colline ondulate che si srotolavano fino all'orizzonte sarebbe stato molto facile perdersi.

Dopo quasi quarantacinque minuti di peregrinazioni, Oliver si fermò nell'aia di una vecchia casa di campagna. I muri scrostati e gli infissi che reclamavano a gran voce una mano di vernice davano l'impressione che fosse disabitata, ma i panni stesi al sole ad asciugare e un gruppo di galline con i pulcini raccontavano un'altra storia.

Il cane abbaiò, poi, con una zampata decisa, aprì la porta e scomparve in casa.

«Oliver!» lo richiamò. L'abitudine a intrufolarsi nelle case altrui sembrava un suo tratto distintivo, ma non era scontato che tutti l'apprezzassero.

«Cagnaccio maleducato!» esclamò una voce di donna dall'interno della casa. «Visto che sei tanto bravo ad aprirla, perché non impari anche a chiuderla, questa porta?»

«Oh! Buongiorno!» La proprietaria della voce era apparsa sull'uscio e, dopo un primo momento di sorpresa, le sorrise andandole incontro.

«Mi scusi per il cane.» Francesca sbirciò oltre le spalle della donna per vedere se Oliver tornava. «Sembra gli piaccia entrare nelle case.»

«È testardo come il suo padrone» continuò lei allegra. «Non gli si riesce a mettere un po' di buone maniere in quel testone!»

Francesca sorrise.

«Stavamo facendo una passeggiata e lui…»

La donna spalancò gli occhi dallo stupore, poi le prese le mani tra le sue.

«Sei Francesca!» esclamò. «La nipotina di Esmeralda, giusto?»

«Sì… *ex* pronipotina…» balbettò lei confusa.

«Io sono Tosca» si presentò. «Ti ricordi? Oh, ma come potresti, è passato tanto tempo… Ma vieni dentro! Fa già tanto caldo a quest'ora!»

Francesca era arrossita. Avrebbe dovuto fare quella visita già da giorni e invece era piombata lì senza nemmeno sapere dove stava andando. Proprio un bell'esempio di educazione e gratitudine.

«Non vorrei disturbarla…»

«Sciocchezze, quale disturbo! Vieni, entra!»

Francesca la seguì in casa. L'ingresso era avvolto nella penombra ma la cucina, dove la condusse, era rivolta a sud ed era più luminosa.

«Spero ti sia piaciuta la mia torta» continuò Tosca con la

sua voce squillante. «Sarei voluta passare a trovarti ma qui c'è sempre così tanto da fare!»

«No, sarei dovuta passare prima io per ringraziarla... Spero che suo marito...»

Ma non fece in tempo a finire la frase che Tosca proruppe in un sospiro esasperato: «Ah, che grande errore riporre qualsiasi speranza in Fedo, quell'orso scorbutico!».

Francesca scoppiò a ridere, una risata leggera che saliva dritta dalla bocca dello stomaco.

Tosca la guardò con un sorriso ironico e sincero e poi si avvicinò a controllare il contenuto del forno. «Siediti! Posso offrirti un caffè? O forse qualcosa di fresco?»

«Un po' d'acqua andrà benissimo.»

Tosca prese una caraffa dal frigorifero e le versò un bicchiere.

«Allora, come ti trovi in quella casa?» domandò sedendo di fronte a lei.

«Molto bene.» Era difficile stare al passo con la parlantina della donna, ma Francesca scoprì che le mancava chiacchierare con altri. Fedo, per quanto ormai si fosse abituato alla sua presenza, non si poteva certo definire loquace.

«È un vero peccato vedere un posto tanto bello sempre vuoto» proseguì Tosca. «Ma capisco che Esmeralda non se la senta di tornare. Quando c'era il signor Montero, pace all'anima sua, avevano sempre degli ospiti. Ma forse te ne ricordi, non è vero? Non era mica un orso scorbutico, lui!» La donna sorrise, appoggiando gli avambracci al tavolo e sporgendosi verso di lei. «Gli piacevano anche i bambini. Era felice quando venivate in vacanza. E parlava spesso di te.»

«Di me?» Lo stupore dipinto sul viso di Francesca strappò un altro sorriso a Tosca.

«Ma certo! Diceva che lo seguivi ovunque, ascoltando

tutti i suoi insegnamenti. Gli piaceva raccontarti le storie su quella casa, che aveva riempito di tutte le sue passioni. Il vino, per esempio. Ti ricordi dei vigneti di ciliegiolo, sangiovese e vermentino che aveva piantato? Ti ci portava sempre! Anche nel giardino delle erbe… ricordi?»

Francesca era senza parole. Come avrebbe potuto dimenticare? Era in quella casa che aveva iniziato a coltivare l'amore per la cucina e le piante, sostenuta dal trasporto che percepiva nelle parole di Giorgio e dalla determinazione di Esmeralda nello spronarla a inseguire i propri sogni.

«Il giardino è ancora bellissimo» mormorò.

«Già. Fedo ci si è dedicato con una testardaggine unica… Ma per le nostre terre non ha la stessa cura…»

Tosca si alzò in piedi, tornò a controllare il forno e, mentre si muoveva indaffarata in cucina, continuò a raccontare. Quelle terre erano difficili e delicate, e potevano mettere in ginocchio i contadini anche solo con un'annata sfortunata. Fedo in fondo non amava quel lavoro, lo frustrava e lo rendeva insofferente.

«Aveva solo i cavalli per la testa» brontolò. «Ma con il mestiere di buttero non portava il pane in tavola. Non ho mai capito cosa ci abbia trovato in lui, il signor Montero. Ma lo ha preso sotto la sua protezione e lo ha tenuto lontano dai guai.»

«Non lo sapevo…»

«E come potevi?» sorrise Tosca tornando a sedersi. «Eri una bambina e ci si conosceva appena.»

Le versò un altro bicchiere d'acqua, poi aggiunse: «Mio marito non è una cattiva persona. Era uno spirito libero, un po' come i suoi cavalli. Era difficile tenerlo chiuso in un recinto…».

«Che fine hanno fatto i vigneti?» Francesca approfittò di una breve pausa per porre la domanda.

«Purtroppo sono stati un po' trascurati» spiegò. «La proprietà è enorme, ma Esmeralda non vuole vendere. Noi facciamo fatica a seguire tutto. La nostra uva la portiamo alla cantina sociale, anche se l'avremmo, la nostra cantina. Il signor Montero l'aveva rinnovata e ci faceva del buon vino. Ma Fedo di quella non ne vuole sapere.» Tosca si interruppe, precipitandosi ad aprire il forno per estrarre una torta. Subito l'aria si riempì del profumo di vaniglia e limone e Francesca la guardò ammirata.

«Non appena si sarà raffreddata te ne do un po'. Devo solo spalmare sopra la passata di more di gelso.»

«Sembra buonissima.»

«Oh, di solito lo è! Amo cucinare, soprattutto i dolci. E per fortuna posso venderli, perché sennò Fedo mi avrebbe già buttato fuori di casa!» Tosca rise, ricoprì la torta con una retina e la posò in un angolo della cucina a raffreddare. «Per fortuna ci sono le mie torte» sospirò tornando a sedersi. «Quando cucino non esistono pensieri brutti.»

Francesca abbassò gli occhi sulle mani appoggiate al tavolo. Era così anche per lei: realizzare le pietanze era un procedimento che richiedeva attenzione, pazienza, fantasia e amore... anche per lei la cucina era il luogo dove si era sempre sentita bene.

«Scusami se ti ho annoiata con tutte queste chiacchiere» proseguì Tosca di fronte al suo silenzio. «Passo un sacco di tempo qui da sola e quando ho compagnia mi lascio trasportare!»

«Oh, no! Mi fa piacere parlare con lei.»

Tosca si alzò di nuovo da tavola per controllare la torta. «Non devo spalmare le more quando è troppo fredda» disse quasi a se stessa. «Altrimenti la pasta non la assorbe.» Si mise ad armeggiare e dopo pochi secondi tornò al tavolo con la tortiera tra le mani. «Dovremmo rinnovare l'azienda» le confidò. «Se non stiamo al passo con i tempi ci toccherà svendere tutto. La gente di fuori pensa che qui i soldi crescano insieme al grano. Se solo sapessero!» Prese una ciotola che conteneva una crema scura e iniziò a spalmarla sulla superficie della torta. «Hai visto le vacche maremmane? Belle, eh? Ma il latte te lo pagano pochi centesimi, e con la carne è tutta burocrazia. E il grano? L'orzo? Se sei fortunato e la stagione ti assiste pensi di portare a casa qualcosa. Poi vai a venderlo e ogni volta i prezzi, chissà perché, crollano.» Tosca ammirò la sua opera, poi la ripose di nuovo sotto il copritorta. Mise nel frigorifero la marmellata, mentre continuava a parlare. «E le olive? Se non hai un frantoio tuo, anche lì tra spese e guadagni vai in pari. Resta il vino, ma la concorrenza è tale che non basta più saperlo fare buono. Devi essere un imprenditore, e magari avere già i soldi con cui partire.» Francesca la fissava ammutolita. «Perdonami, non credo che tutto questo ti interessi» si scusò la donna tornando a sedersi.

«Nient'affatto!» Era affascinata dal racconto di Tosca. «Non immaginavo che le cose stessero così, in effetti. Quando vado a camminare mi sembra sia tutto così curato e produttivo...»

«Oh, ma lo è! In parte almeno. Sono arrivati compratori da fuori, grossi imprenditori che hanno acquistato ettari ed ettari di vigneti e hanno fatto costruire cantine dagli architetti delle star. E vendono in tutto il mondo. Oppure c'è chi ha puntato sui prodotti di nicchia: c'è una piccola azienda che si è specializzata nella coltivazione dello zafferano, per dire.»

«Zafferano?»

«Eh, sì. E vanno alla grande.» Tosca si versò un bicchiere d'acqua, e lo bevve prima di ricominciare a raccontare. «I vecchi contadini come noi, invece, fanno fatica. Per questo tanti hanno aperto degli agriturismi: magari hanno venduto gli animali e ristrutturato le stalle, e così integrano l'attività della terra.»

Tosca tornò ad alzarsi e prese la torta. La osservò soddisfatta, poi sorrise a Francesca. «Ora è pronta» annunciò. «Puoi portarla a casa.»

«Tutta?» Francesca si alzò in piedi, pronta a congedarsi. «Lei è troppo gentile, non posso accettare.»

«Perché no? Si conserva per diversi giorni, non devi mica mangiarla tutta oggi.»

«La ringrazio, davvero, però non so nemmeno come sono arrivata fino qui e temo che la strada sia lunga per tornare a casa.»

«Ah, in effetti è vero! C'è una bella camminata fino da te!» Tosca si strofinò le mani nel grembiule e le sorrise. «Non preoccuparti. Ora sveglio mio marito e ti faccio accompagnare.»

«No!» esclamò Francesca con più enfasi di quanto volesse. «Basta che mi indichi la strada. Non lo disturbi.»

«Ma quale disturbo! Fedo fa sempre un pisolino dopo pranzo, ma è ora che si svegli.» Uscì a passo di marcia senza che Francesca potesse fermarla e scomparve su per una scala appena fuori dalla cucina.

Non ci pensava proprio a farsi accompagnare a casa da Fedo. Già immaginava il suo broncio irritato per essere stato tirato giù dal letto. E poi le piaceva camminare, e aveva voglia di stare un po' da sola per metabolizzare la valanga di informazioni ricevute da Tosca.

La donna scese dopo pochi minuti, con la fronte aggrottata. «Scende subito.»

«Davvero, non voglio essere scortese, ma faccio volentieri una bella camminata. Voi siete molto impegnati e io, al contrario, ho un sacco di tempo. Le chiedo solo qualche indicazione, poi la torta torno a prenderla nei prossimi giorni.»

«Assolutamente no, te la faccio portare domattina.»

Francesca sorrise, ma non insistette. A quanto pareva la cocciutaggine era un tratto che accomunava marito e moglie.

Tosca l'accompagnò alla porta, poi fece un breve tratto di viottolo con lei.

«Torna a trovarmi, mi raccomando» le disse, dopo aver-le dato qualche indicazione sulla strada da prendere. «La prossima volta prometto che ti lascerò anche parlare, così mi racconti un po' di te!»

«D'accordo» le promise con una risata. E lo avrebbe fatto davvero, si disse prima di incamminarsi.

17

Il sentiero costeggiava un orto grande e ben curato, poi svoltava a destra e scendeva leggermente verso uno spiazzo piano. Francesca si fermò a osservare. Sulla facciata di un lungo edificio in legno, basso e con il tetto spiovente, si affacciavano diverse porte a doppia apertura che immaginava essere le scuderie. Di fronte, una grande area quadrata in terra battuta, delimitata da una recinzione in legno, dove un uomo stava conducendo un cavallo. L'animale procedeva con lentezza, sollevando con gli zoccoli leggeri sbuffi di polvere. Anche se l'aveva visto solo una volta, Francesca riconobbe Riccardo anche da lontano. Teneva il cavallo per le redini e lo accompagnava con delicatezza, stando al centro del recinto.

Sarebbe stato un bellissimo scatto: le colline basse e verdi che abbracciavano la conca, le scuderie di legno scuro che spiccavano sulla terra polverosa, gli ulivi fitti di nuove foglie grigio-verdi che punteggiavano la piana, e l'uomo e quel possente animale dal manto lucido e scuro.

Francesca era in dubbio se spezzare quel momento o andarsene. Vinse la curiosità, così percorse l'ultimo tratto del sentiero e si avvicinò alla staccionata. Rimase qualche minuto in silenzio ad ammirare la sintonia tra uomo e cavallo fino a quando Riccardo si accorse di lei. Rallentò appena l'andatura, le rivolse un cenno col capo, poi tornò a dedicarsi al suo compagno. Fecero ancora tre giri del recinto prima che Riccardo lo conducesse nel suo box. Si assicurò che avesse l'acqua, lo accarezzò e finalmente si girò verso di lei.

«Ciao! Posso aiutarti?»

«No.» Gli sorrise, poi distolse lo sguardo. «Facevo un giro e sono capitata qui.»

«Capisco...» Riccardo tornò a dedicarsi al cavallo. Afferrò una spazzola appesa a un gancio sulla parete e iniziò a strigliare l'animale. «Ti piacciono i cavalli?» le chiese senza voltarsi.

«In realtà non lo so... Da piccola mi era capitato di vederli da vicino, qui, da Esmeralda e Giorgio, ma è passato tanto tempo... Ne hai altri?» Francesca si sentiva particolarmente loquace, e curiosa: le chiacchiere di Tosca le avevano fatto venire voglia di sapere di più sui suoi vicini.

«Li ho portati al pascolo» le rispose senza interrompersi. «Lui è in convalescenza, perciò lo tengo qui.» Riccardo accarezzò il collo del cavallo, avvicinando il viso per mormorargli qualcosa, e l'animale piegò la testa verso di lui. Un momento così intimo e naturale da farla sentire quasi inopportuna.

«Quindi questo è un maneggio?»

«Più o meno.»

«Più o meno» ripeté. «Quindi potresti darmi più o meno lezioni di equitazione?»

«No, direi di no.»

La risposta brusca fece irrigidire Francesca. La mattina che Riccardo era venuto alla tenuta a tagliare il prato non aveva avuto la sensazione che fosse un tipo taciturno al limite della scortesia. A quanto pare si era sbagliata.

«Bene, allora» disse facendo qualche passo indietro. «Meglio se torno alla tenuta e ti lascio lavorare.» Gli voltò le spalle e fece per incamminarsi quando la voce di Riccardo la fermò.

«Non è ancora un vero e proprio maneggio, perciò non posso dare lezioni.»

«Peccato.» Francesca si girò di nuovo verso di lui. «Lo diventerà?»

«Ehi, ma quante domande oggi!»

Francesca arrossì, poi sorrise. «È così bello questo posto» spiegò guardandosi attorno. «E io non ho mai cavalcato in vita mia. Pensavo potesse essere interessante provare. Tutto qui.»

«Non hai mai montato nemmeno da piccola?»

«Be', io...» Come spiegargli che il veto di sua madre sui cavalli era stato così perentorio da impedirle di provare, anche solo una volta? «Mi piacerebbe provare adesso» concluse.

«Non è ancora un maneggio» ribadì Riccardo, poi tornò a dedicarsi al cavallo. «E non sono assicurato. Non posso permettermi di iniziare un lavoro con una causa per infortunio.»

«Non pensavo di esordire con il salto degli ostacoli...»

«Francesca.» Il suo nome pronunciato con quel tono deciso ma gentile la fece ammutolire. «Sono sicuro che non accadrebbe niente, ma non posso rischiare. Mi dispiace.»

«Capisco la diffidenza, ma...»

«Sono un avvocato.»

Questa dichiarazione la fece tacere definitivamente.

All'improvviso Riccardo le voltò le spalle, brusco, e si allontanò verso il fondo delle scuderie.

«Aspetta qui» disse solo, poi scomparve oltre l'angolo.

Quando riapparve, teneva per le redini un cavallo morello, dalla criniera folta e ben spazzolata, il petto muscoloso e l'andatura spavalda.

«Lui è Lapo» disse Riccardo dopo essersi fermato di fronte a lei. «È il mio cavallo. Non ha un carattere facile ma sa quando è il momento di obbedire.»

Gli occhi di Francesca saettavano dall'uomo al cavallo e viceversa, confusa.

«Possiamo raggiungere il pascolo dove ci sono anche i puledri» continuò Riccardo di fronte al suo silenzio. «Tu puoi montare Lapo e io vi accompagno a piedi.»

«Sei sicuro?» balbettò Francesca.

«No» brontolò lui. «Quindi ti conviene decidere in fretta.»

Un sorriso di meraviglia e gratitudine le illuminò il viso e fece arrossire le guance di Riccardo sotto la pelle scurita dal sole.

«Cosa devo fare?»

Senza indugiare, Riccardo le mostrò come mettere il piede nella staffa, afferrare il pomello della sella per aiutarsi a sollevarsi e impugnare le briglie per dare i comandi a Lapo.

«Io comunque lo guiderò per la cavezza» la rassicurò. «Questa è una sella per la monta western, tu devi solo rilassarti e seguire i movimenti del cavallo.»

Sollevò lo sguardo su di lei, che nel frattempo era salita, e rimase colpito dalla gioia che trapelava dai suoi occhi.

«Sei pronta?»

«Sì!»

Riccardo afferrò la corda legata alla cavezza. «Questa non è una lezione di equitazione, naturalmente» precisò prima di avviarsi.

«Naturalmente» concordò Francesca. Quella voglia di sorridere la fece sentire come una bambina, ma non dovette sforzarsi a restare seria, visto che lui le aveva già voltato le spalle.

Imboccarono una carreggiata tagliata a metà da una striscia d'erba, che costeggiava un campo incolto, e si inoltrarono in un boschetto di lecci. Francesca non si azzardava a spezzare il silenzio, concentrandosi sull'andatura del cavallo e sul rumore cadenzato degli zoccoli. Trovarsi a quell'altezza era una sensazione bellissima, con il calore del corpo dell'animale che si irradiava dai polpacci e riusciva a darle sicurezza a dispetto dell'esitazione iniziale.

Quando sbucarono sul pascolo, Riccardo fermò il cavallo e la guardò.

«Tutto bene?»

Francesca non rispose. Fissava incantata il paesaggio apparso davanti ai suoi occhi, incredula. I cavalli, tra cui due puledri, erano sparsi su un prato dall'erba alta, che ondeggiava accarezzata dal vento. Sullo sfondo il monte Amiata, selvaggio e indomabile, ai cui piedi si srotolavano colline basse punteggiate di ulivi e campi ordinati. Non c'erano centri abitati, se non il piccolo borgo arroccato su un'altura alle sue spalle e le case, di cui si intravedevano i tetti, erano poche e distanziate.

«Bello, vero?»

«È incredibile.»

«Se te ne innamori, poi non riesci più ad andartene.»

Francesca abbassò lo sguardo sull'uomo in piedi accanto a lei, colpita dall'emozione nella sua voce. Riccardo le voltava le spalle, quasi che la schiena potesse fare da barriera a quel momento di vulnerabilità. Un avvocato che allevava cavalli. E che aveva in progetto di aprire un maneggio. Qual era la sua storia? Ma l'istinto le diceva che lui non avrebbe apprezzato troppa curiosità, e in questo lei gli assomigliava.

«Proseguiamo?» Francesca spezzò il silenzio prima che l'imbarazzo prendesse il sopravvento.

«Non sei stanca?»

«Sei tu quello che cammina.»

«Giusto.» Non sorrise, ma il momento di fragilità era passato. «Adesso rimediamo. Tieni qui.»

Le affidò la corda con la quale aveva condotto Lapo e afferrò una fune legata alla sella. Poi si avvicinò a uno dei cavalli liberi, gliela passò attorno al collo e, dopo averlo accarezzato, tornò indietro.

Fingendo di non essere divertito davanti all'espressione confusa di Francesca, si fece restituire la corda e ripercorse il sentiero che portava alle scuderie. Una volta lì, sellò il cavallo e la guardò.

«Ora puoi scendere» le disse. «È meglio se Lapo lo cavalco io. Faremo un po' di strada.»

Francesca si aggrappò al pomello e scese prima che lui potesse avvicinarsi per aiutarla. Rimase un attimo aggrappata all'animale finché riacquistò confidenza con la stabilità del suolo, poi lo raggiunse.

«Domani avrai male alle gambe e alla schiena» l'avvisò.

«Correrò il rischio.» Quella voglia di sorridere che le saliva dal centro del petto la confondeva. Ma era una sensazione inebriante e voleva custodirla il più a lungo possibile.

Riccardo la aiutò a montare poi, con un movimento agile, salì in sella a Lapo e afferrò le redini. Si avvicinò a Francesca e prese la corda che aveva legato alla cavezza del suo cavallo, arrotolandone la cima alla mano sinistra.

«Nemmeno questa è una lezione di equitazione, naturalmente.» Il divertimento che danzava in quegli occhi grigi la sorprese con la forza di un'onda spumeggiante. Sentì il calore del sangue che schizzava dal collo alle orecchie e si morse un labbro, quasi a voler frenare le emozioni.

«Naturalmente» mormorò, mentre lui spronava i cavalli a mettersi in cammino.

18

Il sole era ancora alto nel cielo, anche se aveva già intrapreso la sua parabola discendente. A mano a mano che la luce si faceva più soffusa, il paesaggio attorno a loro assumeva sfumature più morbide. Riccardo aveva lasciato la corda con cui teneva il cavallo di Francesca e la precedeva sulle strade battute: lei sembrava avere preso confidenza con l'animale, che era comunque il più docile della scuderia, e lui si era arrischiato a lasciarla procedere da sola. Quando il sentiero si allargava, Riccardo rallentava e l'affiancava, sbirciando di tanto in tanto le sue reazioni. Lei parlava poco, ma osservava il paesaggio che la circondava con gli occhi spalancati, quasi ne volesse assorbire ogni granello.

Si erano allontanati dalle scuderie procedendo verso est e lasciandosi il mare alle spalle. Fiocchi di nuvole bianche galleggiavano in un cielo di un turchese omogeneo, disegnando ombre sui campi dorati di grano. A breve sarebbe iniziato il raccolto, ma in quel momento le spighe di frumento ondeggiavano baciate dal sole. Salirono su un'altura e Riccardo fece fermare i cavalli. Poi guardò Francesca, in attesa.

Era un bel punto panoramico. La Maremma era una terra dagli spazi ampi e ondulati, bastava salire appena un po' perché la vista spaziasse per chilometri. E per illudersi che fosse un territorio non solo dalla bellezza struggente, ma anche scandito da ritmi naturali indolenti e benevoli.

Francesca si guardava attorno meravigliata. Accanto ai campi di spighe dorate, si srotolavano vigneti dalle linee regolari, boschetti di lecci e querce, appezzamenti punteggiati da ulivi dalle chiome paffute. Ai loro piedi correva una strada sterrata che spiccava bianca sulla vegetazione circostante, e si snodava in morbide curve fin verso le montagne. Più avanti, sulla sinistra, una carreggiata fiancheggiata da cipressi sottili e allungati verso il cielo portava a un casale squadrato, in pietra e dai coppi rosso scuro, abbracciato su un lato da un portico profondo. Case e piccole borgate erano sparse sulle colline, lontane le une dalle altre. Il silenzio era spezzato dal frinire delle cicale, il fruscio del vento tra le spighe e le foglie degli alberi e il ruminare dei cavalli. Un insieme dalla perfezione quasi innaturale.

Riccardo si godeva l'ammirazione di Francesca per quei luoghi, quasi ne fosse l'artefice e il padrone. Guardare quelle terre, che conosceva fin da bambino, attraverso gli occhi di un'estranea toglieva il velo di consuetudine che il tempo vi aveva adagiato sopra, rendendole un po' nuove anche per lui. Erano affascinanti, senza dubbio. Lui continuava ad amarle, per quanto loro mettessero a dura prova la sua lealtà. I pensieri corsero all'azienda di famiglia, e gli strapparono una smorfia di disappunto.

«È davvero bello.» Francesca lo distolse da quei pensieri pesanti.

«Eh già.»

«Posso capire chi sceglie di tornare qui» continuò, cercando di strapparlo al suo mutismo.

«Sì, anche se la realtà è molto meno poetica di quanto

non sembri, purtroppo.» L'espressione interrogativa di Francesca lo spinse a spiegarsi. «Coltivare questa terra è diventata un'impresa sempre meno remunerativa. Molte aziende hanno rinunciato a seminare. Vedi laggiù?» Riccardo allungò il braccio verso sud. «Lasciano i terreni incolti. E così mettono a rischio l'intero sistema idrogeologico. Ma il clima è cambiato, i costi della burocrazia sono sempre più alti, c'è sempre più concorrenza e i prezzi di produzione sono aumentati... Cos'altro possono fare?» Tacque pensando all'azienda di famiglia. Anche loro avevano rinunciato a seminare alcuni campi, lasciando che cavalli e mucche pascolassero in libertà. Ma non era una soluzione. Suo padre era sordo ai suoi suggerimenti. Solo il signor Montero era riuscito a scrollarlo dalla sua apatia. Quando era venuto a mancare, la prima cosa che aveva fatto Fedo era stato chiudere la cantina e portare le uve a quella sociale. Pian piano aveva diminuito il lavoro fino ad arrivare al punto che l'azienda non riusciva più a sostenersi. «Io voglio restare, ma solo a condizione che quest'attività non diventi un biglietto di sola andata per il fallimento.»

«Mi dispiace» mormorò Francesca.

«Anche a me.»

Riccardo spronò coi tacchi Lapo. «Seguimi» le disse prima di voltarle le spalle. Scesero lungo il versante sinistro dell'altura, attraversarono una strada asfaltata, poi risalirono una collina ripida e spoglia. Lapo fremeva dal desiderio di partire al galoppo e Riccardo faticava a fargli mantenere il trotto. La cavalla di Francesca, al contrario, procedeva lenta e imperturbabile, permettendole di continuare a osservare i dintorni.

«Le terre che stiamo attraversando sono tutte vostre?» gli domandò quando lui le fu a fianco.

«Una parte sono anche della tenuta dei Montero.»

«Avete davvero tanta terra.»

«Che ci sta seppellendo» borbottò.

«È così grave?» Riccardo puntò gli occhi verso l'orizzonte a est, senza rispondere. «Scusami, non sono fatti miei» si schernì Francesca.

«Lo vedi il mare, laggiù?» Di nuovo allungò il braccio per indicarle la direzione.

Francesca portò una mano alla fronte per ripararsi dal sole, che stava scendendo proprio da quella parte. Quando riuscì a individuare la striscia azzurra che si fondeva col cielo, le labbra si aprirono in un sorriso di gioia. «È difficile pensare che tanta bellezza sia così...» Si interruppe e inclinò appena il capo, assorta. «... Ostile?»

Riccardo pensò che l'aggettivo calzasse alla perfezione. «Al posto del grano ora abbiamo erba medica, che è più robusta e nutriente per gli animali. Teniamo solo vacche e cavalli maremmani.» Lapo pestò gli zoccoli sulla terra rossa, stanco di quelle lunghe soste. Riccardo tirò le redini, facendolo ruotare su se stesso, per poi affiancarsi di nuovo a Francesca. «Dobbiamo fare nuovi investimenti e modernizzare l'attività. Adesso, con la diffusione e l'appoggio dei presidi Slow Food, potrebbe essere l'occasione per dare una svecchiata all'azienda e guardare al futuro.» Inspirò a fondo e tornò a guardarla: quegli occhi verdi, che lo fissavano interessati, erano come le acque placide dei laghi d'altura, e Riccardo sentì il bisogno di perdercisi.

«Mi sembra una bella prospettiva.»

«A mio padre no. È stanco. E comunque non ha mai amato fare l'agricoltore.»

«E tu?» Di nuovo arrossì, e Riccardo sorrise. «Perdonami» gli disse. «Sembra che voglia farmi i fatti tuoi, ma...»

«Ci sto pensando» la fermò.

Poi si allungò per prendere la corda e, nel farlo, le sfiorò la mano. La sentì trattenere il respiro e finse che quel contatto non lo avesse affatto colpito. Fece ruotare la cavalla su se stessa e le rese la corda. Poi incrociò i suoi occhi e il tempo si fermò.

19

In fondo al portico che dava verso il mare c'era una fontana ricavata da un legno di ulivo vecchio e nodoso, scavato all'interno e dalla forma contorta e allungata verso l'alto come un braccio in segno di saluto. Grazie alla cavità interna formatasi in seguito a una malattia, era stato inserito il tubo per l'acqua che usciva in un foro praticato sotto il braccio legnoso e si avvitava al rubinetto.

Riccardo si avvicinò e lo aprì, lavando mani e viso con l'acqua fredda. Poi si sedette su una panca ad aspettare. Non avrebbe dovuto accettare l'invito di Francesca.

Si abbandonò contro lo schienale e portò le mani dietro la nuca, ripensando agli attimi in cima alla collina in cui il tempo sembrava essere evaporato. Non le aveva sfiorato la mano con intenzione. Le aveva sorriso, nel tentativo di stemperare l'imbarazzo, ma lei lo aveva guardato confusa e, quando aveva abbassato gli occhi, lui aveva strattonato la sua cavalla ed erano ripartiti. Lungo la strada del ritorno, Riccardo aveva percepito con chiarezza che tra di loro l'atmosfera era cambiata: confusa ed elettrica, aveva impedito a entrambi di guardarsi e rivolgersi la parola. Poi però, quando si erano avvicinati alla tenuta, Francesca gli si era rivolta decisa invitandolo a bere qualcosa di fresco. E d'istinto aveva accettato.

Fino a quel momento era stato convinto di non aver alcun bisogno di fare nuove conoscenze, ma Francesca aveva risvegliato il suo bisogno di contatto umano. Non era mai stato scontroso come il padre, ma dopo quei mesi solitari era diventato più taciturno. E la diffidenza che aveva sviluppato verso il genere femminile dopo il triste epilogo del suo matrimonio non lo aiutava. Nonostante ciò, quella donna lo incuriosiva. I suoi occhi poi: il viso magro li faceva risaltare come gemme, e parlavano per lei anche quando stava in silenzio.

Non c'era niente di male nell'approfondire la conoscenza. Lei poi non sarebbe rimasta: ci aveva tenuto a sottolinearlo. Dunque perché si sentiva così a disagio?

Sei un imbecille, Martinelli, disse a se stesso. Poi appoggiò gli avambracci sulle gambe passandosi le mani tra i capelli.

«Eccomi!» Francesca lo raggiunse con due bicchieri colmi di una bevanda verde brillante e gliene porse uno. «Spero che tuo padre non si offenda se gli ho preso un po' di mentuccia» spiegò sedendo di fianco a lui. «Con limone e zenzero sono quello che ci vuole per placare la sete.»

«Non posso assicurartelo...» Riccardo si portò il bicchiere alle labbra, sorridendo. L'aroma era pungente, ma il sapore era buono e fresco. Tacquero per un po', godendo del silenzio e della sosta dopo la lunga cavalcata.

«Grazie per avermi permesso di cavalcare.»

«Sei stata brava» le disse. «Davvero non l'avevi mai fatto prima?»

«No. Mai.» Abbassò gli occhi sulle mani che tenevano il bicchiere, di colpo lontana da lì.

«Be', te lo ricorderai per un po': domani, come ti dicevo,

sarai un po' indolenzita.» Voleva vederla sorridere, e quel bisogno lo sorprese.

«Stringerò i denti.» E premiò il suo desiderio: il sorriso della donna era il più genuino che avesse mai visto.

Riccardo si alzò in piedi e le restituì il bicchiere. «Devo andare, adesso.» Si sentiva a disagio, combattuto tra il desiderio di restare e quello di andarsene. Levare le tende era la scelta più assennata.

«Se vuoi cavalcare di nuovo, basta che tu me lo dica. Naturalmente...»

«... non sarebbe una lezione di equitazione.»

La risata esplose spontanea e accorciò le distanze che Riccardo si premurava di mantenere. «Ora vado» ripeté. «Grazie per la compagnia e la bevanda.»

«È stato un piacere.»

Fece qualche passo indietro, incapace di voltarle le spalle e sparire. Poi, mentre faceva un cenno con la testa verso casa, disse: «Credo stia suonando un telefono».

«Oh!» Francesca sembrava davvero non essersene accorta. «Meglio se vado a rispondere.» Gli voltò le spalle dirigendosi a passo deciso verso la portafinestra. «Ciao» lo salutò, prima di scomparire all'interno.

Riccardo sentì finalmente le gambe obbedire ai suoi comandi, quasi che, scomparendo, Francesca lo avesse liberato da un incantesimo. Raggiunse i cavalli, legati all'ombra di una quercia, montò Lapo e si allontanò senza voltarsi.

«Pronto!»

«...»

«Pronto?»

«Francesca, sei tu?»

«Ciao, Giulio. Chi pensavi che fosse?»

«Hai una voce allegra» replicò sospettoso. «Non ti ho riconosciuta.»

Francesca tacque mentre l'entusiasmo iniziava a scemare.

«Devi divertirti parecchio.»

«Oggi sono andata a cavallo» spiegò. «E sì, mi sono divertita.»

«Devo andare a Milano» proseguì brusco.

«Lo so. Me ne avevi già parlato.»

«Non puoi venire al ristorante? Sarei più tranquillo a partire.»

«C'è qualche problema?» La leggerezza che aveva provato fino a pochi minuti prima era evaporata.

«Dev'esserci per forza un problema per farti tornare?» sbottò Giulio esasperato. «Non so quanto tempo starò via e non mi sento tranquillo a lasciare il ristorante.»

«È in ottime mani. Non c'è bisogno della mia presenza. Ettore può chiamarmi in ogni momento.»

«Perché fai così?» La voce stridula dell'ex marito le graffiò la pelle. «Non ti sei stancata di stare lì? Sono passate due settimane!»

«Se dovessi trattenerti molto a Milano posso fare un salto» cedette alla fine. «Ma vorrei restare ancora un po'. Mi trovo bene. E a casa non c'è nessuno che abbia bisogno di me.»

«Adesso sono diventato nessuno?»

Francesca strinse il pugno della mano libera, inspirando a fondo per non urlare.

«Se non sbaglio tu non dovresti più viverci lì» sbottò alla fine.

«Tu non stai bene» ribatté Giulio stizzito. «Non ti riconosco più.»

«Fammi sapere quando parti e quanto starai via.» Poi riattaccò.

Si rese conto di provare una profonda soddisfazione nel sentire che lui non la riconosceva più. Sapeva che era solo insofferenza, la sua, anche se era vero che non aveva mai reagito così ai capricci di Giulio. Forse c'era davvero un'altra Francesca. Che però non era ancora abbastanza forte da respingere gli attacchi di quell'uomo egoista e insicuro: dopo tutte le emozioni piacevoli provate nel pomeriggio, ora si sentiva stanca e svuotata.

Appoggiò il telefono sul tavolo e si sfregò il viso con le mani. Poi di scatto uscì sotto il portico e cercò i cavalli, ma lo spiazzo all'ombra delle querce era vuoto. Se n'erano andati e tutta la sua solitudine le crollò addosso più pesante che mai.

20

«Tu vorresti un cavallo.» La voce di Delia era glaciale.

«Non proprio. Io...»

«Le persone normali chiederebbero un cane. O un gatto» continuò imperterrita. «Tu invece vuoi un cavallo.»

«Io vorrei solo imparare a cavalcare.»

«Che idea stupida» la liquidò la madre. «Perché non puoi fare le cose che fanno tutti? Sapevo di avere sbagliato a mandarvi in campagna con quella pazza di Esmeralda.»

«Ma ci sarebbero dei maneggi anche qui in città...» Quegli animali l'avevano così affascinata da darle la forza di opporsi alla madre. Perlomeno, di tentare.

«Smettila con queste sciocchezze, Francesca. E impara a pensare un po' meno a te stessa.» L'argomento era chiuso.

Il risveglio, accolto da quel ricordo, non era stato dei più piacevoli. Aveva aperto gli occhi colpita dai raggi del sole che sciamavano dalla finestra, e aveva provato a riacciuffare le emozioni provate il pomeriggio precedente. Ma, non appena aveva pensato ai cavalli, la memoria le aveva riproposto quell'episodio. Era rimasto chiuso nel cassetto delle richieste negate da così tanto tempo da averlo dimenticato, ma ora era più vivo che mai. Le sembrava quasi di sentire il tono stridulo della sua voce.

Per quanto disapprovasse Esmeralda, sorella della madre, Delia non si faceva troppi problemi a lasciarle le figlie durante le vacanze estive. Le andava bene tutto, pur di liberarsi di quel fardello, e fingeva di non sapere quanto sua zia ne fosse felice. "La pausa di disintossicazione" la chiamava Esmeralda, non appena le bimbe scendevano dall'auto del padre.

Le pause nel cuore della Maremma erano un mondo nuovo e rinfrancante per Francesca, fatto di silenzi, profumi, semplicità e pace. E di animali fieri come i cavalli, che osservava liberi nei pascoli. Per questo aveva cercato di portarsi un po' di quella serenità anche in città. Ma Delia non aveva voluto sentire ragioni.

Buttò le gambe fuori dal letto sollevandosi a sedere e i muscoli protestarono. Aveva la schiena indolenzita, i quadricipiti e gli adduttori rigidi come bastoni. Si mise in piedi facendo forza sulle braccia, e un sorriso le distese i tratti del viso. Era stata a cavallo. Un esordio impegnativo, soprattutto per la durata, ma emozionante proprio come l'aveva immaginato. Zoppicò fuori dalla stanza verso la cucina e a ogni passo si sentiva meglio. Non solo i muscoli riacquistavano elasticità, ma le trasmettevano una nuova consapevolezza di sé. Era come se, a ogni passo, scoprisse per la prima volta una parte del proprio corpo. I movimenti fatti ogni giorno per alzarsi, camminare, vestirsi, che impegnano decine di muscoli di cui non si conosce nemmeno il nome, adesso non erano più scontati.

Francesca raggiunse la cucina, illuminata dai raggi obliqui del sole del mattino, e si avvicinò al piano cottura. Afferrò la caffettiera, poi si fermò; osservò la mano abbronzata, dalle dita lunghe e affusolate, il polso magro e ossuto e i tendini che sporgevano sul dorso. Una mano conosciuta, eppure estranea.

Una parte di sé che vedeva con occhi nuovi. Forse Esmeralda aveva ragione: viveva un'altra persona dentro di lei.

Mentre aspettava che il caffè fosse pronto, iniziò ad aprire le finestre del pianoterra. La luce entrò a illuminarle i pensieri: che motivi c'erano che le impedivano di prendersi ciò che la vita le offriva in quel momento? Sognare non costava nulla. Sognare di vivere nella tenuta, di avere un cane affettuoso come Oliver e un cavallo con il quale andare alla scoperta delle terre della Maremma. Rinascere insieme a quella grande casa, ai suoi silenzi e alla sua solidità, avvolta dal profumo delle erbe aromatiche, delle marmellate fatte in casa e dall'aroma rassicurante del caffè.

Non sapeva niente di coltivazioni, di allevamento, dei rischi e delle fatiche di un lavoro che aveva evidentemente piegato Fedo. Sapeva però quanto l'atmosfera di quelle terre la stesse aiutando a sciogliere le tensioni, quanto l'anima delle mura la stesse cullando e accarezzando, facendola riposare come non le capitava da anni. Da mai, forse.

I suoi sogni a occhi aperti furono interrotti dal rumore di un'auto che si avvicinava. Andò in camera e indossò un paio di pantaloncini corti e una maglietta bianca, poi si passò le mani tra i capelli senza fermarsi davanti allo specchio e tornò in cucina appena in tempo per sentire Oliver raspare contro la porta.

«Buongiorno!» esclamò aprendo l'uscio. Lui si intrufolò come al solito in cucina e lei fissò stupita Riccardo fermo oltre la soglia.

«Buongiorno» la salutò. «Mia madre mi ha detto di portarti la torta con le more.»

Francesca sentì i muscoli del viso distendersi in un sorriso.

«Ma non dovevate, gliel'avevo detto che non volevo disturbare!» Indietreggiò per farlo accomodare. «Non so proprio come ricambiare!»

«Non devi.» Riccardo era entrato in cucina e aveva posato la tortiera sul tavolo al centro della stanza. «Non c'è niente che la renda più felice che cucinare. Se poi trova qualcuno che apprezzi le sue creazioni, quello è il massimo della soddisfazione.»

«Be', grazie allora» disse dopo aver allungato un biscotto a Oliver. «Vuoi un caffè?»

Riccardo guardò l'orologio che aveva al polso. «Ho pochi minuti.»

«È già pronto.»

Il sorriso che le rivolse era appena accennato, ma Francesca sentì un calore imbarazzante salirle alle guance. Gli voltò le spalle, prese le tazzine e versò il caffè per entrambi.

«Tuo padre non sta bene?»

«Perché?»

«Sei venuto tu a portare la torta...»

Di nuovo quel sorriso, un po' più marcato questa volta. «Mia madre voleva fartela avere prima di colazione» spiegò. «E io dovevo uscire presto. Mio padre non tarderà.»

Bevve il caffè in due sorsi, portando la tazzina alle labbra con insolita eleganza.

«Quindi, sei un avvocato cowboy?» Ma che domanda era? Ora Riccardo la stava fissando infastidito. «Scusami» si affrettò a mormorare mortificata, «è una doppia veste bizzarra, mi ha incuriosito...»

«Se pensi di restare qui devi smetterla di scusarti sempre» le consigliò. «Da queste parti non lo apprezziamo.»

«Non pensavo di restare...» replicò disorientata.

Riccardo andò alla porta dopo aver riposto la tazzina vuota e, sulla soglia, si voltò di nuovo verso di lei. «Ti lascerei Oliver, se per te va bene. Mio padre lo riprenderà quando arriva.»

«Ma certo. Non c'è problema.» Abbassò lo sguardo verso

il cane, accucciato ai suoi piedi in attesa di altri biscotti, e gli accarezzò la testa.

«E comunque *sono stato* un avvocato… In un'altra vita.» A queste parole Francesca sollevò gli occhi di scatto e per una frazione di secondo incrociò la sofferenza in quelli di lui. «Cowboy… vedremo.» Sollevò la mano in un cenno di saluto e scomparve nella luce del mattino.

Francesca rimase immobile, il rumore dell'auto che partiva e si allontanava divenne sempre più flebile fino a zittirsi del tutto. In quegli occhi si era rispecchiata: credeva che la sua fosse stata una scelta, decidere di vivere tra quegli spazi infiniti e, invece, sembrava anche lui in fuga.

«No.» La negazione le uscì ad alta voce e Oliver sollevò il testone per guardarla. Lei non stava fuggendo. Aveva le idee chiare su qual era il suo posto. L'immagine dei figli fece capolino nei suoi pensieri e subito si vergognò di aver anche solo pensato che fosse possibile avere un'altra vita.

Oliver uggiolò, infilando il muso nel palmo della sua mano.

Francesca si riscosse: gli allungò un ultimo biscotto, poi preparò un'altra caffettiera. Tra poco sarebbe arrivato Fedo e trascorrere un po' di tempo con quell'uomo silenzioso nel giardino delle erbe era quello che ci voleva per tenere a bada i pensieri.

21

«Mi piacerebbe visitare i vigneti.»

Dopo venti minuti di lavoro silenzioso nel giardino, Francesca si era decisa a spezzare il silenzio. Fedo le aveva lanciato un'occhiata da sopra la spalla, poi era tornato a dedicare la sua attenzione alle piantine di menta che tendevano a invadere il terreno togliendo spazio alle vicine. L'aroma che si sprigionava dalle foglioline aveva impregnato l'aria e Francesca inspirò a fondo, per farsi coraggio, prima di proseguire.

«Mi basta sapere dove sono e vado da sola.»

Fedo, che era inginocchiato a terra, si alzò in piedi con un po' di fatica, nel pugno calloso un mucchietto di foglioline verdi che gettò nella carriola.

«Vedi quel leccio lassù?» Indicò la cima di una collinetta dove un albero grande e solitario faceva da sentinella ai campi sottostanti. «È il confine della tenuta. I vigneti su questo fianco sono della proprietà.» Le voltò le spalle, afferrò i manici della carriola e si allontanò. Strappare delle frasi intere a Fedo era diventato motivo di grande soddisfazione per Francesca.

«Che uve sono?» domandò dopo averlo raggiunto.

«Alicante. Canaiolo. Ciliegiolo» borbottò. Sembrava sicuro

di sorprenderla ma quando la guardò il suo viso non esprimeva confusione.

«Ho un ristorante, a Firenze» gli confidò. «E sono sommelier.» Erano anni che non lo diceva a voce alta.

Fedo non replicò. Proseguì la propria ispezione lungo i sentieri tra le erbe, tastando il terreno, strappando erbacce e sistemando i ciottoli bianchi che tracciavano i confini.

«Chi si occupa di vendemmiare?»

Fedo inspirò a fondo, infastidito. «Io e qualche lavoratore stagionale» borbottò.

«E cosa ne fate dell'uva?»

«Va alla cantina sociale.»

Le risposte brusche di Fedo le tolsero la voglia di proseguire. Lo aiutò a riporre i vasetti delle piantine che avevano trapiantato e lo guardò andare via senza una parola.

La scontrosità di quell'uomo era esasperante e la parvenza di armonia che si era instaurata tra loro nel giardino era data dal fatto che lei, il più delle volte, taceva.

Lasciò correre lo sguardo sulla collina che le aveva indicato: il leccio che la dominava era davvero maestoso e da lassù, sebbene il colle non fosse molto alto, la vista doveva essere favolosa. I filari sembravano correrle incontro, ordinati e rigogliosi, per fermarsi non appena il terreno diventava più pianeggiante.

Era ancora troppo dolorante per andare a correre, ma una passeggiata le avrebbe fatto bene. Rientrò in casa, indossò scarpe da ginnastica e occhiali da sole e, dopo essersi chiusa la porta alle spalle, si avviò. Prese la strada sterrata che proseguiva oltre alla stretta striscia di asfalto che terminava nel suo giardino, tagliando campi coltivati e boschetti incolti. Il sole non era ancora alto nel cielo, ma la temperatura era calda e l'aria profumava di terra smossa ed erba tagliata.

Più si avvicinava ai vigneti più si accorgeva che non erano così curati come apparivano in lontananza. Sotto i filari l'erba era alta fino a sfiorare le foglie di vite. I tralci si allungavano da una fila all'altra, spesso si intrecciavano tra loro in un abbraccio convulso, creando ampie macchie d'ombra sulla striscia di terra che divideva le fila. Conosceva bene i vini, i loro aromi e i sapori, e gli accostamenti migliori con i cibi. Invece sulla lavorazione della vigna, per quanto l'avesse in parte studiata durante il corso da sommelier, era meno ferrata. Però era evidente che quella era piuttosto trascurata: la sensazione di abbandono e solitudine che trasmetteva la colpì diretta alla pancia.

Continuò a farsi strada lungo i filari, spostando i tralci per passare e inciampando nelle zolle di terra dura. Quando raggiunse il leccio respirava con un lieve affanno. Appoggiò la schiena al tronco per recuperare il fiato e lasciò spaziare lo sguardo attorno a sé.

Il paesaggio non smetteva di stregarla, era contemporaneamente un ricordo felice e uno stupore continuo: a parte i millesettecento metri del monte Amiata, le alture attorno a lei superavano difficilmente i cinquecento metri di altezza. Le colline erano un susseguirsi di curve morbide e a volte appena accennate sul livello del mare. Poche e strette strade asfaltate collegavano i piccoli borghi appollaiati sulle cime e i casali che sorgevano sparpagliati come foglie al vento spesso si raggiungevano lungo percorsi sterrati. Era evidente che il passare del tempo, la necessità di rinnovamento e il turismo avessero portato dei benefici in una terra che fino agli anni Cinquanta era ancora insalubre e povera a causa delle paludi e della malaria. Le case erano curate, i campi arati e gli uliveti punteggiavano prati tagliati e puliti. I vigneti poi sembravano disegnati con il righello e, visti da una certa distanza, si intrecciavano e intersecavano con la precisione di un puzzle. Il silenzio non era quello inquietante del vuoto e dell'assenza, ma quello parsimonioso di chi non ha energie da sprecare e vive in sintonia con la natura.

Riccardo le aveva detto che, dietro la patina di perfezione, la quotidianità di chi ci viveva non era sempre semplice. E lei non aveva motivo di dubitarne. Da visitatrice, però, ne coglieva solo la poesia.

Non aveva mai vissuto fuori dalla città, dalla moltitudine, dal costante brusio di sottofondo, dalle comodità e dalla sicurezza del branco. Non aveva mai desiderato farlo. I soggiorni nella tenuta con Esmeralda e Giorgio erano piccole parentesi che implicavano una fine. Firenze era la sua casa, l'ambiente in cui sapeva muoversi meglio e dove era più semplice non sentire la solitudine.

Francesca inspirò a fondo, chiuse gli occhi e appoggiò la testa al tronco: si sentiva bene. Il pensiero di dover rientrare in città, prima o poi, non le sembrò più così sconfortante. Giulio e il suo egocentrismo non le provocavano alcun moto di fastidio. Appena se ne fosse andato, lei avrebbe ritrovato l'armonia tra le pareti di casa. Avrebbe imparato a mettere il proprio benessere in primo piano, come si ostinava a raccomandarle Esmeralda. E se il progetto di Milano fosse andato per il verso giusto, lei avrebbe potuto riprendere il suo posto al ristorante. Quel posto dal quale Giulio l'aveva allontanata solo perché, adesso lo capiva, non tollerava di sentirsi in competizione con lei.

Anche a occhi chiusi, Francesca percepì il cambio di luce e sollevò le palpebre. Una nuvola stava transitando davanti al sole e aveva gettato un cono d'ombra su di lei. Tutt'attorno i raggi splendevano sul verde della vegetazione, enfatizzando i colori. Un'improvvisa sensazione di incertezza la riscosse:

staccò la schiena dal tronco tiepido del leccio e si passò le mani tra i capelli, poi si alzò in piedi. Si spazzolò il retro dei pantaloncini con le mani, poi ridiscese tra i filari. Da che aveva memoria, c'era sempre stato qualcuno o qualcosa a decidere per lei. In quel momento della sua vita poteva permettersi di farlo da sola e, per quanto fosse una sensazione straniante, ne avrebbe approfittato.

22

Aveva sempre amato il mese di giugno. A voler essere sinceri, non aveva mai manifestato preferenze o avversione per alcuno dei dodici mesi dell'anno. Amava l'avvicendarsi delle stagioni: le giornate fresche e colorate dell'autunno, il freddo e il buio dell'inverno, l'energia e i capricci della primavera e la luce cocente dell'estate. Ciascuna stagione era una tregua dalla precedente e una preparazione alla successiva. Quando la calura e le lunghe giornate estive iniziavano a sfinirla, sognava la malinconia dell'autunno, la pioggia che lavava le strade e l'aria umida che ossigenava i polmoni. A Firenze non nevicava spesso o a lungo, ma i colori omogenei, le nebbie e il buio trasmettevano una sensazione di tregua e raccoglimento. La primavera invece era il momento della rinascita, della rincorsa, delle promesse.

Non si era mai soffermata a riflettere su questa armoniosa sintonia con la natura: non essendo mai vissuta lontana dalla città, la natura e le sue stagioni erano una semplice cornice all'interno della quale ci si dibatteva in modo frenetico e cieco.

Era seduta sotto il portico della vecchia casa, su una sedia a dondolo che aveva scovato in una delle stanze al piano di sopra e trascinato fuori a fatica.

Il sole si era già tuffato oltre le colline e il mare, ma la luce pastello persisteva tenace, a ricordare che quelli erano i giorni più lunghi dell'anno. Teneva tra le mani un bicchiere di vino bianco, freddo, e il cellulare posato in grembo. La sera era il momento in cui chiamava i ragazzi, o scambiava con loro lunghi messaggi in cui, invariabilmente, era lei a scrivere di più.

Quella sera stava rimandando l'appuntamento: si stava godendo un momento di pace assoluta, prima che il buio prendesse il sopravvento. L'aria era tiepida, il vento si era fermato così come il frinire delle cicale.

Di nuovo si sorprese di sentirsi bene. Ogni giorno che passava era come un ciottolo messo a riempire il vuoto che aveva scavato silenzioso nella sua anima negli ultimi anni. Un'assenza di cui non era stata consapevole finché non l'aveva vista nei suoi occhi riflessi allo specchio. Era stato facile ignorarla, in città. Era abituata a vivere con la gente, in mezzo a loro: famiglia, ristorante, vicini di casa, estranei che affollavano ogni strada.

Lì, tra quegli spazi ondulati apparentemente privi di ostacoli, aveva incominciato a vedere con occhi nuovi la persona che era stata: una donna che, nella vita, aveva camminato da sola. Quella consapevolezza spiegava molte cose. Per esempio, il fatto che dopo quasi vent'anni di matrimonio la separazione da Giulio non l'avesse devastata come si aspettava. Spiegava anche la sua incapacità di affezionarsi alle persone: la corazza che indossava l'aveva difesa e isolata. Non vivere la vita a piene mani era il prezzo da pagare per non restare feriti.

Francesca bevve un sorso di vino, reclinando il capo all'indietro, e ripensò ai vigneti. Era un vero spreco abbandonarli così. Non che in Toscana non esistessero vini a profusione, ma quei vitigni erano antichi ed erano un piccolo gioiello.

Per tutto il giorno aveva pensato di chiamare Esmeralda, ma ogni volta che afferrava il telefono desisteva. Aveva voglia di dirle che quel posto le stava entrando nel cuore, e questo la spaventava.

Richiamò il numero dell'amica dalla memoria del telefono e, mentre aspettava che rispondesse, bevve un altro sorso di vino.

«Ecco la mia ragazza!» esclamò la donna all'altro capo.

«Ciao, Esmeralda.» Francesca sorrise. «Ti disturbo?»

«E perché mai? Avevo proprio bisogno di una pausa.» Esmeralda tacque e il brusio di sottofondo si affievolì mentre lei si allontanava.

«Stavo discutendo con le altre befane su dove andare al mare quest'estate.» Le "befane" erano un gruppetto di ricche e arzille signore che si trovavano con regolarità per andare a teatro, al cinema, a cena e al mare insieme. «Sono stufa di andare sempre nello stesso posto» mormorò. «Se non si decidono a cambiare le lascio qua e parto da sola!»

«Non sarei sorpresa.»

«Già» brontolò. «Sto diventando prevedibile.»

«Non in questa vita!» rise Francesca.

«Dimmi di te, piuttosto. Come va?»

«Sto bene.» Il tono era pacato, deciso, venato di stupore. Francesca udì con chiarezza l'amica inspirare a fondo e sorrise.

«Credo di essere commossa» ammise Esmeralda.

«Non prendermi in giro» la rimproverò con affetto.

«Ti ho sentita mille volte ripetere "sto bene", ma questa volta suoni davvero sincera.»

«Perché è la verità.»

«Era ciò che volevo sentire.»

«Ho passato l'esame?» rise Francesca.

«Adesso non esageriamo!» La voce di Esmeralda era di nuovo energica. «Cosa stai facendo di bello?»

«Sono andata a cavallo.»

«A cavallo?» Lo stupore nella voce della donna era tangibile.

«Esatto.»

«Cioè, fammi capire: hai *finalmente* montato un cavallo?»

«Che ribelle, vero?»

Esmeralda ora sorrideva. «E in quale maneggio sei andata?»

«Be', a dire la verità non è un vero e proprio maneggio» spiegò, «non ancora almeno... Sono stata alla tenuta di Fedo, hanno dei cavalli lì.»

«Credevo non li avessero più.»

«Qualcuno c'è.»

«E hanno intenzione di aprire un maneggio?»

«Riccardo lo sta per aprire, ma ancora non è ufficialmente in attività, diciamo» spiegò, mentre davanti agli occhi iniziarono a scorrere le immagini del pomeriggio trascorso insieme.

«Riccardo?» esclamò Esmeralda. «Il figlio di Tosca? Ma che ci fa lì? Pensavo abitasse a Roma.»

«Sembra sia tornato, ma non ne so molto... Qui non sono molto loquaci.»

«Tosca non ne sarà felice, aveva fatto di tutto per allontanarlo da lì.»

«Ah, sì? Come mai?»

«Voleva per lui il futuro migliore che potesse avere, lontano da quelle terre... Non lo voleva vedere sfinito e frustrato come suo marito.»

Francesca abbassò le palpebre e gli occhi chiari di Riccardo brillarono nell'oscurità. Aveva un viso dai tratti regolari, un naso importante, anche se non sproporzionato, e la bocca grande dal labbro inferiore un po' più pieno. Non era un uomo che passava inosservato, ma la sua bellezza non era affatto sfacciata. Erano gli occhi a parlare per lui. E le sue mani grandi, che si muovevano sempre, inquiete e nervose.

«Insomma, ti piace.» Esmeralda interruppe i suoi pensieri.

«Chi?» Francesca si sentì arrossire.

«Come chi? La tenuta, no?» Esmeralda tacque e Francesca ebbe la perfetta visione del sorriso che si stava aprendo sul suo viso. «Devi raccontarmi qualcosa?» domandò con una sfumatura divertita nella voce.

«Certo che no!» precisò con troppa enfasi.

«Non sei mai stata brava a mentire, mia cara.»

«Non c'è niente su cui dovrei mentirti, qui è tutto così... rallentato. I ritmi, il respiro... mi sto lasciando trascinare senza fare niente.»

«Sono felice che ti stia facendo così bene. Aveva ragione Giorgio, quando sosteneva che lì l'aria è magica.»

«Lo è davvero.» Di nuovo silenzio, quasi a volere dare tempo ai pensieri e ai ricordi di depositarsi. Poi Francesca si riscosse: «Cosa ne farai della tenuta?».

«Tu cosa ne faresti?» replicò Esmeralda. «Se fosse tua?»

Francesca sospirò. Ci aveva pensato, a volte. Durante le lunghe passeggiate attorno alla proprietà si era chiesta cosa avrebbe fatto di quel posto, se fosse stato suo. Ma lo aveva fatto tenendo sempre i piedi ben saldi a terra.

Il silenzio che precedette la risposta fu lungo e vibrante. Forse era arrivato il momento di abbandonare la razionalità e buttarsi.

«La farei rinascere» mormorò Francesca alla fine.

23

La telefonata con Esmeralda le aveva lasciato addosso una sensazione di disagio che le aveva impedito di prendere sonno. Esprimere ad alta voce quel pensiero gli aveva dato concretezza, non era più un'idea dai contorni irregolari, ma un sassolino fastidioso nella scarpa di cui non riusciva a liberarsi. Non era servito ripetersi che erano solo parole: le parole hanno sempre un peso e quelle in particolare era certa l'avrebbero perseguitata una volta tornata a Firenze.

Si era aggirata nervosa per casa, si era seduta in poltrona e poi era tornata ad alzarsi, non riuscendo a trovare pace. Si era preparata una tisana di camomilla e melissa e, mentre aspettava che trascorresse il tempo per l'infusione, era uscita sotto il portico. Per poco non aveva urlato di spavento quando si era trovata Oliver ai piedi.

«E tu cosa ci fai qui?» aveva esclamato quando il cuore aveva rallentato i battiti. Oliver si era seduto di fronte a lei scodinzolando e Francesca si era guardata attorno. Il cielo era punteggiato di briciole luminose che però non spezzavano il buio pece della notte.

«Sei da solo?» Gli aveva accarezzato il testone e il cane le aveva leccato una mano. «Vuoi un biscotto fuori orario?»

Oliver si era alzato sulle quattro zampe agitandosi eccitato: la parola "biscotto" era afrodisiaca.

Francesca lo aveva preceduto in cucina e si era chiusa la porta alle spalle. Gli aveva allungato il suo bottino e lo aveva osservato leccare le briciole dal pavimento mentre lei sorseggiava la tisana ancora calda.

«Resti a farmi compagnia?» Gli occhi grandi ed espressivi del cane invitavano a parlare ad alta voce e Francesca aveva sorriso di quella ingenuità. Chi aveva animali domestici diceva che fosse naturale farlo, ma lei era sempre stata scettica. Fino a quel momento.

Oliver si era accucciato in un angolo della cucina, gli occhi scuri fissi su di lei.

«Significa che resti?» Francesca aveva sorriso: avrebbe potuto sfruttare la sua fiducia e il suo silenzio per una bella chiacchierata liberatoria. Quale migliore ascoltatore di uno che non poteva replicare? La stanchezza però le aveva ricordato che era notte fonda, così aveva preso la tazza, spento le luci eccetto quella del piano cottura e gli aveva augurato la buonanotte, rifugiandosi nella propria stanza.

Alla fine si era addormentata chiedendosi cosa ci facesse il cane sotto il suo portico nel cuore della notte e se sarebbe riuscita a strappare una qualche spiegazione al suo padrone, l'indomani mattina.

Si svegliò con il muso umido di Oliver che uggiolava a due dita dal suo viso e sobbalzò. Impiegò qualche secondo per ricordare che la notte l'aveva lasciato dormire in cucina e quando si accorse della luce che filtrava dalle tende tirate buttò le gambe fuori dal letto.

«Immagino che vorrai uscire» borbottò. Raggiunse a piedi nudi la porta d'ingresso e, non appena l'aprì, Oliver si precipitò fuori di corsa. La richiuse perché la luce era ancora troppo fastidiosa e raggiunse la macchinetta del caffè.

Le sembrava di avere dormito solo poche ore, tanto si sentiva stanca e inquieta: dei momenti di benessere provati negli ultimi giorni nemmeno l'ombra.

Si preparò una moka da quattro e, mentre aspettava che l'aroma si diffondesse per la stanza, sbirciò fuori dalla finestra. Sarebbe stata un'altra giornata di sole, pigra e calda.

Si passò una mano tra i capelli, nervosa. Inspirò il profumo inebriante del caffè che borbottava nella caffettiera e si sforzò di calmarsi. La telefonata con Esmeralda l'aveva scombussolata più di quanto credesse. La sua vita a Firenze non era mai stata messa in discussione, ma era bastato fingere di poter decidere del futuro della tenuta per sgretolare le sue certezze. Eppure quella casa non le apparteneva e, per quanto fantasticasse su cosa sarebbe potuta diventare, non toccava a lei essere l'artefice del cambiamento. E i motivi erano tutti più che validi. Non solo non era sua. Non solo aveva dei figli che, per quanto avessero già imboccato le loro strade, avevano ancora bisogno di lei. Ma che ne sapeva lei di come vivere in quelle terre silenziose e difficili? E cosa avrebbe potuto farci, esattamente? Forse aveva ragione Giulio: era impazzita.

Con la tazza colma stretta tra le mani uscì in giardino. Di Oliver non c'era traccia: gli sarebbe mancato quando se ne fosse andata. Anche a un cane non suo era riuscita ad affezionarsi. L'assalì la sensazione scomoda di essere fuori posto. Non la provava più dai primi giorni, ma era tornata più viva che mai.

Bevve il caffè tutto d'un fiato e rientrò in casa per vestirsi. Voleva smettere di pensare, scrollarsi la sensazione di disagio che faceva da scudo all'energia positiva del luogo.

Indossò jeans e una maglietta, le inseparabili scarpe da ginnastica ai piedi e uscì. Quella mattina non avrebbe aspettato

Fedo: l'agitazione che le pizzicava i nervi sottopelle chiedeva a gran voce di essere placata. Inforcò gli occhiali da sole e si incamminò.

Raggiunse le scuderie attraverso i campi, evitando di proposito la casa. Non aveva voglia dell'allegria ciarliera di Tosca, così come non ne aveva del broncio scontroso di Fedo.

Quando le raggiunse vide che il recinto al centro era vuoto, e solo un paio di teste sporgevano dalle stalle. Si avvicinò titubante, fino a raggiungere il cavallo che Riccardo aveva detto essere in convalescenza. L'animale la guardò con il suo sguardo mite, allungando il muso verso di lei.

Sollevò una mano con lentezza, facendo in modo che la bestia la vedesse, e gliela avvicinò al naso. Quando lui si strofinò nel palmo, Francesca si azzardò ad accarezzargli la testa. Era calda, il pelo corto era morbido al tatto e l'occhio castano la fissava paziente.

Oliver arrivò in quel momento e le si avvicinò scodinzolando.

«Di nuovo buongiorno» lo salutò accarezzandolo. Poi sollevò la testa e incrociò gli occhi grigi di Riccardo che la interrogavano incuriositi.

«Sei mattiniera» la salutò lui. Poi scese da cavallo, legò Lapo vicino all'abbeveratoio e tornò a guardarla.

«Oliver mi ha svegliata presto» spiegò. «Questa notte ha dormito in cucina.»

«In cucina?!» Lo stupore di Riccardo era enfatizzato dal sopracciglio destro inarcato.

«Già. Questa notte l'ho trovato sotto il portico e, quando l'ho invitato a entrare, è rimasto.»

«Ecco dove passa le notti.»

«Le notti?»

Riccardo annuì. «Hai la guardia del corpo.»

Francesca guardò sbalordita il suo nuovo amico a quattro zampe, seduto accanto a lei con la lingua penzoloni. «Questa poi...» mormorò.

«Posso aiutarti?» Riccardo la riportò al presente.

«Sì, ecco... io speravo di poter fare un'altra cavalcata.» Francesca arrossì. «Scusami se non ti ho avvisato e sono piombata qui così presto.»

«Per me non è presto» la interruppe. «Ho già portato le cavalle coi puledri al pascolo.»

«Sì, giusto...» Si sentiva in imbarazzo davanti a lui, all'intelligenza che i suoi occhi trasmettevano e alla sua apparente tranquillità.

«Sono libero, adesso, posso prendermi un po' di tempo.»

«Davvero?» Il viso di Francesca si illuminò di gioia. «Non voglio disturbare» aggiunse cercando di contenere l'entusiasmo. Il sorriso di Riccardo la fece ammutolire. Le rughe che si formavano attorno agli occhi e sull'attaccatura del naso scomparivano di fronte alle fossette che si creavano ai lati della bocca. E che davano al viso un aspetto scanzonato, fanciullesco.

«Se aspetti qui io e Lapo torniamo al pascolo a prendere il cavallo. Non ci metteremo molto.»

«Mi dispiace, davvero. Avrei dovuto avvisarti.»

«Se non potessi te l'avrei detto subito» la interruppe montando a cavallo. «Come ti ho detto...»

«... devo smettere di scusarmi» concluse Francesca.

Riccardo le fece l'occhiolino, poi spronò Lapo al galoppo sollevando una nuvola di polvere. Francesca rimase immobile, sbalordita da come lui la faceva reagire. Un momento si sentiva impacciata come un'adolescente e quello successivo doveva trattenere la gioia e la gratitudine. Non era abituata a queste montagne russe di emozioni. Si portò le mani al viso e sentì i muscoli allargarsi in un sorriso. Sedette su uno sgabello di legno traballante a tre gambe, con Oliver accucciato accanto a lei.

«Sembro una sciocca, vero?» domandò accarezzandolo. Oliver le leccò una mano. «Temo di sì.» Il cane le appoggiò la testa su una gamba, sollevando i grandi occhi scuri verso di lei.

L'attesa non durò a lungo. Poco dopo Riccardo e Lapo rientrarono al maneggio, con il cavallo che aveva montato la volta precedente. Si fermarono di fronte a lei, Riccardo smontò e sellò il cavallo.

«Sei pronta?»

Francesca li attendeva in piedi, trepidante. «Dovrò imparare a sellarlo» commentò.

«Imparerai.» L'aiutò a salire e, dopo essere montato a sua volta, Riccardo la guardò.

«Dove vuoi andare?»

«Ai vigneti di Esmeralda.»

Riccardo non fece domande: spronò Lapo e il suo cavallo li seguì. Percorsero stretti sentieri di terra e sassi, poi sterrate più ampie; l'andatura degli animali era lenta e Francesca si rilassò seguendo i movimenti della sua cavalla.

Nel frattempo il sole si era alzato in cielo e l'aria era calda e densa. Il verde brillante delle foglie degli alberi spiccava contro la terra rossastra e l'ombra del leccio, in cima alla collina, si faceva sempre più piccola.

«Tuo padre mi ha detto che è lui a occuparsi delle viti.»

«Più o meno.»

Francesca si girò verso di lui, incuriosita. «In che senso, più o meno?»

«Diciamo che non gli dedica la stessa passione che gli dedicava Montero» spiegò. «Fa il minimo indispensabile per fare arrivare l'uva alla vendemmia...»

«Non potrebbe darla in gestione a qualcuno, se non ce la fa a seguire tutto?»

«È una delle cose per le quali dovremmo prendere una decisione.» Riccardo si allungò verso di lei e afferrò la corda attaccata alle briglie della sua cavalla, stando ben attento questa volta a non toccarla.

«Di qua» disse, poi la condusse piano lungo l'argine di un rio asciutto. Risalirono dall'altra parte e costeggiarono alcune acacie, fino a fermarsi ai piedi dei filari.

Riccardo scese con un movimento disinvolto, legò Lapo a un tronco e porse la mano a Francesca per aiutarla. Lei l'afferrò decisa, fingendo che quel contatto non le provocasse il piacere che invece sentiva scivolare caldo in tutto il corpo.

«La vigna soffre, lo so, è trascurata» spiegò dopo essersi avvicinato a una pianta. «Li vedi questi tralci?» Afferrò uno dei lunghi rami nuovi e lo spezzò. «Andrebbero cimati. Accorciati. Cosicché il nutrimento possa andare ai grappoli.» Spezzò con le mani qualche altro tralcio: non avevano la consistenza legnosa dei rami, ma erano verdi e teneri come le foglie. «In questo modo gli acini non riescono a prendere abbastanza luce.»

La guardò osservare le viti, concentrata, quasi volesse capire come funzionasse.

«Mio padre è stanco.» Il silenzio di Francesca gli faceva sentire la necessità di spiegarsi. «Ma soprattutto è demotivato. Quest'uva andrà alla cantina sociale. Così come le olive. Non era questo che facevano con Montero. Credo che una parte di lui si senta in colpa.»

«Se fossero più curate renderebbero di più, e forse meglio, e...»

«Ma andrebbero comunque alla cantina: resta una sconfitta per chi produceva vino e olio di qualità.»

Francesca lo guardò distogliere gli occhi e proseguire lungo il filare verso il leccio in cima alla collina. Lo seguì e, quando raggiunsero l'albero, Riccardo si sedette con la schiena appoggiata al tronco. Lei lo imitò, sedendosi però un po' in disparte.

«Io non capisco» mormorò. «Lo so che non mi riguarda, ma mi sembra un tale spreco...»

«Lo è, in effetti. Ma come avrai immaginato, non è facile discutere con mio padre.»

Francesca abbracciò le ginocchia e vi appoggiò il mento sopra. Sentiva gli occhi di Riccardo su di sé, e si impose di non voltarsi. «Però il giardino delle erbe lo cura con una passione incomprensibile» continuò.

«Questa è una di quelle cose che non sono mai riuscito a spiegarmi.» Riccardo stese le gambe, incrociandole, e appoggiò la testa all'albero. Francesca sospirò, restando in silenzio.

«Puoi farmi delle domande, se vuoi» riprese Riccardo. Lei si voltò di scatto e lo vide sorridere.

«Sono una ficcanaso, eh?» Lui non replicò, gli occhi chiari fissi su di lei. Sembrava valutare se esaudire la sua curiosità o dirle di farsi i fatti suoi.

«Mio padre era un buttero.» Le piaceva parlare con lei, era innegabile. Quando vide lo stupore spalancarle gli occhi pensò che le avrebbe raccontato tutta la storia della sua vita senza batter ciglio. «Un buttero squattrinato. È mia madre che possiede la terra, ereditata dai suoi.» Rapita dal racconto, Francesca si era avvicinata al tronco e vi aveva appoggiato la schiena, attenta. Riccardo percepì il calore del suo corpo, e deglutì. «Ebbe un incidente alla schiena durante la marchiatura dei vitelli e da allora non ha più potuto cavalcare» continuò evitando di guardarla. «Non che oggi esista più la professione del buttero, non come prima almeno. E lui si è dovuto rassegnare a fare il contadino. Ti lascio immaginare l'entusiasmo.»

«Perché non ha venduto?»

«E poi? Avevano quello, di cui vivere. E comunque non credere che mia madre sia meno testarda di lui. Non glielo avrebbe lasciato fare.»

«E tu, cosa vorresti fare?» Riccardo inclinò il capo, osservandola in silenzio. Sembrava valutare fino a che punto confidarsi ma quegli occhi limpidi scelsero per lui.

«Di certo non fare fallire l'azienda. Preferirei venderla quando ha ancora del valore, se proprio questa dovesse essere l'ultima scelta.»

«Ma tu non sei un agricoltore...»

«Questa è un'altra cosa che dovrei decidere...» Riccardo le sorrise, poi si alzò in piedi. Francesca si meravigliò dell'agilità che mostrava ogni volta che si muoveva. Aveva un fisico asciutto e scattante, ma i movimenti erano sempre armoniosi. «Cosa voglio essere?» Pose la domanda con una smorfia divertita, ma Francesca lesse nei suoi occhi una profonda stanchezza. Le allungò le mani per aiutarla a sollevarsi, e lei le afferrò e si alzò a sua volta. Poi lo seguì lungo il filare fino ai cavalli.

Questa volta Francesca non gli permise di aiutarla. Si aggrappò al pomello della sella e si issò sulla schiena dell'animale. Poi lo guardò compiaciuta.

«Brava» la premiò Riccardo prima di salire su Lapo e precederla lungo il bordo della vigna.

Quando furono di nuovo su un tratto più agevole, Riccardo l'affiancò.

«E tu cosa ci fai qui?»

Francesca sussultò. Era ragionevole che ora lui volesse sapere qualcosa di lei, ma non era sicura di volerne parlare.

«Esmeralda mi ha chiesto di venire nella sua tenuta. Qui ho vissuto momenti molto belli, da bambina, e lei vuole che la consigli sul futuro di queste terre...»

Riccardo fece per porre un'altra domanda, ma si fermò bruscamente. Lei distolse lo sguardo, quasi volesse impedirgli di leggerle troppo in profondità. Puntò con ostinazione gli occhi sul paesaggio davanti a sé e rimase in silenzio. Il susseguirsi morbido di colline assomigliava alla superficie ondeggiante del mare. Cambiavano i colori, ma lei poteva percepire la stessa energia e la profonda intensità. Quelle terre la stavano cambiando. Con lentezza, erano una mano delicata che accarezzava spigoli e ferite.

«Deve fidarsi molto di te.» Riccardo ruppe il silenzio e lei percepì l'intensità del suo sguardo addosso.

«Sembra di sì» mormorò Francesca. Attraversarono un campo incolto che non ricordava di avere ancora visto, poi Riccardo la invitò a seguirla lungo un sentiero appena accennato tra gli sterpi. La cavalla si mise in coda a Lapo e, dopo poco, arrivarono a una recinzione. L'uomo percorse una parte del perimetro, poi fece voltare entrambi i cavalli con il muso verso ovest.

«Guarda» le disse, indicando l'orizzonte. L'aria non era limpida, ma Francesca vide con chiarezza i raggi del sole illuminare la superficie del mare, trasformandola in un tappeto infinito di brillanti. Si portò le mani al volto, senza fiato di fronte a un tale spettacolo. Sotto di lei le colline sembravano rincorrersi fino al mare, per poi gettarvisi senza indugio. Da quella posizione la striscia di terra pianeggiante che faceva da cintura tra terra e mare sembrava poco estesa. Sulla sua destra, i monti dell'Uccellina dividevano le due piane che prendevano il nome dai fiumi che le attraversavano: a nord l'Ombrone e a sud l'Albegna, che si gettavano nel mare prima di arrivare all'Argentario.

«Lo so che mi hai detto che non è tutto bello come sembra» mormorò nelle mani a coppa sopra le labbra. «Ma vista da qui sembra che in questa terra tutto sia possibile.»

«Diciamo che è una terra selettiva.» Riccardo sorrideva. «Ma premia l'ostinazione.»

Si voltò verso di lui, per capire cosa si nascondesse dietro le sue parole. Ma gli occhi chiari erano nascosti dalle lenti da sole e lei poté vedere solo la postura rilassata e le mani incrociate sul pomolo della sella. Sembrava così a suo agio, in quell'ambiente.

«La tenuta di Esmeralda è meravigliosa» sussurrò voltandosi di nuovo verso il mare. Se continuava a fissarlo, era sicura che non sarebbe riuscita a proseguire il discorso. «Ma lei qui non tornerà mai. E mi fa male il pensiero che rimanga vuota e abbandonata.»

«Quindi?» la sollecitò lui di fronte al suo silenzio.

«Quindi niente» replicò infastidita. «Io non so niente di vita in campagna. Non ho suggerimenti. E ci credo che realizzare qualcosa qui richieda coraggio e ostinazione. L'unica soluzione che vedo è la vendita.»

Senza nemmeno guardarlo, Francesca percepì un'ondata di fastidio dall'uomo accanto a lei. Cosa aveva detto di male? Era la cosa più sensata da fare.

«Tu cosa ne faresti?» La stessa domanda che le aveva fatto Esmeralda. Perché pensavano che lei avrebbe potuto saperlo?

«Quello che farei io non conta» mormorò.

«Evidentemente conta, se Esmeralda ti ha mandata qui.»

«È una storia lunga.» Francesca si mosse inquieta sulla sella e la cavalla fece qualche passo avanti. Chiuse gli occhi e sollevò il viso al sole, sperando che i suoi raggi potessero scacciare ombre e incertezze. «Se fosse mia non vorrei che andasse in rovina» mormorò. «Proverei a produrre vino e olio, in poche quantità ma di qualità. E marmellate, magari miele, e preparati per tisane. Lo so che non è un'idea originale, chissà in quanti già lo fanno, ma mi basterebbe produrre abbastanza per vivere serenamente, amando ciò che faccio e...» Si interruppe, irrigidendosi. La cavalla fece ancora qualche passo, infastidita dal suo nervosismo, e Riccardo le raggiunse.

«Esmeralda lo sa?»

Non lo sapevo nemmeno io, fino a pochi minuti fa, si disse tra sé.

«No» rispose invece.

«Penso che la tua idea potrebbe piacerle.» Il tono serio di Riccardo le strappò una smorfia disillusa.

«Può darsi. Lei ama i nuovi inizi. Ma di certo non vorrà occuparsene lei, e ancora non sono sicura che sia pronta a vendere.»

«Potrebbe farlo fare a te.» Francesca scoppiò in una risata che non aveva nulla di allegro. Tirò le redini verso sinistra e batté i talloni sulla pancia dell'animale, come le aveva insegnato Riccardo. Ma la cavalla non mosse uno zoccolo. Continuò a strattonare nervosa la briglia finché Riccardo non la calmò con un gesto delicato della mano sul muso. «Cosa ho detto di male?»

«Io non faccio parte delle variabili legate a questo posto» replicò senza voltarsi a guardarlo. «Ho una vita a Firenze: una famiglia, un'attività, delle responsabilità» tagliò corto Francesca, mentre Riccardo faceva girare la cavalla e le nascondeva il rammarico che gli si stava dipingendo sul volto. La precedette, riprendendo la strada da dove erano venuti.

Mentre seguiva Riccardo verso le scuderie, Francesca si maledisse per essersi lasciata andare a quelle confidenze, a quelle fantasie che non la riguardavano. Così era ancora più difficile convincere se stessa che lei lì non c'entrava nulla.

24

Doveva fare qualcosa di fisico, sfiancante. Quell'ozio languido e ripetitivo era durato anche troppo. Nemmeno fare jogging tutti i giorni serviva più a scaricare le energie che sentiva essersi accumulate nel suo corpo. Aveva aumentato velocità e lunghezza dei percorsi, senza riuscire a liberarsi dell'inquietudine.

Aveva trascorso la serata e gran parte della notte a navigare in rete, aveva letto centinaia di articoli fino a farsi lacrimare gli occhi. Poi era andata a dormire, ascoltando Oliver che trotterellava sotto al portico fino a quando il sonno aveva avuto il sopravvento.

Al mattino si era svegliata presto, aveva fatto colazione ed era andata a ispezionare il capanno degli attrezzi. Prima che arrivasse Fedo aveva trovato ciò che pensava potesse servirle e si era incamminata verso i vigneti.

Stava commettendo una pazzia e, per la prima volta in vita sua, quella consapevolezza la rendeva euforica. Non aveva nessuna intenzione di danneggiare le viti: aveva letto una moltitudine di istruzioni e consigli in rete e alla fine si era convinta che ciò che voleva fare non dovesse essere troppo difficile. Se si fosse sbagliata avrebbe pagato i danni della sua inesperienza. Il bisogno di agire che le scorreva sottopelle doveva essere placato e questa era stata la prima idea che le era venuta in mente. In quel momento, mentre camminava spedita nell'aria limpida del mattino, si sentiva determinata.

Raggiunse il vigneto e si fermò all'inizio del primo filare: lanciò un'occhiata agli altri e, per evitare che la loro quantità potesse scoraggiarla e farla desistere, si avvicinò alla prima pianta di vite. Non aveva fretta, nessuno si aspettava che quel lavoro venisse fatto e poteva interromperlo quando voleva. Incoraggiata dal largo margine d'azione, inspirò a fondo e iniziò a tagliare.

All'inizio procedeva lentamente, cercando di applicare le istruzioni che aveva studiato. Non sempre le opinioni che aveva letto concordavano, ma si era scritta un po' di appunti: c'era chi sosteneva che la cimatura andasse effettuata più volte, chi ribatteva che poteva provocare troppo stress alle piante, soprattutto se la stagione era poco piovosa. Francesca decise che il vigneto era stato così trascurato da non potere che trarre beneficio da una bella sfoltita. Ricordava le parole dell'amico enologo che frequentava il loro ristorante: ogni foglia e rametto avevano bisogno di nutrimento, e un'abbondanza di fogliame, oltre che togliere sostentamento ai grappoli, poteva causare un eccesso di ombra e di conseguenza anche il proliferare di muffe.

Quel lavoro avrebbe fatto bene sia a lei che al vigneto. Procedeva sempre più spedita mentre il sole si avviava verso lo zenit e i raggi picchiavano sempre più perpendicolari le zolle asciutte di terra. Afferrava il tralcio troppo cresciuto e, dopo avere deciso la lunghezza, lo tagliava prima dell'ultima foglia che voleva lasciare. Poi gettava il rametto al centro del filare e passava al successivo. Ogni paio di piante si fermava, si allontanava di qualche passo e controllava di aver fatto un lavoro quantomeno armonioso. A casa a Firenze si era occupata spesso di tagliare le siepi o i cespugli ed era importante il risultato estetico. Qui non credeva lo fosse altrettanto, ma con un'occhiata da lontano riusciva a vedere meglio se aveva scoperto i grappoli acerbi a sufficienza oppure troppo.

Quando decise che per quel giorno poteva bastare aveva percorso appena tre filari. Si sedette all'ombra del leccio per recuperare fiato. Le facevano male la schiena e le mani e, quando si osservò i palmi, li vide arrossati e coperti di vesciche. Ciononostante, si sentiva bene. Con stupore si accorse che per alcune ore non aveva pensato a nulla che non fosse il lavoro che stava facendo. Niente domande, incertezze, inquietudini. La mente concentrata sulla pianta, la piacevole sensazione data dal toccare le foglie, morbide nella parte superiore e ruvide in quella inferiore, e i tralci teneri che si sbracciavano verso il sole. Aveva letto dell'importanza delle foglie nel ciclo di vita della pianta: non solo fornivano un riparo ai grappoli, ma producevano i nutrienti e gli zuccheri necessari alla loro maturazione. Non avrebbe visto il risultato del suo lavoro: al momento della vendemmia lei non sarebbe stata più lì. Ma non le importava, non adesso. Lasciò correre lo sguardo attorno a sé, memorizzandone i dettagli. I filari nei quali aveva lavorato ora avevano un aspetto più ordinato. Al centro aveva ammucchiato i tralci tagliati: per liberare il passaggio avrebbe dovuto rivolgersi a Fedo o a Riccardo, ma era pronta ad affrontare le loro proteste. In fondo al pendio spiccava la striscia bianca dello sterrato che portava alla tenuta, punteggiata lungo il bordo da querce e acacie. Al di là della strada la terra risaliva dolcemente: sulla destra il verde delle chiome degli ulivi spiccava come tanti bottoncini sullo sfondo più chiaro dell'erba, mentre a sinistra un campo incolto presentava ancora i margini ben definiti di quando era stato realizzato. Oltre quel morbido avvallamento c'era la tenuta, mentre sullo sfondo i monti dell'Uccellina disegnavano la linea dell'orizzonte, selvaggi e in apparenza più imponenti dei loro quattrocento metri di altitudine.

Se avesse creduto nella reincarnazione, Francesca avrebbe potuto dire di essere vissuta in quelle terre in un'altra vita, tanto era intensa la sensazione di benessere che provava.

Tornò a guardarsi le mani, che avvertiva pulsare nei punti in cui si erano formate le vesciche. Era stata bene durante la mattina. Si era sentita parte di un meccanismo perfetto e armonico qual era la natura, aveva scalato una marcia e si era adeguata ai ritmi più lenti, ai gesti ripetitivi. Aveva sentito sulla pelle il trascorrere delle ore, il calore dei raggi del sole che aumentava a mano a mano che questo saliva nel cielo, i rumori che mutavano dall'energia del mattino, all'immobilità delle ore centrali avvolte dalla calura, alla ripresa serale. Ogni cosa aveva il suo posto e il suo tempo e le sue inquietudini perdevano importanza di fronte a tanta grandezza.

Si alzò in piedi con un po' di fatica, la schiena che protestava per quel trattamento inusuale. Nel pomeriggio sarebbe andata a comprare dei guanti di cuoio, un berretto, la crema solare e degli scarponcini robusti. Aveva intenzione di continuare il lavoro, di provare la fatica e l'appagamento che ne derivava e lasciare che il resto proseguisse senza di lei. Non le importava del dopo, non adesso. Era un'estate lunga, lenta e vuota. Si sarebbe lasciata vivere, senza imporsi.

Si avviò lungo uno dei filari fino alla strada sterrata, le membra stanche ma vive, palpitanti. Era affascinante quella riscoperta del proprio corpo e, mentre camminava fino a casa, si accorse che la mente rifiutava di riempirsi dei soliti, grigi pensieri. Senza filtri ogni particolare attorno a lei sembrava più tangibile, consistente, luminoso.

Arrivò a casa con passo leggero, di Fedo e Oliver nessuna traccia ma sul davanzale della finestra c'era un contenitore con dei biscotti scuri e croccanti. Tosca continuava a viziarla. Entrò in cucina, dove la temperatura era più fresca che all'esterno grazie ai vecchi muri spessi, e curiosò nel frigorifero: si accontentò di bere due bicchieri di limonata e andò a fare la doccia. Sarebbe uscita a comprare ciò che le serviva per la sua nuova avventura, prima che la stanchezza prendesse il sopravvento. Quella sera si sarebbe coccolata con una cena preparata con cura. E sarebbe andata a letto presto. Non vedeva l'ora di tornare nei vigneti.

25

Era stata una settimana frustrante e nemmeno le galoppate con Lapo erano servite a calmarlo. Ciononostante, se aveva bisogno di riflettere, era lì che andava: scendeva alle scuderie, sellava il cavallo e partiva senza una meta. Proprio come in quel momento. Da quando era rientrato in Maremma si era buttato a lavorare nell'azienda di famiglia senza permettersi distrazioni; non voleva avere del tempo libero per pensare a tutto il resto. Agli ultimi vent'anni della sua vita. Sì, si era scelto una professione stimolante, remunerativa e prestigiosa, aveva sposato una donna bellissima e intelligente, aveva vissuto in una città vibrante, ma conservando sempre il bisogno di tornare nella sua terra, abbastanza spesso. Per visitare i genitori, certo, ma anche per andare a cavallo.

Si era accorto, nel tempo, che gli affari nell'azienda agricola andavano sempre peggio. Il lavoro nei campi, con la semina di frumento e orzo, era faticoso e dava risultati altalenanti. Gli ulivi necessitavano di molte ore di lavoro, più i costi del frantoio e dell'imbottigliamento, e anche lì i ricavi coprivano appena le spese, sempre che non ci fossero annate in cui le malattie non lasciavano speranza alle olive. L'allevamento delle mucche maremmane, per quanto fossero una razza autoctona e pregiata, non era abbastanza redditizio. E ad aggravare il tutto, una burocrazia opprimente e soffocante che non concedeva sconti. I vigneti avrebbero potuto essere sfruttati molto meglio, ma anche in quel caso il padre non aveva saputo capitalizzare il patrimonio di quelle colline: vendere il vino alla cantina sociale non poteva certo ritenersi un buon affare. I cavalli che allevavano erano una passione, sia per Fedo che per lui, ma non ci facevano soldi. Nessuno dei due, però, voleva liberarsene.

Fedo, nonostante l'incidente alla schiena, non aveva rinunciato ad allevare né i cavalli né quei possenti animali dalle lunghe corna ricurve, ma si era arreso alla precarietà della vita del buttero per dedicarsi alle terre ereditate dalla moglie. Purtroppo il suo carattere spigoloso, irrequieto e poco incline all'imprenditoria avevano fatto sì che l'azienda fosse sempre in balia dei capricci del tempo e dell'economia.

Riccardo non aveva le idee chiare su come gestire l'intera baracca. Lui si sentiva in perfetta sintonia con i cavalli e il suo desiderio era aprire un maneggio. Aveva restaurato le scuderie, rifatto il recinto, piantato alberi e curato il prato tutt'attorno, però non si decideva a fare l'ultimo passo. Poteva vivere di quel lavoro? E cosa farne del resto dell'azienda?

Le parole di Francesca l'avevano colpito. La passione malinconica che trapelava dalla sua voce quando gli aveva detto che sarebbe stato bello far rinascere la tenuta di Esmeralda, l'entusiasmo trattenuto, la semplicità di quel desiderio erano stati una scarica elettrica. Lui aveva una proprietà che poteva curare e far rivivere. In fondo ci era nato, in quelle terre.

Francesca. Erano cinque giorni che non la vedeva, e si accorse di avere voglia di parlare con lei. Di ascoltare la sua voce cristallina e guardare i suoi sorrisi imbarazzati. Non voleva chiedere a suo padre se l'avesse vista, tantomeno alla madre, che subito l'avrebbe tempestato di domande. Non era più venuta alle scuderie per chiedergli di cavalcare e il timore che se ne fosse andata lo colpì come una doccia fredda.

Tirò le briglie al cavallo per farlo fermare, e lui replicò con un nitrito infastidito.

«Ehi, chi è il padrone qui?» lo aveva rimproverato bonario. Fino a quel momento lo aveva lasciato libero di scegliere il percorso e fermarsi a brucare dove voleva, e il comando improvviso lo aveva indispettito.

«Dai, andiamo a vedere cosa fa Francesca» continuò accarezzandogli il collo. Poi lo fece voltare e si diressero verso la tenuta dei Montero.

Sarebbe stata un'altra giornata calda, l'aria era secca e polverosa e le cicale frinivano già di prima mattina.

Mentre procedeva attraverso campi e vigneti si accorse di osservare con occhi diversi ciò che lo circondava. Non aveva mai disprezzato quei luoghi, anzi. Era stata Tosca a convincerlo che la vita lì non facesse per lui. Dopo gli studi, scegliere di restare a Roma era stata una conseguenza naturale. Tornare in Maremma gli era sembrata una sconfitta solo fin quando non aveva realizzato quanto poco gli mancasse la città.

Ancor prima di raggiungere la tenuta, allungò lo sguardo per vedere se l'auto della donna era ancora sotto le querce: c'era, e Riccardo aveva tirato un sospiro di sollievo. Arrivato vicino alla casa, scese da cavallo e lo legò alla recinzione in legno che delimitava il giardino. Gli scuri del pianoterra erano aperti, ma per il resto non c'era segno di vita. Bussò al portone d'ingresso e attese, ma nessuno venne ad aprire. Riccardo pensò che fosse andata a correre, oppure nel giardino delle erbe. Fece il giro della casa e raggiunse l'orto, ma anche questo era vuoto. Si attardò qualche secondo a osservare la perfezione maniacale di quel posto, scrollando la testa, poi tornò dal cavallo. Se c'era l'auto lei doveva essere nei dintorni, e l'avrebbe incontrata presto. Questa spiegazione, però, non lo consolò: aveva voglia di vederla. La sua sola presenza lo allontanava da tutte le riflessioni assillanti alle quali non aveva ancora voglia di dare risposta. Montò a cavallo e proseguì sulla strada sterrata verso est, piegò a sinistra e raggiunse il vigneto. Non sapeva cosa aspettarsi, ma di certo non ciò che vide: metà della vigna era stata cimata, al centro dei filari erano raccolti con ordine i tralci tagliati e, quando fermò Lapo sbalordito, la vide a metà della collina. Indossava un ampio cappello di paglia, una maglietta bianca senza maniche e dei pantaloni leggeri multitasche. Alle mani aveva guanti di cuoio e, con le forbici, tagliava decisa i rami in eccesso. Il primo pensiero fu che quella donna era impazzita, ma nel frattempo un sorriso gli esplose nel petto e gli incurvò le labbra.

Fece qualche passo indietro e lasciò Lapo all'ombra di alcuni alberi, poi la raggiunse. Lei non si era accorta di nulla, nemmeno il rumore dei suoi passi l'aveva distolta dalla sua occupazione.

«Che cosa stai facendo?»

Francesca sobbalzò, un grido trattenuto sulle labbra mentre le forbici le cadevano di mano. «Io...» L'espressione colpevole dipinta sul viso scomparve in fretta, sostituita da un guizzo battagliero. «Sto dando un'opportunità a queste piante.»

Riccardo si avvicinò alle viti, fingendo di controllare il lavoro e sforzandosi di trattenere un sorriso. Quella donna riusciva a divertirlo.

«Ma chi ti ha insegnato a cimare?» domandò serio.

«Ho guardato su internet» replicò serafica. Riccardo non resistette e scoppiò a ridere. «Be', ho fatto qualcosa di sbagliato?» Francesca era arrossita e l'irritazione trapelava dalla sua voce.

«Direi di no.» Si chinò a raccogliere le forbici e gliele passò. «Anzi, hai fatto un ottimo lavoro.»

L'espressione di pura felicità che le distese il viso gli tolse il fiato. La fissò in silenzio, sbalordito e ammirato, e sentì qualcosa cedergli dentro, qualcosa che si era nascosto negli ultimi tempi.

«Hai qualcosa da bere?» Francesca distolse gli occhi, si sfilò un guanto e si liberò del cappello, passando poi una mano tra i capelli. «Ho dimenticato l'acqua.»

Il viso di Riccardo si rabbuiò. Le prese la mano tra le sue e voltò il palmo verso l'alto. «Non puoi lavorare così» la rimproverò osservando le vesciche.

«Ho comprato i guanti.» Fece per ritirare la mano, ma lui la trattenne. Aveva una presa forte e calda, le mani ruvide a causa del lavoro.

«Non sto scherzando» proseguì serio. «Ti verranno dei calli dolorosi.»

«Voglio finire qui.» Testarda, sfilò la mano da quelle dell'uomo e si sentì vacillare.

Riccardo si guardò attorno, poi tornò a posare gli occhi nei suoi. «Perché?»

Francesca fece per rispondere, ma si trattenne. Poi gli oppose un: «Perché no?» che le suonò un po' troppo ridicolo.

Riccardo inarcò un sopracciglio, interdetto. Poi sorrise. Di nuovo. «Posso aiutarti?»

«Non devi disturbarti» protestò rimettendo il guanto. «Ho un sacco di tempo libero, non ho fretta di finire.»

«Se fosse un disturbo non mi sarei proposto.»

«Ho la sensazione che non riuscirò a dissuaderti.»
«Temo di no.» Il sorriso che si scambiarono era sincero, arioso come quelle colline sterminate e caldo come il sole di giugno.
«Torno tra una mezz'ora.» Riccardo fece qualche passo indietro, senza riuscire a staccare gli occhi dai suoi. «Vado a prendere guanti e forbici. E acqua fresca.»
«Non mi muovo da qui.»
«Ci conto.»
Le voltò le spalle e si allontanò veloce, desideroso di tornare in fretta e quasi timoroso di non trovarla. Raggiunse Lapo e montò in sella, lanciandolo al galoppo lungo la strada sterrata.
Francesca osservò la nube di polvere che indicava il suo passaggio, con un sorriso ebete che non voleva saperne di spegnersi. Poi si voltò e tornò a dedicarsi al lavoro.

26

Avevano finito l'operazione di cimatura in pochi giorni. Quel lavoro fisico, immersi in una natura portentosa, aveva spazzato via ogni accenno di imbarazzo. Riccardo aveva scoperto quanto fosse divertente prenderla in giro: riusciva sempre meno a trattenersi quando la sentiva imprecare perché si era tagliuzzata un dito con le forbici, o era inciampata nei tralci buttati a terra. Lei non se la prendeva, al contrario, gli rispondeva per le rime, oppure gli lanciava sorrisi spiazzanti. C'era naturalezza, complicità e armonia nei gesti, nei respiri e negli sguardi. Era un'isola perfettamente protetta dal resto del mondo, dove non esistevano rinunce, ferite, incongruenze.

Mentre Francesca terminava gli ultimi filari, Riccardo aveva preso il trattore del padre e aveva trinciato il materiale tagliato per lasciarlo nella vigna come fertilizzante. Lei l'aveva pregato di insegnarle come usarlo, ma lui era stato irremovibile fin quasi all'ultimo. Alla fine non aveva resistito alla supplica di quegli occhi verdi che incrociava a ogni passaggio, così l'aveva fatta salire al posto di guida, si era stretto nello spazio angusto accanto a lei e le aveva mostrato come farlo. Il desiderio di Francesca di mettersi alla prova, di sfidare i propri limiti, l'entusiasmo che si ostinava a trattenere ma che trapelava contagioso, i sorrisi da ragazzina con i quali scacciava le ombre che le attraversavano gli occhi: tutto di lei era irresistibile.

Stavano rientrando alla tenuta a piedi, a pomeriggio inoltrato, stanchi e soddisfatti del lavoro compiuto, quando lei gli chiese allegra: «Posso invitarti a cena?». «Domani sera, magari» aggiunse Francesca davanti al silenzio dell'uomo. «Così mi riprendo e cucino qualcosa di decente.»

«Possiamo uscire, se preferisci.»

«Ma a me piace cucinare» esclamò. «Lo faccio volentieri.»

«Allora accetto.»

Si fermarono nel giardino di fronte a casa, dove Riccardo aveva lasciato la sua auto.

«Grazie per l'aiuto» mormorò Francesca.

«Tieni a riposo le mani per un po'.» Riccardo le prese tra le sue, osservando i palmi arrossati e le vesciche che stavano seccando.

«Non credo di avere altra scelta» replicò. Sembrava dispiaciuta di non avere più nulla da fare.

«Sono certo che non impiegherai molto tempo a inventarti qualcos'altro.»

«Ci ho pensato, ma…»

«Non pensare.» Riccardo chiuse le mani sulle sue. «Riposati. Goditi il sole e il mare. E se proprio non puoi fare a meno di pensare, concentrati sulla cena di domani.»

Francesca gli sorrise, mentre il calore delle sue mani le arrivava fino alle guance. «Alle otto.»

«Sarò puntuale.»

Di nuovo la sensazione di vertigine quando lui lasciò la presa: strinse i pugni e li infilò nelle tasche, mentre lo guardava salire in auto e allontanarsi. Quando anche il rumore del motore si era disperso nell'aria, Francesca rientrò in casa.

Aveva voglia di concedersi un lungo bagno nella vasca al piano superiore e poi si sarebbe regalata una serata alternativa. Era qualche giorno che ci pensava: aveva visto un grazioso locale che affacciava sul porto nel borgo di Talamone, poche case racchiuse da mura su uno sperone roccioso a picco sul mare. Non aveva nostalgia della città, ciononostante aveva voglia di fare qualcosa di diverso. E quella era la serata giusta.

L'Approdo era un bar con i tavoli a un passo dall'acqua. Le sedie colorate di azzurro erano in tinta con i pescherecci di fronte, che potevi toccare allungando una mano. Per entrare nel locale si attraversava la stretta strada provinciale che portava al paese, pochi metri più in là.

Si era seduta al tavolino più esterno, l'unico libero, e aveva atteso a lungo che qualcuno si accorgesse di lei. Si sentiva a disagio ma anche elettrizzata.

Una ragazza giovanissima venne a chiederle cosa desiderava, e lei ordinò un bicchiere di vino bianco e qualcosa da stuzzicare. Nell'attesa osservava il porto, abbracciato alla sua destra dal paese sopraelevato, di fronte il lungo molo che si allungava nel mare e, sulla sinistra, la spiaggia sabbiosa che proseguiva verso sud incurvandosi in una profonda U fino al promontorio dell'Argentario. Oltre i pescherecci che galleggiavano ai suoi piedi la superficie dell'acqua era punteggiata da barche di diverse dimensioni ormeggiate ai sottili bracci di cemento del molo. All'orizzonte il sole non era ancora pronto a tuffarsi ma Francesca non aveva fretta e sarebbe rimasta a godersi lo spettacolo del tramonto.

La fatica fatta nell'ultima settimana l'aveva messa a dura prova. C'erano stati momenti in cui le mani non volevano più saperne di stringere le forbici, la schiena minacciava di piegarle le gambe e il sole bruciava implacabile la pelle. Il dispiacere nel vedere il vigneto in stato di semiabbandono era stato surclassato dal desiderio di vincere la sfida contro se stessa. Era sicura che ce l'avrebbe fatta anche senza l'aiuto di Riccardo, ma la sua presenza era stata piacevole e confortante. Le parole tra loro non erano mancate. Lei non si stancava mai di ascoltare i racconti su quei luoghi, e Riccardo era un bravo narratore. Francesca, dal canto suo, ricambiava le confidenze ripescando tra i ricordi delle sue estati da bambina trascorse nella tenuta. E lasciava che la prendesse in giro per la sua piccola fobia degli insetti, e perché non sopportava i rivoli di sudore che le rigavano le tempie solleticandole il viso. Si liberava spesso del cappello che le schiacciava i capelli sulla testa, e li ravvivava con le mani sbuffando. Riccardo sembrava sopportare con stoicismo la fatica e la calura, ma poi si sdraiava sotto il leccio al termine del filare e borbottava imprecazioni incomprensibili contro fatica, polvere, sole e ogni cosa gli venisse in mente.

Era stato divertente. E liberatorio. Sorseggiò il vino freddo, cullata dallo sciabordio delle onde, dal chiacchiericcio della gente e dallo stridio dei gabbiani.

Non sapeva esattamente quando era stato il momento in cui il vuoto si era colmato. La fatica fisica aveva polverizzato i pensieri, i sassolini avevano riempito la metà della clessidra ed era arrivato il momento di voltarla, iniziare un nuovo tempo. Terminò il vino, eccitata e spaventata da quella nuova prospettiva. Ordinò un altro bicchiere mentre il cielo iniziava a tingersi di rosso. Scattò una foto nel momento in cui il sole si tuffava in mare, incendiandolo, e la inviò d'istinto ai ragazzi.

Non aveva mai creduto possibile che si potesse vivere il presente. Qui e ora. Era una sensazione più inebriante di un'intera bottiglia di vino in circolo nel sangue.

Il telefono le squillò in grembo, facendola sobbalzare.

«Mamma?»

«Ciao, tesoro.»
«Stai bene?» La voce di Gaia sembrava perplessa.
«Certo. Perché?»
«Sei ancora in Maremma?»
«Sì, la casa di Esmeralda è davvero meravigliosa. E il mare è a pochi passi. Ti piacerebbe.»
«Ho visto la foto. Sembra bello.»
«Magari un giorno vieni a vederla anche tu.» Quel verbo rimase sospeso nell'aria, leggero a dispetto di tutte le sue implicazioni.
«Stai davvero bene?» Gaia non sembrava convinta. «Cosa stai facendo?»
«Bevo un aperitivo in riva al mare» replicò allegra. «E sì, sto bene!»
«Hai una voce diversa.» La ragazza tacque, alla ricerca delle parole giuste. «Giovane.»
«Ehi!» protestò Francesca divertita. «Io *sono* giovane!»
«Ok, d'accordo» si arrese la figlia. «Mi piace sentirti così.» Il sollievo che trapelò da quelle parole la commosse.
«Tu che fai di bello?» Francesca desiderò distogliere l'attenzione da sé, quasi temesse di mettere in pericolo l'equilibrio del momento.
«Stiamo andando a teatro» le disse. «Meglio che vada, siamo già in ritardo. Volevo essere sicura che andasse tutto bene.»
«Divertiti, tesoro. E non preoccuparti.»
«Ok, ma'» la salutò con un passo già lontano da lei. «Manda altre foto! Ciao!»
Francesca appoggiò il cellulare al tavolino, sollevando gli occhi sui colori stemperati del tramonto. Le mancava e allo stesso tempo era felice che avesse preso la sua strada. Probabilmente Esmeralda aveva ragione: Gaia non era fuggita, aveva solo fatto una scelta a misura dei suoi desideri.

Il cellulare si illuminò, mostrando un messaggio in arrivo. Anche Matteo aveva ricevuto la foto, e aveva commentato nella sua maniera sbrigativa: "Figo!".

Francesca sorrise e si alzò: era ora di rientrare.

27

C'era un vecchio armadio di legno scuro, in una delle camere al pianoterra, al cui interno si trovava l'unico specchio a figura intera della casa. Francesca l'aveva scoperto curiosando in giro, alla ricerca di un posto dove riporre i suoi vestiti. Da quando si trovava lì non si era mai specchiata. L'unico specchio che usava ogni giorno era quello piccolo sopra il lavabo del bagno, ma anche lì non trascorreva molto tempo. Non aveva più prestato particolare attenzione al proprio aspetto da quando si era allontanata dalla città e si ritrovò a fissare con curiosità la sua immagine riflessa.

I capelli si erano allungati e cadevano in onde morbide fin quasi alle spalle. Il sole li aveva schiariti, mentre aveva donato alla pelle del viso e delle braccia un'abbronzatura intensa. Gli occhi verdi brillavano, donando più luce al viso e serenità allo sguardo.

Indossava una blusa in seta verde, con lo scollo a V e le maniche a tre quarti, che le cadeva morbida sui fianchi magri. Sotto aveva pantaloni larghi a metà polpaccio, bianchi. Non aveva preso peso durante quelle settimane, ma il suo corpo sembrava meno emaciato. Sarebbe volentieri rimasta a piedi nudi, come faceva ormai tutti i giorni, ma quella sera non era come le altre.

Già dal mattino, quando era scesa dal letto, un misto di nervosismo e incertezza l'aveva resa irrequieta. Era andata a correre, forzando l'andatura per liberarsi dell'ansia che le stringeva il petto, poi aveva fatto la spesa.

Aveva impiegato un sacco di tempo per decidere cosa cucinare: sottoporre a Riccardo qualche piatto sperimentale, come si permetteva di fare con i ragazzi, non le sembrava il modo giusto per iniziare. Del resto era estate, faceva caldo, così optò per piatti tradizionali con qualche tocco originale, come la panzanella con fiori e foglie di nasturzio, l'acquacotta e i muffin salati alle erbe di campo, che aveva visto in abbondanza durante i suoi vagabondaggi, e una torta alle fragole con melissa e sambuco. Poi aveva comprato del Vermentino in una azienda poco lontano, dove aveva chiacchierato amabilmente con i titolari e si era fatta raccontare un po' della loro storia. Producevano e vendevano uva dalla fine dell'Ottocento e avevano vigneti dal monte Amiata al monte Argentario. La cantina era una costruzione nuova, bassa e fresca, circondata da file e file di viti basse e curate che si srotolavano in ogni direzione. Dietro, la casa padronale in pietra, abbracciata da una selva di alberi che la nascondevano alla vista. Di fronte a tanta bellezza, passione e appartenenza, il sogno che aveva accarezzato le sembrò un'utopia.

Aveva dedicato l'intero pomeriggio alla cucina e, al momento di decidere cosa indossare, era stata di nuovo colta dall'indecisione. Era una cena amichevole, fatta per esprimere gratitudine, con un uomo che l'aveva già vista nelle tenute più improbabili. Troppa eleganza avrebbe trasmesso segnali ingannevoli.

Inclinò il capo continuando a osservare l'immagine riflessa nello specchio: la donna che si trovava di fronte non era più quella di prima. Come era potuto succedere? E, soprattutto, quel cambiamento avrebbe resistito al ritorno alla sua vecchia vita? Lontana dai malumori di Giulio, dal disprezzo della madre, dagli impegni dei figli le era venuto spontaneo sotterrare le armi e concedere a se stessa una tregua.

Due colpi decisi alla porta la fecero sussultare. Chiuse le ante dell'armadio, indossò un paio di sandali infradito bassi con le stringhe bianche che risaltavano sulla pelle scurita dal sole e andò ad aprire.

«Ciao.» Riccardo la guardò, un sorriso timido e una bottiglia di vino tra le mani.

«Ciao.» Gli restituì il sorriso e nel frattempo registrò il nuovo taglio di capelli, la camicia chiara con le maniche arrotolate che fasciava le spalle larghe, e i jeans scuri e stretti che facevano sembrare le sue gambe ancora più lunghe e muscolose.

«Vieni dentro, dai.» Fece un passo indietro e gli indicò la cucina. «Ho apparecchiato sotto il portico.»

Riccardo entrò in cucina, poi si girò verso di lei, che l'aveva seguito.

«Ho portato del vino bianco» spiegò porgendolo. «Ansonica del monte Argentario. Non so se sia adatto per la cena.»

«Andrà benissimo.» Francesca afferrò due calici che aveva preparato al centro del tavolo. «Non aspettarti grandi cose. Ho preparato dei piatti semplici.»

Lui sorrise di nuovo e lei lo imitò. Quel desiderio che saliva dalla pancia e incurvava le labbra stupiva entrambi.

«Tieni.» Francesca gli allungò i bicchieri e afferrò un vassoio con gli antipasti. «Andiamo fuori.» Lo precedette dall'altra parte della cucina, dove una porta conduceva a una specie di ingresso: sulla destra si entrava nel salone e a sinistra una ampia porta a vetri dava sul portico. Qui Francesca aveva portato un vecchio tavolo quadrato dalle gambe tornite, l'aveva ricoperto con una tovaglia lunga e candida e al centro aveva messo una candela in un semplice vaso di vetro. Appoggiò il vassoio sul tavolo e lo invitò con un gesto ad aprire la bottiglia. Riccardo riempì i calici e, in piedi uno di fronte all'altra, brindarono.

«Alle donne coraggiose» disse Riccardo.

«Agli uomini pazienti» ricambiò Francesca.

Il vino era fresco, dal gusto asciutto e appena fruttato, e scivolò morbido come un'onda lungo la gola. Francesca chiuse gli occhi e inspirò a fondo, lasciando che l'alcol spazzasse via le tensioni.

Quando li riaprì incrociò quelli di Riccardo, che la guardavano ammirati.

«Accomodati» si affrettò a dire sentendo le guance in fiamme. «Arrivo subito.»

Rientrò in casa per prendere la panzanella, dispose all'ultimo momento i fiori di nasturzio gialli e rossi al centro del piatto e tornò dal suo ospite. Riccardo nel frattempo si era seduto, il bicchiere tra le mani e le gambe allungate di fianco al tavolo, e ammirava il cielo tingersi dei primi colori del tramonto. Quando lei lo raggiunse e gli si sedette di fronte, lui commentò con un pizzico di stupore: «Questi piatti hanno un bellissimo aspetto!».

«Deformazione professionale» ammise. Riccardo sollevò un sopracciglio incuriosito. «A Firenze abbiamo un ristorante» spiegò. «Mio marito è uno chef molto rinomato e tutto il nostro mondo ha sempre ruotato attorno alla cucina.»

«Quindi sei una brava cuoca» commentò, fingendo che la parola "marito" non l'avesse infastidito.

«Credo di cavarmela» ammise. «Mi piace sperimentare, anche se Giulio non mi permetterebbe mai di farlo nella sua cucina. Mi accontento di farlo a casa, con i miei figli come cavie.» Un sorriso nostalgico le incurvò le labbra, lo sguardo lontano, in altri luoghi, tra altra gente.

Dunque aveva una famiglia, dei figli e un marito. In pochi minuti l'intimità di una cena aveva svelato di lei più di quanto avesse fatto una settimana di lavoro fianco a fianco.

«Tu invece sei un avvocato.» Riccardo si rabbuiò, abbassando il capo sul piatto. Prese il bicchiere e terminò il vino in un unico sorso.

«*Ero* avvocato, sì. Avevo lo studio a Roma con un socio. Poi sono successi alcuni fatti spiacevoli e ho deciso di andarmene.»

«Mi dispiace» mormorò Francesca, «ma comunque non devi parlarne se non ti va.» Decise di spezzare il disagio di Riccardo lasciando andare le sue, di parole: «Io sono venuta qui per prendermi una vacanza» sospirò. «E riflettere sul futuro. È questo il vero motivo dietro la richiesta di Esmeralda di darle un consiglio sulla tenuta…»

«Siete molto amiche?» Riccardo si riscosse.

«Siamo molto unite, sì. In realtà è la sorella di mia nonna, dunque siamo anche parenti. Ma è l'amicizia che ci lega. È più una madrina, la mia coscienza impertinente. Invidio molto la sua forza.»

«Da quel che ho visto, anche tu sembri una persona forte.»

«Hai detto bene» mormorò, «sembro!»

Mangiarono in silenzio per un po', mentre le ombre della sera iniziavano a farsi strada attorno a loro.

«I tuoi figli dove sono?»

«Gaia è in Inghilterra» rispose. «Sta facendo una vacanza studio e sembra voglia provare a fare un intero anno lassù.» L'orgoglio di mamma che trapelava dalle sue parole era appena stemperato dal dolore del distacco. «Matteo è in ritiro con la squadra di canottaggio. Poi andrà al mare con una famiglia di amici. Sono gemelli, sedici anni di determinazione.»

«Dev'essere difficile lasciarli andare.» L'intensità delle emozioni contrastanti che trapelava dalla voce di Francesca lo aveva colpito.

«Sì» ammise, «e no. Sono felice che inseguano i loro sogni, che decidano della loro vita con la massima autonomia.»

Riccardo versò dell'altro vino, poi si appoggiò allo schienale della sedia con il bicchiere tra le mani. «Adesso tu e tuo marito avrete più tempo da trascorrere insieme» commentò.

«Siamo separati.» Gli occhi grandi e verdi che si posarono nei suoi mostrarono un barlume dello smarrimento che vi aveva letto la prima volta che l'aveva incontrata. Riccardo non riuscì ad abbassare lo sguardo. Doveva essersi sentita sola, con la partenza dei figli e la separazione dal marito, ma aveva deciso di abbracciarla, quella solitudine, di venire a incontrarla di persona, qui. Lei era più coraggiosa di quanto credesse.

«Vado in cucina e torno.» Francesca si alzò svelta, incapace di reggere oltre il suo sguardo indagatore. Quando tornò, dopo aver scaldato l'acquacotta e disposto i muffin alle erbe su un vassoio dipinto di verde e giallo, il buio aveva preso il sopravvento e la luce tremolante della candela disegnava ombre marcate sul viso di Riccardo.

Posò il contenitore di coccio e il vassoio ai due lati del tavolo e tornò a sedersi.

«Io sono divorziato» annunciò Riccardo. «La mia ex adesso sta con il mio ex socio.»

Francesca trattenne il fiato sbalordita, poi scoppiò a ridere. Una risata irrefrenabile, liberatoria. E contagiosa: anche Riccardo sciolse in quella risata mesi e mesi di angosce. Quando entrambi riacquistarono un po' di contegno, lui sollevò il bicchiere. «A questo punto brindare a noi è d'obbligo» dichiarò.

Francesca prese a sua volta il bicchiere.

«A noi» concordò.

28

«Complimenti per la cena» le disse Riccardo. L'aveva aiutata a sparecchiare e, mentre la guardava lavare i piatti, sedeva rilassato al tavolo della cucina sorseggiando un caffè.

«Grazie» replicò guardandolo da sopra la spalla. «Devo ammettere di essere stata molto indecisa, non conoscendo i tuoi gusti.»

Dopo la folle risata liberatoria, tensione e imbarazzo erano evaporati e la cena era proseguita tra chiacchiere leggere. La passione per i cavalli e i viaggi di Riccardo, l'interesse per la cucina e il giardinaggio di Francesca. La necessità per entrambi di momenti di isolamento e silenzio.

Quello che però li aveva avvicinati di più, e che avevano taciuto, era lo stupore provato nel piacere della compagnia reciproca.

Francesca si asciugò le mani in uno strofinaccio, poi sedette di fronte a lui. La luce emanata da tre delle quattro lampade incastonate in una vecchia trave di legno sopra il tavolo era calda e soffusa e i rumori di sottofondo della casa erano confortanti.

«C'è ancora del caffè, se vuoi» le disse indicando la caffettiera ancora tiepida accanto a lui.

«Meglio di no, grazie» rispose appoggiando il mento al palmo della mano. «Cerco di evitare la caffeina dopo metà pomeriggio.»

Era rilassante restarsene lì, uno di fronte all'altra, le finestre spalancate sul buio della notte e i muri tiepidi di sole ad abbracciarli. Spezzare quel momento sembrava un insulto.

«È stata una bellissima serata.» Gli occhi di Riccardo non la lasciavano un momento e Francesca, complice la seconda bottiglia di vino, si sentiva a suo agio sotto il suo sguardo.

«Lo è stata anche per me.»

«Credo che sia arrivato il momento di togliere il disturbo: sarai stanca...» Riccardo raddrizzò la schiena accennando ad alzarsi.

«Non sono stanca. E domani non ho nulla da fare.»

«Sicura?»

«Di cosa?»

«Di non essere stanca.» Riccardo sembrava all'improvviso animato da una nuova energia. Si alzò in piedi e attese.

«Certo che lo sono. Cioè... sono sicura di non esserlo.»

«Ti va di uscire?»

Anche Francesca si alzò, curiosità e sospetto dipinti sul viso. «Per andare dove?»

«È una sorpresa» replicò lui allegro. «Ti va?»

L'indecisione di Francesca ebbe vita breve: non c'era nessuno a cui rendere conto, né lì né altrove. E lei voleva fidarsi di quell'uomo gentile.

«Mi va» accettò.

«Metti un paio di scarpe comode» le ordinò divertito. «Io intanto chiudo le finestre.»

Francesca era troppo eccitata per tentennare o fare domande. Si precipitò in camera, si liberò delle infradito e indossò le scarpe da jogging. Poi tornò in cucina, dove Riccardo l'aspettava in piedi appoggiato al bancone.

«Pronta?» Le allungò una mano, che lei afferrò decisa.

«Prontissima.»

Presero l'auto di Riccardo e si allontanarono piano verso il mare. Guidava sicuro, anche se il buio era davvero intenso e la strada stretta e senza segnaletica.

Meno di venti minuti dopo raggiunsero Talamone. Riccardo parcheggiò l'auto di fronte al porto e scesero. L'odore intenso di salsedine e di pesce era esaltato dall'aria fresca della notte. Non c'era anima viva in giro, solo il rumore dello sciabordio dell'acqua contro le paratie dei pescherecci.

Riccardo la prese di nuovo per mano e la trascinò verso il piccolo borgo. Francesca si stava abituando alla sua presa ruvida ma dolce, al calore asciutto della sua pelle e soprattutto alla disinvoltura con cui compiva quel gesto. Costeggiarono le mura per un breve tratto in salita, poi voltarono a sinistra e attraversarono Porta Garibaldi, salendo una scalinata che li portò nel cuore del borgo. Non riusciva a liberarsi del sorriso da ragazzina: seguiva Riccardo senza fiatare, godendosi le case sonnacchiose, i vicoli illuminati da deboli lampioni, e il profumo di mare e dei fiori alle finestre che riempiva l'aria.

In breve si trovarono di fronte alla Rocca: Riccardo si fermò accanto al parapetto in sasso e la guardò, in silenzio. La costruzione non era molto illuminata a quell'ora della notte, ma questo enfatizzava le miriadi di piccole luci che punteggiavano il golfo. L'aria era così limpida che si scorgevano quelle dell'isola del Giglio, piccoli spilli tremolanti sospesi sull'acqua. Sulla sinistra le luci più numerose e vicine di Porto Santo Stefano, sul monte Argentario, si riflettevano sull'acqua nera del golfo. Era uno spettacolo mozzafiato: tutta la baia punteggiata di briciole di stelle, che gareggiavano impertinenti con le altre appese nella volta celeste. Il rumore delle onde che si infrangevano sugli scogli sotto di lei, il sussurro del vento tra le chiome dei pini alle spalle, la luce intermittente del faro sulle rocce di fronte.

Francesca rabbrividì e si portò le mani sulle braccia, strofinandole per scaldarsi.

«Hai freddo?» Riccardo la guardò sollecito.

«Sto bene» mormorò. Di notte l'aria sul mare era sempre più frizzante, ma Francesca non era sicura che quella fosse l'unica causa del suo tremore.

Quel panorama fiabesco le era arrivato dritto al petto togliendole l'aria. Era suggestivo e romantico e la sua mente era corsa a scavare nei ricordi, ma non aveva trovato memoria di sensazioni simili.

L'intensità delle emozioni era tale che sentiva il petto dilatarsi e prendere fuoco. L'uomo accanto a lei era riuscito a sorprenderla e lo stupore misto alla gratitudine la confondevano.

«Andiamo vicino alla torre» disse Riccardo appoggiando lieve una mano sulla sua schiena. «Lì è un po' più riparato.»

Lei lo seguì e raggiunsero le mura della rocca: si appoggiarono alla pietra con la schiena e tornarono a perdersi nel mare di luci.

«Grazie» mormorò Francesca. Aveva bisogno di spezzare il silenzio prima che le emozioni la travolgessero.

«Di cosa?» Anche la voce di Riccardo era un sussurro, quasi temesse di svegliare le anime degli antichi abitanti della fortezza.

«Be'… di tutto. Del tuo aiuto, della serata, della compagnia e di questa… questa meraviglia.» Sollevò un braccio a indicare il paesaggio tutt'attorno.

«Non è merito mio!»

«Ma intendevo...» Si voltò verso di lui e vide i suoi occhi divertiti, il sorriso sbarazzino e il capo abbassato verso di lei.

«Lo so cosa intendevi» mormorò.

«Mi stai prendendo in giro!» giocò, fingendosi offesa.

«Non mi permetterei mai!» Si voltò su un fianco, la spalla destra appoggiata alla parete e gli occhi sempre fissi su di lei. «Mi fai ridere, erano anni che non mi sentivo così...»

«Credo sia colpa del vino!» Il suo tentativo di difendersi dalle implicazioni delle sue parole non fu molto convincente. Riccardo avvicinò il viso al suo.

«La sua unica colpa è di farmi sciogliere la lingua» sussurrò. Voleva baciarla. Lo desiderava, ma sapeva quanto lei fosse vulnerabile in quel momento. Doveva tirare il freno, rischiava di commettere degli errori. La vide tremare in un altro brivido.

«Tu hai freddo.» Questa volta non era una domanda. «Vieni qui.»

L'avvicinò a sé, la schiena di lei contro il suo petto, e la cinse con le braccia. La sentì trattenere il fiato e irrigidirsi, ma lui non la strinse, aspettando che decidesse da sola se rilassarsi appoggiandosi a lui.

Francesca seguì il proprio istinto, liberando l'aria dai polmoni e lasciandosi abbracciare, con la testa appoggiata alla sua spalla.

Rimasero così a lungo, mentre i respiri trovavano un ritmo comune, i corpi imparavano ad adattarsi uno all'altra.

«Va meglio?» Il fiato caldo le solleticò una guancia.

«Sì.» Francesca voltò il viso verso di lui. «Forse dovremmo andare.»

«Temo di non essere d'accordo.» Lo vide sorridere e lo imitò. «Ma se proprio insisti...»

«Non stavo insistendo.»

La strinse a sé e avvicinò la guancia alla sua. «Ti porterò a casa, ma solo se prometti di prepararmi un'altra cena.»

«Affare fatto.» Francesca rise e gli accarezzò gli avambracci stretti attorno alla sua vita. Lui le appoggiò le labbra alla tempia, inspirando il suo profumo e lei lo lasciò fare. Era un momento assurdamente perfetto, non c'era spazio per la ragione.

Quando lei allentò la presa sulle sue braccia lui la lasciò andare. Attraversarono il borgo in silenzio, mano nella mano, e raggiunsero l'auto.

Non si scambiarono altre parole, se non un bacio sulla guancia quando lui la lasciò nel cortile di fronte a casa. Francesca lo salutò con la mano, poi entrò, chiudendo la porta e appoggiando le spalle contro il legno.

Era stata una serata incredibile, inaspettata. Si augurò che il sonno arrivasse in fretta, per non guastarne nemmeno un soffio.

29

L'euforia doveva avergli dato alla testa perché non riusciva a provare imbarazzo per lo stato d'animo con cui si era svegliato quella mattina. L'entusiasmo che lo riempiva mentre accompagnava i cavalli al pascolo era così energizzante, sembrava che fosse stato lì sotto, nascosto, da tutta la vita. Francesca era intelligente, divertente e affascinante nelle sue spigolosità. E il desiderio che aveva provato per lei l'aveva tenuto sveglio gran parte della notte.

L'unica ombra in quei pensieri luminosi era non sapere se, e quanto, sarebbe rimasta alla tenuta. Era consapevole che non ci fossero molti dubbi sul "se": aveva due figli minorenni e un lavoro a Firenze, non sarebbe rimasta per sempre. Ma l'estate era appena agli inizi e lui si sarebbe concentrato sulla speranza che lei rimanesse almeno altri due mesi.

Prima di rientrare alle scuderie decise di fare un giro con Lapo. Voleva prolungare quel momento di estasi solitaria, ripercorrere con la mente ogni attimo della serata precedente, godersi la serenità che gli donava.

Si diresse verso i vigneti della tenuta di Esmeralda, poi ne avrebbe seguito il confine verso nord e sarebbe rientrato senza avvicinarsi alla casa. Non voleva precipitarsi da lei, o meglio, l'avrebbe voluto ma si era ripromesso di procedere con cautela.

Il sorriso che gli si dipinse sul viso si aprì nell'attimo stesso in cui la vide.

Stava correndo sul sentiero sterrato ai piedi del vigneto, il passo agile e regolare, i capelli sfuggiti all'elastico che le cadevano sugli occhi. Non si accorse di lui fino a quando non se lo trovò a pochi metri, e si fermò di colpo.

«Buongiorno» la salutò Riccardo.

«Buongiorno a voi!» Francesca si passò una mano tra i capelli e gli sorrise, poi avvicinò una mano al muso del cavallo, e gli accarezzò la testa. «Una bella cavalcata mattutina, come i veri cowboy?»

«Esattamente, ma non vogliamo interrompere la corsa della jogger della Maremma» continuò Riccardo.

«La jogger della Maremma ha finito il suo giro quotidiano» gli ribatté. «Stavo rientrando, mi accompagnate a casa?»

Riccardo scese da cavallo, lo prese per la cavezza e affiancò Francesca. «Che fai di bello oggi?» le chiese mentre camminavano verso la tenuta.

«La doccia e il caffè per tuo babbo» replicò allegra. «Poi lo osserverò lavorare nel giardino delle erbe. Se parlasse imparerei più in fretta, ma almeno ora mi tollera.»

Riccardo fece una smorfia di disappunto. «Non imparerà mai» mormorò.

«Va bene così» lo rassicurò lei. «È come se fosse geloso di quel giardino.»

«Di certo più che della sua terra» brontolò. Francesca lo guardò incuriosita e lui sospirò. «Scusa, non voglio sembrarti un ingrato, ma è davvero difficile avere a che fare con lui per gestire la nostra azienda.» Francesca pensò al suo rapporto impossibile con la madre, a quanto la facesse ancora soffrire nonostante fosse adulta, anche se non avevano un lavoro in comune. «Fedo, il buttero ribelle» continuò, «lo *spirito libero* della famiglia.» Il tono di voce con il quale sottolineò quelle parole aveva una sfumatura critica.

Francesca sentì la sua rabbia, il dolore e la stanchezza e si chiese perché dovesse essere così difficile avere a che fare con i propri genitori. Avrebbe finito anche lei per commettere gli stessi errori? Avrebbe costretto i suoi ragazzi a pensare a lei come a un peso insopportabile?

Non c'era molto che potesse dirgli: le parole non potevano alleviare alcun tormento. «Mi dicevi che i butteri non esistono più...?» provò a deviare la conversazione.

«In parte ce ne sono ancora, sono concentrati nell'azienda di Alberese, all'interno del parco della Maremma. Ma fuori da lì è difficile mantenersi facendo solo questo lavoro. Non esistono più i grandi spazi dove lasciare pascolare gli animali allo stato brado, dunque non c'è più bisogno di mandriani che controllino e spostino i branchi. Certo, c'è la marchiatura dei vitelli e l'addestramento dei puledri... Se non avesse avuto l'incidente alla schiena, mio padre avrebbe preferito fare quel lavoro. È sempre stato più in gamba con gli animali che con le persone, e forse avrebbe potuto lavorare alle dipendenze dell'azienda. Ma non è andata così.»

«Non dev'essere facile, per lui» mormorò.

«Non lo è mai, per nessuno.» Riccardo la guardò e le rivolse un sorriso affettuoso. «Vorrei dedicare tutto il mio tempo al maneggio, invece che perdere tempo dietro a mio padre.»

«E a parte il tempo, cosa ti manca?»

Riccardo si girò verso di lei, interdetto. «Già» borbottò. «Cosa?»

Tornò a guardare la strada, pensieroso. La sua domanda gli aveva aperto gli occhi su una verità scomoda: fino a quel momento si era nascosto dietro a dettagli, per non riconoscere che era la determinazione che gli era mancata.

Proseguirono in silenzio fin quando sbucarono nel cortile di casa. Il fuoristrada di Fedo era già parcheggiato sotto le querce, ma di lui e Oliver nessuna traccia.

«Sono arrivata tardi» constatò.

«O lui è arrivato presto.» Montò in sella a Lapo. «Meglio che vada adesso. Ma tu non dimenticare la promessa.»

Francesca sollevò il viso per guardarlo negli occhi. «Certo che no» replicò.

Lui le fece un cenno di saluto portando la mano alla tesa del cappello, poi fece voltare il cavallo.

«Riccardo!» Francesca lo chiamò muovendo qualche passo dietro di loro. L'uomo si fermò stupito nel sentirle pronunciare il suo nome per la prima volta. Era un bel suono e lui si girò sorridente. «Torno a Firenze» annunciò. «Per qualche giorno.»

Il viso di Riccardo si rabbuiò. «È successo qualcosa?» domandò brusco.

«No, no, devo solo sistemare alcune cose. E controllare che a casa e al ristorante sia tutto a posto.»

La scrutò sospettoso. E spaventato. Forse era stato precipitoso. E lei avrebbe anche potuto non tornare. «Bene» mormorò. Avrebbe voluto chiederle di chiamarlo, dirle di tornare presto, di non dimenticarsi della Maremma. E di lui. Ma sarebbe stato patetico, così tacque.

Francesca lesse fastidio e delusione nei suoi occhi, ma non poteva fare diversamente: aveva bisogno di parlare con Esmeralda. Ma soprattutto voleva mettere un po' di distanza tra loro.

Riccardo colpì la pancia di Lapo coi talloni e il cavallo partì al passo.

«Tornerò» disse. Poi strinse i pugni, arrabbiata per quelle parole che le uscivano incontrollabili. Non poteva fare promesse.

Riccardo si voltò, gli occhi socchiusi e scettici. «Mi troverai qui.» Poi spronò il cavallo al galoppo e scomparve oltre la curva della strada.

30

Era partita tardi dalla tenuta e, quando era arrivata a Firenze, era buio. Si era ritrovata davanti al cancello di casa senza quasi accorgersene, aveva parcheggiato l'auto di fronte al garage ed era scesa restando immobile, avvolta nel silenzio. Le faceva uno strano effetto trovarsi lì, le sembrava di essere rimasta lontana molto più di un mese. Quando gli occhi si furono abituati all'oscurità riconobbe le sagome degli alberi disegnati sullo sfondo del cielo schiarito dalle luci della città. Avrebbe potuto descrivere ogni angolo di quel giardino a occhi chiusi, eppure le sembrava tutto diverso.

La casa era immersa nel buio, segno che Giulio era partito per Milano. Si era sentita sollevata, non aveva voglia di incontrarlo. Prese dal baule la borsa con gli abiti che non aveva mai indossato ed entrò in casa. Premette l'interruttore della luce dell'ingresso, appoggiò il piccolo bagaglio a terra e fece qualche passo all'interno del salone. L'aria era calda e odorava di chiuso e di cera per mobili. La donna delle pulizie veniva ancora una volta a settimana ma, benché la casa fosse pulita e in ordine, trasmetteva una sensazione di solitudine e abbandono. Lo smarrimento tornò a travolgerla e Francesca vacillò. Chiuse gli occhi e si concentrò sul respiro, imponendo all'aria di superare la barriera dello sterno e riempire la parte più ampia dei polmoni. Quando sollevò le palpebre il senso di turbamento si era affievolito e lei si mosse per casa aprendo le finestre per fare entrare la brezza notturna. Pian piano gli oggetti, i tessuti, i colori la rassicurarono. Quella casa l'aveva pensata, disegnata e arredata da sola ed era l'unica cosa che avesse mai sentito davvero sua. L'assenza di Giulio le sembrò naturale.

In cucina prese una bottiglia di vino dalla dispensa e la mise in freezer, poi andò a fare una doccia. Non aveva avvisato nessuno del suo rientro: non essere dove gli altri credevano che fosse la fece sentire libera. Fece una lunga doccia, lasciando che l'acqua tiepida le scorresse tra i capelli, lungo la pelle abbronzata, scivolasse fino ai piedi e di lì allo scarico portando con sé tensioni e ogni sorta di pensiero.

Quando uscì impiegò più tempo del solito a massaggiare la crema sul corpo e ad asciugare i capelli. Poi indossò un paio di pantaloncini di cotone e una canotta e tornò in cucina, dove prese il vino già fresco, lo versò in un bicchiere e uscì in giardino per sdraiarsi sulla chaise longue. Di colpo tutti i pensieri si calamitarono su Riccardo, come falene verso la luce.

Non aveva avuto molti uomini nella sua vita: stava con Giulio da vent'anni e le poche relazioni precedenti non potevano definirsi veramente tali. La consideravano troppo seria, prudente, con un incrollabile senso del dovere verso la famiglia e non faceva in tempo ad affezionarsi a qualcuno che si trovava di nuovo sola. Il bisogno che Giulio aveva avuto di lei, dietro la facciata carismatica e affascinante, le aveva dato una ragione di vita.

Riccardo era così differente: accanto a lui lei si sentiva in pace e sicura di sé. E la voglia che aveva di ridere e scherzare quando era in sua compagnia era quasi imbarazzante. Quella notte, ai piedi della rocca di Talamone, Francesca era sicura che lui l'avrebbe baciata. Gli aveva letto il desiderio negli occhi, l'aveva sentito sulla pelle. Se lo avesse fatto, lei non si sarebbe tirata indietro: lo sapeva allora e lo riconosceva anche adesso.

Il solo pensiero di portare nella vita dei ragazzi un uomo che non fosse il loro padre la ricopriva di vergogna, però Riccardo era stato disarmante, e non riusciva a togliersi dalla mente i suoi occhi chiari e attenti, i sorrisi da ragazzino, le mani ruvide e forti, le parole intelligenti e sensibili.

Non appena chiuse gli occhi e si lasciò andare ai ricordi della serata trascorsa con lui, sentì un'auto avvicinarsi a casa. Non erano in molti che abitavano in quella stretta strada appena fuori Firenze e raramente passavano auto che non fossero dei frontisti. Si augurò che tirasse dritto, invece la sentì rallentare e fermarsi in attesa che il cancello si aprisse.

Pochi minuti dopo i passi pesanti del marito attraversarono il salone e poi la cucina, e lui uscì in giardino.

«Sei tornata.»

«Ciao, Giulio» lo salutò. «Ti credevo a Milano.»

«Dovevo parlare con della gente al ristorante.» Si liberò della giacca di lino grigio chiaro e la appoggiò sullo schienale di una sedia, poi si sedette nella sdraio a fianco a Francesca. Giulio vestiva sempre in maniera elegante e, a dispetto del fisico imponente, era disinvolto e a proprio agio. «Com'è andata la tua fuga?» le domandò. Aveva la voce stanca e Francesca lo guardò in silenzio. «Temevo non volessi più tornare.»

«Sei il solito esagerato» lo rimproverò senza astio. «E comunque pensavo di rimanere qui a Firenze solo qualche giorno.»

«Perché?» La stanchezza rendeva la voce petulante.
«Te l'ho detto» spiegò paziente. «Qui non ho molto da fare e alla tenuta mi trovo bene.»
«C'è il ristorante.»
«Che sappiamo va a gonfie vele anche senza di me.»
«Ti sei stancata del tuo lavoro?»
«Non ho detto questo.» Era stanca del ristorante? La risposta era lì, evidente, e premeva per essere svelata. «Come va a Milano?» domandò invece.
«La stanno tirando per le lunghe» si lamentò. «Vogliono essere certi che investirò la mia parte, vogliono delle garanzie» imprecò. «Come se non sapessero chi sono e non conoscessero la fama del mio ristorante.»
Quante volte Giulio aveva usato questo aggettivo possessivo per parlare del ristorante? Certo, era il suo nome quello legato al locale. Alla gente non importava chi fosse il proprietario dei muri o il titolare della società. Quando Esmeralda aveva prestato loro i soldi, l'unica condizione che aveva posto era che la proprietà fosse intestata alla nipote. Non era stato facile convincere Francesca, troppo innamorata di Giulio per dare importanza ai dettagli. E nemmeno lui era stato entusiasta di quelle condizioni. Adesso Francesca capiva l'importanza di quella richiesta: qualsiasi scelta imprenditoriale fatta da Giulio non avrebbe intaccato la stabilità sua e dei ragazzi. «Sei sicuro di volere andare avanti?»
«Certo che lo sono!» sbottò. Poi si alzò di scatto ed entrò in cucina, da dove uscì con un calice pieno di vino. «E tu mi devi dare una mano.» Si sedette di nuovo accanto a lei, la voce supplichevole. «Basta la tua firma come garante, nient'altro.»
«Nient'altro? Mi dispiace tu non abbia più memoria di ciò che è successo l'altra volta.» Giulio bevve un lungo sorso

di vino e tacque. Aveva già provato ad aprire un ristorante a Milano insieme a due soci. C'era stata la possibilità di rilevare un'attività e Giulio, per timore di farsi scappare l'occasione, si era fatto dare da una banca un prefinanziamento a titolo personale per i preliminari dell'acquisto. Gli ipotetici soci, però, si erano ritirati prima di formalizzare la costituzione della società e la banca aveva preteso indietro tutti i soldi, che però lui non aveva più. Avevano dovuto coprire il buco con il loro patrimonio privato. Per quanto il ristorante fiorentino lavorasse bene e lui guadagnasse parecchio nelle apparizioni televisive, risollevarsi non era stato immediato. Ma era ostinato come un bambino e voleva realizzare quel desiderio che ormai, più che un sogno nel cassetto, aveva assunto l'aspetto di una rivalsa. «Non ti appoggerò, Giulio» continuò. «Non possiamo permetterci di perdere tutto. Dobbiamo pensare ai ragazzi. E comunque io non sono d'accordo su questo progetto, e lo sai. Perché non ti basta quello che fai? Il ristorante è famoso e redditizio e tu viaggi molto.»

«Sei diventata un'egoista.»

«No» lo contraddisse guardandolo. «Sono sempre la persona razionale e prudente che ti ha fatto arrivare dove sei.»

Anche lui la guardò, ammutolito. Chi era quella donna assertiva e sicura di sé? Francesca non si sarebbe mai presa alcun merito, in nessun ambito. Lei lavorava nell'ombra, gioiva del successo del prossimo senza invidia né rancore. La rabbia arrivò improvvisa, stretta alla paura. «Vorrei farti notare che chi sa cucinare sono io» sbottò.

«Non lo sto mettendo in discussione» replicò calma. «Questo però non significa che tu sappia fare sempre le scelte più oculate.»

«Quindi adesso sarebbe tutto merito tuo.» Svuotò brusco il bicchiere e lo appoggiò in malo modo sull'erba. Giulio era frustrato. Era sempre stato semplice avere a che fare con lei. Anche quando le aveva imposto le sue decisioni, come allontanarla dalla cucina che lei tanto amava, Francesca non aveva protestato. Nemmeno quando le aveva chiesto la separazione si era lasciata andare a scenate; lui aveva finto di non vedere la sofferenza che le aveva inflitto, ed era andato avanti per la sua strada. Mai, nemmeno per un momento, aveva pensato che l'avrebbe persa davvero. Viveva ancora nella sua casa e Francesca lavorava ancora nel ristorante: la loro vita attuale non era cambiata molto rispetto agli ultimi anni.

«E in questo mese, l'hai trovato un appartamento?» La voce della ex moglie spezzò la furia del suo rimuginare.

«Non ho avuto tempo» sbottò. «E sai benissimo che adesso non ho soldi da sprecare. In questa casa non c'è nessuno, adesso, che fastidio ti do?»

«A settembre torneremo tutti quanti.»

«Quindi hai intenzione di stare via tutta l'estate? Ti prendi tre mesi di vacanza e mi lasci a sgobbare da solo?»

Francesca terminò con calma il vino e poi, con un movimento lento e armonioso, si alzò in piedi e lo fissò. «Stiamo ripetendo sempre le stesse cose» gli disse. «Non sono io ad averti piantato. Per quanto riguarda il lavoro, se davvero ci fossero delle difficoltà non esiterei a tornare. Voglio solo ricordarti l'impegno che ti sei preso: ai ragazzi le mezze misure fanno solo male. Riflettici.»

Entrò in casa senza voltarsi, leggera come una nuvola. A Giulio sembrò bella: abbronzata, gli occhi luminosi dallo sguardo deciso le donavano e quel nuovo temperamento la rendeva più sexy. Cosa le era accaduto nel suo mese di isolamento?

Si alzò sbuffando, afferrò il bicchiere da terra e tornò in cucina a riempirlo. Aveva atteso con impazienza il momento del suo ritorno, era sicuro che sarebbe riuscito a convincerla ancora una volta. Invece si sentiva impotente e confuso di fronte a quella sconosciuta.

Vuotò di nuovo il bicchiere e si preparò a una lunga notte insonne.

31

Esmeralda entrò nel ristorante a passo di marcia, puntando dritta verso l'ufficio dove Francesca sedeva intenta a controllare le fatture. Il locale era ancora chiuso, ma l'amica l'aveva invitata a passare per fare due chiacchiere.

«Buongiorno!» esclamò Esmeralda, poi si bloccò sulla soglia sbalordita. Francesca si era alzata in piedi quando l'aveva sentita entrare e ora le andava incontro per abbracciarla. «Sei bellissima» constatò l'anziana donna.

Francesca rise e la baciò sulle guance. «Esagerata» si schermì.

«Io non parlo mai a vuoto, mia cara. E tu sei davvero radiosa.»

«Laggiù c'è un'aria magica» spiegò. «Paesaggi meravigliosi, silenzi, profumi, colori…»

«Voglio sapere tutto» sentenziò Esmeralda.

«Vieni in sala che ti preparo un caffè.»

Si sedettero a un tavolo di fronte a due tazzine di caffè nero e Francesca iniziò a raccontare. Il giardino delle erbe e i silenzi sempre meno ostili di Fedo, le torte e le marmellate di Tosca, i colori della terra e il verde degli alberi e i tramonti mozzafiato sul mare, le corse, le passeggiate a cavallo.

«Sapevo che lì ti saresti ritrovata» constatò Esmeralda commossa da tanto entusiasmo.

«Avevi ragione» mormorò, poi abbassò gli occhi sui palmi delle mani.

«Oh, buon dio, e che cosa ti è successo alle mani?» domandò osservando i calli e le piccole escoriazioni.

Francesca si sentì all'improvviso reticente, poi si decise: «Hai presente i vigneti? Ho cimato i tralci».

«Cosa hai fatto?» Lo sbalordimento dell'amica le strappò un sorriso.

«Quella vigna è così bella e mi sembrava trascurata» ammise. «Riccardo mi ha detto che avrebbe dovuto essere cimata, così mi sono documentata e l'ho fatto. Ho tagliato i tralci troppo lunghi, in modo che la pianta potrà concentrare le sue energie sui grappoli e le foglie nuove.»

«Mi lasci senza parole» sussurrò Esmeralda. «E hai fatto tutto quel lavoro da sola?»

«Be', quasi» confessò. «Quando mi ha scoperta, Riccardo mi ha aiutata.»

«Il figlio di Tosca, giusto?»

«Sì, lui.»

«Be', dev'essere un tipo interessante» constatò maliziosa.

«È una brava persona.» Le guance di Francesca presero fuoco, poi tenne gli occhi bassi, incapace di parlare.

Esmeralda, di fronte al suo imbarazzo, decise di non infierire. «Ma visto che sei così impegnata alla tenuta, che cosa sei venuta a fare in città?»

«Volevo solo controllare che qui andasse tutto bene.»

«Potevi chiamarmi e te l'avrei confermato io.»

«Lo so, ma ho preferito fare un salto.»

Francesca si alzò per portare via le tazzine e ricomporsi. Quando tornò al tavolo Esmeralda la scrutava sospettosa. «C'è altro che volevi dirmi?» le domandò l'amica.

«No» rispose evitando i suoi occhi. «Cioè...» tentennò

«quel posto è molto bello... E sarebbe un vero peccato vederlo andare in rovina. Potrebbe diventare una piccola azienda agricola, vino e olio in piccole quantità, ma di qualità. E poi, che so, miele, marmellate, erbe essiccate e oli aromatici. La casa è così grande che si potrebbe farne anche un agriturismo. Io non me ne intendo, sia chiaro, e non so nemmeno come sia il mercato e quanta la concorrenza. Però sarebbe un modo per non snaturarla e continuare a farla vivere.»

«Io non posso farlo» sentenziò Esmeralda.

«Lo immaginavo.»

«Non solo per i troppi ricordi che racchiude quel posto» precisò. «Non sono il tipo da campagna, non sono brava nei lavori manuali, non ho pazienza e mi annoio facilmente.»

Francesca sorrise e finalmente la guardò. «Allora forse dovresti venderla» confessò.

Esmeralda finse di riflettere, incrociò le mani davanti al viso con i gomiti appoggiati al tavolo e tenne gli occhi fissi nei suoi. «Potresti farlo tu.»

«Sai bene che non posso» replicò. Questa volta fu il turno di Francesca di stupirsi.

«Io invece penso che potresti» insistette Esmeralda. «So che stai pensando ai ragazzi. Ma anche là ci sono le scuole, possono farsi dei nuovi amici e c'è il mare, che Matteo ama. E tu impareresti in fretta tutto ciò che devi sapere per condurre l'azienda. E per quello che non sai ci sono gli esperti.»

«Non posso costringere i ragazzi a un cambiamento così drastico» spiegò seria. «Non sono nemmeno sicura che abbiano ancora metabolizzato la separazione. Cosa succederebbe se li costringessi ad abbandonare tutte le loro certezze?»

«Ti stupirebbero.»

«E poi stai dimenticando una cosa importante: la proprietà non è mia, e se dovessi comprarla poi non avrei i soldi per ristrutturarla. Come potrei fare il vino senza nemmeno una cantina? E non dirmi che ci sono un sacco di fondi per l'agricoltura. I soldi bisogna sempre tirarli fuori in anticipo.»

«La cantina c'è» la contraddisse. «È nella proprietà di Fedo. L'edificio è il loro, in effetti. Però Giorgio l'aveva aiutato a sistemarla, quando produceva i suoi amati vini. Non so che tipo di accordi avessero fatto, però per anni l'hanno utilizzata insieme.»

«Ok» sospirò. «La cantina c'è. Ma la tenuta non è mia.»

«Potremmo fare una società.»

Francesca la guardò esasperata. «Io da qui non posso andarmene. Almeno finché i ragazzi non saranno maggiorenni.»

«Gaia ha già deciso di studiare in Inghilterra» le ricordò. «E Matteo potrebbe stare da me durante l'anno scolastico.»

«Esmeralda» sospirò. Si passò le mani sul viso, massaggiando le tempie, poi sollevò gli occhi. «Io non posso farlo.»

«Da quanto tempo non ti guardi allo specchio?» La domanda la colse di sorpresa.

«E questo cosa c'entra?»

«Sei stata via poche settimane e sembri un'altra donna. E non è solo questione di bellezza fisica, per quanto sia evidente.» Esmeralda appoggiò la schiena alla sedia e incrociò le braccia al petto, sollevando il mento e sfidandola a contraddirla. «Sei più determinata. Più serena. Non hai più lo sguardo da cane bastonato...»

«Grazie» la interruppe con una smorfia.

«È la verità, e lo sapresti benissimo se non ti ostinassi a non volerla vedere.» Esmeralda si alzò in piedi. «Ora devo andare. Domani parto per l'isola d'Elba con le befane e ho ancora un sacco di cose da sistemare.»

Francesca si alzò a sua volta e l'accompagnò alla porta. «Grazie per essere passata» le disse.

«Quando torni giù?»

«Non ho ancora deciso.»

«Vai. Non perdere tempo qui.» Si lasciò baciare sulle guance e uscì con il suo passo regale, scomparendo presto in una nuvola di profumo.

Francesca si chiuse la porta alle spalle e sospirò, tornando in ufficio e abbandonandosi sulla poltrona. Se avesse seguito l'istinto, sarebbe partita subito. Ma le cose non erano così semplici come le aveva dipinte Esmeralda.

Prese in mano le fatture e tornò a concentrarsi sul lavoro, sforzandosi di placare il tumulto di pensieri che le vorticavano in testa.

32

Era stato uno stupido. Si era lasciato andare come un ragazzino inesperto, dando voce alle emozioni senza il filtro della ragione. E l'aveva spaventata. Non aveva pensato nemmeno per un minuto che Francesca potesse essere una donna da brevi avventure, ma forse lo aveva creduto lei. Che lui lo pensasse, che lui volesse qualcosa di veloce e indolore prima di lasciarla andare. Eppure la sensazione del suo corpo rilassato tra le sue braccia, della fiducia che aveva riposto in lui anche solo per poche ore, adesso non gli dava pace.

Era un idiota. Non si era ancora liberato del senso di disillusione in cui la fine del suo matrimonio lo aveva fatto sprofondare, ma da quando Francesca se n'era andata, il tempo sembrava essersi fermato: più passavano i giorni più l'irritazione prendeva il posto della delusione e anche quella santa donna di sua madre iniziava a perdere la pazienza. Doveva tornare in sé e occuparsi delle cose a cui aveva dato il via. E per farlo doveva rassegnarsi a fare una telefonata che aveva rimandato da tempo.

Raggiunse le scuderie per tenersi alla larga da orecchie indiscrete, si sedette sul ceppo di un vecchio tronco e compose il numero che non aveva dimenticato.

«Riccardo.»
«Vanessa.»
«Non è un bel momento» si affrettò ad aggiungere la sua ex moglie. «Posso chiamarti un'altra volta?»
«Ti porterò via poco tempo.»
Sentì il sospiro insofferente della donna, immaginò le labbra corrucciate sul suo viso perfetto e avrebbe voluto interrompere la conversazione.
«Di cosa si tratta?»
«Dell'unica cosa che abbiamo ancora in comune.»
«Non capisco perché mi assilli tanto per questa casa» sbottò Vanessa.
«Non ti chiamo da tre mesi» le ricordò. «Non direi che ti assillo.»
«Però quando ti chiamo io tu non rispondi» precisò lei. «Magari volevo dirti che l'avevo venduta.»
«L'hai fatto?»
Il silenzio che seguì gli fornì la risposta.
«Se avessi risposto a quel dannato telefono sapresti perché l'ho tolta dal mercato!»
«Cos'hai fatto?» Riccardo si era imposto di mantenere un tono il più possibile neutro con Vanessa, ma non era dell'umore giusto per sopportare una simile notizia.
«Se mi avessi risposto settimane fa non saresti sorpreso.»
«Hai detto che non avevi i soldi per liquidare la mia metà.» Riccardo ricordò ad alta voce gli ultimi accordi. «Abbiamo deciso di venderla per chiudere la questione. Non puoi cambiare i piani.»
«Adesso non posso venderla.»
«E perché no?»
«Sono incinta.» A Riccardo mancò il fiato. Vanessa, la donna che non sopportava i bambini, che aveva messo in chiaro fin dal primo momento che lei non ne avrebbe mai messo al

mondo uno, era incinta. «Ci sei ancora?» La voce di Vanessa gli lacerò le orecchie.

La donna con la quale avrebbe voluto creare una famiglia, e che glielo aveva sempre negato, ora la stava mettendo su con un altro. Si sentì umiliato, furioso, un emerito imbecille.

«Riccardo, per favore...» Vanessa non aveva dimenticato quanto aveva voluto diventare padre. «Non è stato programmato. Siamo rimasti entrambi scioccati.»

«Immagino Luca...» borbottò Riccardo riferendosi all'amico. Ex amico.

«Non è stato facile» ammise Vanessa. «Ma adesso che ci siamo abituati all'idea siamo molto emozionati. Se solo non avessi queste dannate nausee...»

Riccardo trovò quasi rassicurante il fatto che certa gente rimanesse sempre uguale a se stessa. Il mondo di Vanessa ruotava attorno a lei, e solo a lei, ai suoi desideri e ai suoi capricci. Non che non lo sapesse quando l'aveva sposata: era un'avvocatessa rampante e spregiudicata, vivere con lei era stata una sfida, ne era rimasto stregato.

«Sono felice per voi, ma non capisco cosa c'entri questo con la casa.»

«Adesso non posso sopportare lo stress della vendita. Gente che ti gira per casa, contrattazioni e ansia. E poi questa casa è grande, luminosa, l'ideale per un bambino.»

«Non m'importa se vuoi restare» replicò Riccardo. «Io voglio solo la mia parte.»

«Non ho tutti questi soldi e non voglio fare un mutuo adesso che il bambino è in arrivo.»

Riccardo inspirò a fondo prima di intervenire. Non aveva dubbi che un attico ai Parioli valesse un sacco di soldi, ma il matrimonio era finito, il divorzio esecutivo e metà di quella casa era sua.

«Luca può vendere il suo appartamento» le suggerì.

«Sai che non lo farà mai.» La nota amara che percepì nella sua voce gli fece intuire che i due avessero già avuto diverbi a tal proposito. Sapeva bene quanto Luca fosse geloso del suo appartamento da scapolo e a quanto pare avergli rubato la moglie e averla messa incinta non lo aveva cambiato così tanto.

«Vanessa, tutto ciò non ha niente a che vedere con me» le spiegò paziente. «Roma è piena di appartamenti e, se li vendete entrambi, potete sicuramente comprarne uno di pregio come quello. Oppure li tenete entrambi e trovate i soldi in un altro modo. Non mi riguarda. Io voglio ciò che mi spetta.»

«Una volta non eri così attaccato ai soldi.»

"Una volta non desideravi dei figli" avrebbe voluto replicare, se non fosse suonato patetico. «Non lo sono nemmeno ora» disse invece. «Tu sei andata avanti con la tua vita e io voglio fare altrettanto. Metà della casa mi appartiene, voglio solo ciò che è giusto.»

«Senti, perché non rimandiamo la decisione ancora un po'? Magari le cose si aggiustano, troviamo un acquirente, Luca si decide a liberarsi del suo appartamento...»

«Vanessa» inspirò a fondo per mantenere un tono ragionevole, «ho fatto il possibile per concludere civilmente questa cosa, ma ti assicuro che se continui con questo atteggiamento non mi farò nessuno scrupolo.»

«Non sarà necessario» disse gelida Vanessa.

«Mi fa piacere sentirtelo dire» concluse Riccardo. «Aspetto tue notizie.»

Chiuse la telefonata e si passò una mano sul viso, rabbioso. Non sarebbe finita bene, se lo sentiva, ma non gli importava più. Era stato tradito e umiliato, ciononostante aveva cercato di mantenere rapporti civili con i due fedifraghi. Permettere loro di continuare a prendersi gioco di lui era al limite della stupidità patologica.

Ora voleva che il sogno del maneggio diventasse realtà. Aveva investito buona parte dei suoi risparmi per coprire le perdite dell'azienda di famiglia ma era arrivato il momento di dedicarsi completamente alla sua passione per i cavalli. Aveva bisogno di collaboratori, di altri cavalli, di selle, corde, morsi, cavezze e molto altro. I soldi gli servivano. L'avrebbe avvisata che voleva dare corso alle vie legali anche se non avesse saputo della gravidanza: la rabbia per quella notizia l'aveva reso ancor più determinato.

Si alzò in piedi e prese la sella di Lapo, fischiando per chiamarlo. Avrebbero fatto una bella galoppata, tra i vigneti bassi, i poderi in pietra, le curve morbide delle colline. Sperando di perdere per strada tutto l'astio, la frustrazione e il dolore che soffocavano il suo cuore e la sua anima.

33

«Allora sei tornata!» Tosca aveva spalancato la porta di casa mentre Francesca aveva ancora il pugno alzato con l'intento di bussare.

«Non ho resistito» ammise.

«Hai fatto bene» concordò l'altra. «Ma vieni dentro, ti offro qualcosa!»

Francesca la seguì in cucina, che al solito profumava di dolci. «Le ho portato un dolce» disse timidamente. «Non sono brava quanto lei ma ci tenevo.»

Tosca la guardò sorpresa, poi prese il vassoio che l'altra le porgeva e lo scoprì. «Uno zuccotto!» esclamò. «Che gentile! L'hai fatto tu?»

Francesca annuì.

«Sarà perfetto come dessert dopo pranzo!» Tosca lo ripose in frigorifero prima di tornare a dedicarsi alla sua ospite. «Lo vuoi un caffè?»

«No, grazie. L'ho appena preso.»

«Tutto bene in città?» L'accoglienza calorosa di Tosca la commosse.

«Sì, grazie.»

«Sai che non sono mai stata a Firenze? Mi dico sempre che

vorrei andare, ma poi non mi decido. Sarà che non mi trovo a mio agio nelle città affollate...»

«Dopo essere stata qui tutto questo tempo la capisco» la consolò.

«Sono felice che sei tornata» continuò la donna. «Anche se non ci si vede spesso fa piacere sapere di non essere circondati da case vuote.»

«A volte anche in mezzo al caos di una città può sembrare di essere in mezzo al nulla...» Francesca le sorrise, un po' imbarazzata per la malinconia che aveva lasciato trapelare. «Cercavo Riccardo, è per caso da queste parti?»

Tosca non riuscì a nascondere la soddisfazione: il nervosismo di Riccardo la stava esasperando e non aveva impiegato molto a capirne la causa. «È alle scuderie» disse. «Ricordi la strada?»

«Sì, certo.» Francesca si alzò in piedi, imitata dalla sua ospite, ed entrambe si avviarono all'uscita.

«Sto sperimentando una nuova ricetta di biscotti» le svelò prima di salutarla. «Non appena saranno pronti te li faccio avere.»

Era inutile dirle che non era necessario che continuasse a riempirla di dolci, tanto Tosca non le avrebbe dato ascolto. Così la salutò e si avviò alle scuderie.

Non appena imboccò il sentiero dietro la casa, vide Riccardo da lontano, intento a strigliare Lapo. Il cuore cominciò a batterle all'impazzata e per una frazione di secondo pensò di tornare indietro. Ma le gambe non le diedero ascolto e poco dopo era in piedi alle spalle dell'uomo.

«Ciao.»

Riccardo si voltò sorpreso. Il sollievo che lesse nei suoi occhi fu di breve durata, ma sufficiente a sciogliere tutti i suoi timori.

«Sei tornata» mormorò.

«Te l'avevo promesso.»

Si fissarono a lungo in silenzio, poi Riccardo tornò a dedicarsi a Lapo. «Tutto bene a casa?» le domandò.

«Sì» rispose. «Come pensavo, nessuno ha bisogno del mio aiuto.»

«Dev'essere un bel sollievo» constatò l'uomo. «Nessuno che dipenda da te.»

«Be'...» Capiva ciò che intendeva Riccardo: i suoi genitori avevano bisogno di lui. Anche se il suo rientro era stato conseguente al divorzio, era innegabile che Tosca e Fedo avessero bisogno di qualcuno fidato che desse loro una mano per non fare fallire l'attività di famiglia. Non l'aveva scelto e non doveva essere stato facile. A lei era accaduto il contrario: dopo aver trascorso tutta la vita a occuparsi degli altri, ora era sola. E questo non le dava neanche un briciolo di sollievo.

«Oggi non posso accompagnarti a cavalcare» disse Riccardo. «Devo aiutare mio padre.» Il desiderio di abbracciarla e quello di trattenersi dal farlo lo rendevano scontroso. Era sollevato che fosse tornata, ma anche arrabbiato perché erano trascorsi cinque giorni senza avere sue notizie.

«Non c'è problema.» Francesca era a disagio: non l'aveva immaginato così, il loro incontro. «Posso tornare un altro momento.»

«Avvisami prima» aggiunse l'uomo sempre dandole le spalle. «Ho molto da fare. Ho avviato le pratiche per aprire il maneggio e sono alle prese con la burocrazia.»

«Ma è una bellissima notizia!»

Il tono entusiasta di Francesca lo costrinse a voltarsi verso di lei. Gli occhi verdi brillavano di ammirazione e il suo sorriso sciolse un po' di amarezza. «Speriamo vada tutto bene» commentò.

«Ma certo! Ne sono sicura!» La genuinità di quel sorriso che non accennava a spegnersi lo fece sentire uno stupido: le teneva il broncio perché si era sentito solo e ora che era tornata non riusciva a esprimerle la sua gioia. «Posso aiutarti?» continuò di fronte al suo silenzio.

«A fare cosa?»

«Devi dirmelo tu. Cosa si fa in un maneggio? Pulisco le stalle? Striglio i cavalli? Do loro da mangiare? Li sello?»

«Ma non sai fare nessuna di queste cose!» Finalmente un sorriso gli incurvò le labbra.

«Non sapevo nemmeno cimare i tralci delle viti.»

«Sei ostinata» constatò divertito.

«Allora sono nel posto giusto.»

Avrebbe voluto mollare tutto e stare solo con lei. Insegnarle ad accudire i cavalli, fare lunghe cavalcate tra le colline, chiacchierare e ridere con lei. «Non ho molto tempo nei prossimi giorni» continuò di nuovo serio. «Però nel weekend posso farti vedere qualcosa.»

«Affare fatto!» esclamò soddisfatta. Poi fece un passo indietro. «Ti lascio al tuo lavoro» gli disse. «Fammi sapere quando posso venire.» Fece per voltarsi, ma Riccardo le afferrò un polso e l'attirò vicino a sé.

Aveva provato mille volte nella sua mente le parole giuste da dirle, per rassicurarla, per cercare di farle capire come si sentiva. Ma in quel momento non ne ricordò nessuna. Così abbassò la testa e la baciò. Fu un bacio delicato, quasi timoroso, ma non appena lei rispose il sangue gli schizzò in testa e il desiderio lo rese più audace.

All'improvviso, come colto da una folgorazione, si staccò da lei e arretrò.

«Scusami» mormorò. «Non dovevo. È che mi sei mancata così tanto e… io…»

Francesca lo guardava con il respiro affannoso, in silenzio. Era tornata a Firenze per scongiurare quel bacio, ma la distanza aveva solo alimentato il desiderio.

Fece un passo verso di lui, si sollevò sulle punte e gli prese il viso tra le mani. Poi lo baciò. Mentre le braccia di Riccardo la stringevano e lui ricambiava il bacio con urgenza, lei pensò che per una volta poteva smettere di pensare al futuro e a tutte le sue implicazioni e godersi il momento.

Si staccarono per riprendere fiato, emozionati e sbalorditi.

«Questa magia che mi hai fatto» le sussurrò appoggiando la fronte alla sua. «Anche se mi fa sentire un po' idiota, fa' che duri più a lungo possibile.»

«Almeno fino a cena?» rise lei.

«Dipende di quale anno.» Francesca trattenne il fiato e i suoi occhi si rannuvolarono. «No, scusami» sbottò affranto. «Non far caso alle mie parole, era solo un modo di dire.»

Francesca abbassò le palpebre e inspirò a fondo. Non sarebbe stato facile vivere alla giornata, di certo non per lei, abituata ad avere sempre tutto pianificato e sotto controllo. Ma non era stato semplice nemmeno restare lontana da lui.

«Mi avevi detto che qui la gente non apprezza molto chi si scusa sempre» mormorò. Poi fissò gli occhi in quelli di lui: le ombre erano scomparse e brillavano come stelle.

«Sono stato lontano troppo a lungo, ogni tanto lo dimentico.»

«A che ora vieni a cena?» Francesca gli passò le mani attorno al collo.

«Alle otto?» Riccardo appoggiò le labbra alle sue, inspirando il suo profumo e il suo calore.

«Questo non dimenticarlo» mormorò.

Riccardo la baciò di nuovo con irruenza, sollevandola da terra, e lei ricambiò stringendosi a lui. Poi si divincolò e si allontanò camminando per un po' all'indietro, incapace di lasciarlo.

Lui fece per andarle dietro ma lei sollevò una mano in segno di saluto, si voltò e corse lungo il sentiero fino a casa.

34

«Devo farti di nuovo i miei complimenti» disse Riccardo seduto a tavola di fronte a lei. «La tua cucina è fantastica e potrei diventarne dipendente.»

«Grazie. Cucinare mi rilassa e farlo per chi lo apprezza è sempre una grande soddisfazione.»

«Io garantisco la massima soddisfazione» assicurò Riccardo con enfasi. «Mi piace mangiare, soprattutto mangiare bene, e sono una frana in cucina.» La immaginò fianco a fianco con il marito, a cucinare insieme, scambiarsi pareri e consigli. La cosa lo infastidì parecchio. Bevve un sorso di vino tenendo gli occhi bassi e sforzandosi di concentrarsi sul fatto che lei adesso sedeva lì di fronte a lui.

«Sei pronto per il dolce?» Francesca si alzò in piedi raccogliendo piatti e posate.

«Ma certo!»

«Arrivo subito.» Rientrò in casa e pochi minuti dopo riapparve con un piatto tra le mani. «Ecco lo zuccotto fiorentino al gelato!» esclamò.

Riccardo guardò prima il dolce e poi lei, perplesso. «Ne hai fatto uno anche per mia mamma?»

«Sì, il suo è quello più tradizionale con la ricotta. Questo invece l'ho fatto con il gelato.» Sembrava orgogliosa del suo piccolo capolavoro e ancora una volta Riccardo ammirò la passione che metteva nelle cose che faceva.

Lei gli servì una porzione, poi si sedette di fronte a lui. «Sai perché ha la curiosa forma a elmo?» gli domandò. «Sembra che tal Bernardo Buontalenti, famoso architetto e scultore alla corte fiorentina, fosse appassionato di cucina e avesse ideato questo dolce freddo al quale aveva dato il nome di Elmo di Caterina, perché pare che per tenerlo al fresco l'avesse fatto mettere all'interno di un elmo.»

«In effetti non lo sapevo» mormorò Riccardo, rapito dal suo modo di raccontare.

«Qualcosa non va?» gli domandò, allarmata dal suo sguardo ipnotizzato.

«È bello starti ad ascoltare» spiegò. «Sei brava a raccontare storie.»

«Guarda che è vero, non me la sono mica inventata!» si difese.

«Non intendevo questo!» rise lui. «Volevo dire che sei una brava *narratrice*.»

«Oh, d'accordo» si arrese, «era un complimento...» Lo fissò con ironia. «Sai» proseguì più seria, «storia e cibo hanno intrecci davvero affascinanti. C'è stato un periodo in cui mi piaceva indagare sulla storia di certi piatti, soprattutto quelli più tipici della nostra tradizione.»

«E ora non lo fai più?»

«No» sospirò. «In effetti no. Al ristorante mi sarebbe piaciuto creare un menu di ricette storiche, piatti rivisitati in chiave moderna che però avessero radici nel passato. Accompagnati da un po' di storia degli ingredienti, del passato e attuali, qualche aneddoto e, soprattutto, l'abbinamento con vini provenienti da vigneti antichi e vinificati in purezza. Per esempio come l'Aleatico, o il Canaiolo, che sembrano originari del 1300.» Francesca tacque per riprendere fiato e Riccardo intervenne.

«Mi sembra una bellissima idea.»

«Già, lo credevo anche io. Una sfida interessante e stimolante. Ma Giulio non era dello stesso parere.» Una smorfia amareggiata le incurvò le labbra.

Non erano state molte le sue idee sulla cucina approvate dal marito. Su tutto il resto, dall'amministrazione del locale al colore delle tovaglie, lui metteva parola di rado, lasciandola libera di agire a modo suo. Sulla cucina, però, era stato irremovibile.

«Io però credo non dovresti abbandonare del tutto l'idea» insistette Riccardo. «Magari non era il momento giusto. O il posto giusto. Con i tempi che corrono, con queste nuove esigenze di fare un passo indietro e ricercare la semplicità e genuinità delle radici, potresti trovare la clientela giusta.»

«Chi lo sa» commentò Francesca. «Sono così tanti anni che la mia vita ruota attorno al mondo della cucina che adesso ho voglia di fare altro. Cucinare mi piace ancora, credo mi piacerà sempre: trovo che sia una forma d'arte molto gratificante. Però adesso ho voglia di cose nuove.»

I significati sottintesi dell'ultima frase la fecero arrossire. Di cose nuove ne stava provando più di quanto avrebbe immaginato: se l'avesse saputo prima di intraprendere quel viaggio forse non sarebbe partita, ma ora era felice di averlo fatto.

«Hai visto Esmeralda a Firenze?» Riccardo cambiò argomento, per non rischiare che la malinconia legata alla sua vita fiorentina si impadronisse di lei.

«Sì...» Lui sollevò un sopracciglio in attesa del proseguimento. «Le ho detto ciò che penso della tenuta» continuò lei. «Del fatto che sarebbe un vero peccato non farla rivivere.» Inspirò, poi lo fissò decisa negli occhi. «Mi ha detto che dovrei farlo io» concluse. La maschera di imperturbabilità che Riccardo indossò fu un vero colpo da maestro. Dentro di sé la gioia faceva a pugni con il realismo ma, se aveva capito qualcosa del rapporto che legava Francesca a quella donna, Esmeralda sembrava essere l'unica che poteva convincerla a buttarsi. «È impossibile che possa farlo, naturalmente» proseguì. «Di certo non nel breve periodo... I ragazzi hanno solo sedici anni. Anche se Gaia pensa di restare un po' in Inghilterra, a Firenze ha pur sempre la scuola, gli amici. E così Matteo. Te lo immagini se dovessi costringerlo a vivere qui?» Francesca sollevò gli occhi al cielo pensando alla reazione del figlio. «Non so nemmeno dove sia la scuola più vicina! Non che lui abbia problemi a farsi nuovi amici, ma non trovo affatto giusto imporgli una simile decisione. E poi ci sono stati troppi cambiamenti nella loro vita negli ultimi tempi. Voglio che affrontino le cose con serenità.»

«È giusto» concordò Riccardo. «Non ho figli, ma capisco cosa intendi.» Non poté fare a meno di pensare a Vanessa e alla sua gravidanza. Non avrebbe saputo descrivere il suo stato d'animo in quel momento, ma la rabbia che aveva provato era svanita: non amava più quella donna e si sentì improvvisamente grato per non avere avuto un figlio da lei.

Ammirava la dedizione e la passione con cui Francesca parlava dei suoi ragazzi: loro erano la cosa più importante. Ma sarebbero stati presto maggiorenni, e forse quel giorno lei sarebbe tornata. Ma stava correndo troppo. Si erano appena conosciuti e due anni erano davvero troppi per poterci ricamar sopra dei sogni.

«E comunque adesso sono qui» proseguì Francesca con voce allegra. «Ho almeno un paio di mesi per conoscere questa terra e capire se posso davvero restare e fare qualcosa di buono, come crede Esmeralda.»

«Sono sicuro che potresti farcela benissimo» insistette Riccardo. «Come mi hai ripetuto più volte, tu impari in fretta. E poi hai entusiasmo e passione: non serve molto altro.»

«Vorrei ricordarti che sono vissuta tutta la vita in città...»

«Ma qualcosa ti lega a questo posto» la interruppe, subito pentendosi di poter essere frainteso. «Intendo che qui hai passato parte della tua vita e... be', è una passione che sta tornando e potrebbe fare la differenza.»

La passione può anche farti agire in modi imprevisti, pensò Francesca, ricordando i baci di Riccardo, e di nuovo sentì le gote infiammarsi.

Lui le versò dell'altro vino, poi sollevò il bicchiere e lei lo imitò.

«Esprimi un desiderio» le disse.

«Ma non si faceva con le stelle cadenti?»

«Tu fallo adesso: chiudi gli occhi ed esprimi un desiderio.»

Lei obbedì e lui le prese le mani attraverso il tavolo. A quel tocco Francesca sobbalzò, ma rimase a occhi chiusi, stringendogliele. «Ora posso preparare il caffè?» domandò dopo qualche attimo di silenzio.

«Guarda che è una cosa seria» la rimproverò, fingendosi offeso.

«Lo so.» Riaprì gli occhi e lo guardò, mentre la luce delle candele che bruciavano sul tavolo glieli faceva brillare come smeraldi. Liberò le mani, afferrò il dolce e scomparve in casa.

Riccardo appoggiò la schiena alla sedia, allungò le gambe sotto al tavolo e sospirò: quella donna gli stava sciogliendo il cervello come neve sotto a un sole cocente.

Nel frattempo Francesca aveva riposto lo zuccotto in frigorifero e preparato la macchinetta del caffè. Si sentiva tanto a suo agio con lui da lasciarsi andare, senza soppesare le parole e le loro conseguenze, ed era confusa su come questa cosa la facesse sentire. Persa nelle sue fantasticherie non si era accorta che Riccardo l'aveva raggiunta alle spalle. Le aveva passato le braccia attorno al corpo e appoggiato il viso ai capelli. «Va tutto bene?» aveva sussurrato.

«Mmmh.»

«Ogni tanto ho la sensazione che tu sia da un'altra parte...»

Francesca ruotò tra le sue braccia fino a essergli di fronte, poi gli appoggiò le mani al petto e sollevò il viso. «Devo essere sincera con te» mormorò. Lui la guardava attento, in attesa. «Questa situazione è così nuova per me... quello che provo, quello che faccio... a volte faccio fatica a riconoscermi. E ho paura che... non lo so...»

«Ho paura anche io.»

«Non è consolante» scherzò lei, imbarazzata ed eccitata al tempo stesso.

«No» ammise Riccardo. «Ma non c'è molto altro che possiamo fare. Per quanto mi riguarda, non c'è altro che io voglia fare che essere qui.» Gli occhi chiari dell'uomo assunsero un'intensità disarmante e Francesca sentì il proprio corpo rispondere a quel richiamo. «So che è difficile non pensare al futuro, con il passato ingombrante che abbiamo» continuò. «Ma sono sicuro che il presente lo vogliamo entrambi allo stesso modo.»

Francesca non aveva più parole. Se anche le avesse avute, le avrebbe taciute, perché in quel momento sarebbero state superflue.

Riccardo abbassò il viso verso di lei e avvicinò le labbra alle sue. Le sfiorò appena, paziente, in attesa che lei decidesse.

E Francesca lo baciò. Stanca dei pensieri, dei sensi di colpa, dei doveri e delle responsabilità, gli passò le braccia attorno al collo e si strinse a lui, che non ebbe un attimo di esitazione. La sollevò tra le braccia senza staccare le labbra dalle sue, spense con una mano il fornello che ardeva sotto la caffettiera e fece qualche passo verso l'uscita.

«Guidami tu» mormorò sulle sue labbra. Quelle due parole, cariche di sottintesi, la fecero ridere. Gli indicò la direzione per la camera da letto e lasciò che fosse l'istinto a guidarla per vie che la sua mente, da sola, non sarebbe stata in grado nemmeno di trovare.

35

L'estate avanzava imperturbabile, alternando giornate bollenti a notti stemperate dal vento che arrivava dal mare. Francesca affiancava imperterrita Fedo nella cura del giardino delle erbe: non solo si occupava di mantenere pulito il terreno da quelle infestanti, ma poteva occuparsi delle piantine stesse, quando Fedo non c'era. Una mattina si era addirittura presa la libertà di mettere bastoncini con un cartellino identificativo accanto a ogni fila di diverse specie. Li aveva acquistati, colorati e scritti nei giorni precedenti e ne andava molto orgogliosa. Quando Fedo li aveva visti le aveva tenuto il broncio per due giorni. Però non li aveva tolti, e questo le aveva regalato una grandissima soddisfazione. Riccardo aveva accolto con stupore divertito la novità: il fatto che suo babbo lasciasse che qualcun altro mettesse le mani nel suo prezioso giardino aveva del miracoloso.

Quando Riccardo era libero le dava lezioni di equitazione: lei era ansiosa di diventare autonoma e, quando lui non poteva, andava alle scuderie, sellava il cavallo e lo montava da sola nel recinto. Oppure lo costringeva a svegliarsi all'alba per andare con lui a cavallo al vigneto, per verificare che tutto procedesse bene. Gli faceva mille domande sui vitigni, la vendemmia e le sorti della cantina che Fedo aveva chiuso. Non sempre Riccardo sapeva risponderle, ma lei procedeva imperterrita, guidata da un entusiasmo senza fine. Non contenta, e attratta dal fascino di quelle piante secolari, Francesca aveva voluto sapere qualcosa anche degli ulivi. Entrambe le proprietà avevano un appezzamento dedicato agli alberi dalla chioma folta color azzurro-argento, i tronchi nodosi e larghi che sbucavano dalla terra arancione. Quando andava a camminare con Oliver le era capitato di fermarsi ad ascoltare il suono del vento che attraversava i rami, facendo vibrare le foglie in un mormorio musicale. Ogni giorno che trascorreva in quelle terre la sottile sensazione che le sussurrava, che lì poteva davvero essere felice, diventava sempre più una consapevolezza.

Le rare telefonate di Giulio e quelle ancor più sporadiche della madre (la sorella doveva essere rientrata dalle vacanze e Delia aveva finalmente qualcuno con cui sfogarsi) non riuscivano a guastarle l'umore: la città non le mancava e l'unica cosa che l'aveva costretta a una spiacevole riflessione fu rendersi conto che, a eccezione di Esmeralda, non c'era davvero nessuno che avrebbe avuto voglia di vedere. Per fortuna le giornate in Maremma erano davvero troppo piene per abbandonarsi a tristi considerazioni che non potevano fare altro che rattristarla: il passato non poteva essere modificato.

La cosa che, tra tutte, era stata un vero balsamo per le sue ferite, era il tempo che trascorreva al maneggio. I cavalli non erano solo gli animali che l'avevano affascinata sin da ragazzina: erano esseri intelligenti, volitivi, socievoli. Mentre li spazzolava si era accorta di parlare con loro, a bassa voce, e stava imparando a prestare attenzione al loro modo di comunicare con lei. Artemisia, la cavalla con la quale aveva iniziato a cavalcare, era di pura razza maremmana, docile e mite. Da quando Francesca frequentava quotidianamente il maneggio, Riccardo non la portava più al pascolo, ma la lasciava alle scuderie a sua disposizione. Donna e cavalla avevano stretto amicizia e Francesca era sicura di non essersi mai sentita così in pace in vita sua. Si alzava presto per raggiungere le scuderie prima che il caldo fosse troppo intenso, la faceva uscire dal box e la strigliava con lentezza, chiacchierando con lei di tutto ciò che le passava in mente come fosse un'amica. Poi la lasciava pascolare libera tra gli ulivi dietro le stalle mentre lei puliva il box. Se la giornata era ventilata, la sellava e uscivano a fare una cavalcata nei paraggi. Altrimenti Francesca la conduceva al pascolo. Camminavano fianco a fianco, senza fretta. Se la cavalla si fermava per brucare, lei la aspettava con pazienza, mentre quando Francesca si attardava a guardare qualcosa, l'animale le dava dei colpetti con il muso sulla schiena spronandola a muoversi. Artemisia, poi, era un nome molto evocativo: per i greci era la dea della natura e dei boschi, e questo sembrava un'ulteriore conferma di quanto quelle terre fossero importanti per il suo benessere.

Il pezzo che completava il puzzle altrimenti imperfetto era, naturalmente, Riccardo.

Dopo avere ammesso che si desideravano troppo per essere ragionevoli, vivevano in quella bolla sospesa nel tempo con tutta la spensieratezza possibile.

Se di giorno Riccardo non era sempre libero di trascorrere il suo tempo con lei, lo faceva però di sera. Lunghe cene e chiacchiere sotto il portico, alla luce della luna e delle stelle. E notti insonni, trascorse spesso insieme fino all'alba, quando Riccardo lasciava Francesca addormentata e tornava a casa con Oliver, sempre accucciato fuori dalla porta d'ingresso a fare la guardia.

Quella sera, però, Riccardo non sarebbe venuto. Era stato scontroso e di malumore tutto il giorno, fino a quando si era deciso a rivelarle che sarebbe andato a Roma a concludere una questione con la ex moglie. Lei non aveva chiesto spiegazioni, e lui non ne aveva date. Ma quando l'aveva salutata, prima di lasciare il maneggio, era stato brusco e distante e Francesca aveva avuto un assaggio di quanto sarebbe stato difficile e doloroso tornare alla realtà.

Così nel pomeriggio era andata al mare. Non si era accontentata della selvaggia e bellissima spiaggia del parco naturale della Maremma, ma era andata fino all'Argentario, dove il mare aveva colori verdi e turchesi e le calette, piccole e sassose, erano difficili da raggiungere. Non dubitava che in quella stagione sarebbero state comunque affollate ma voleva tenersi impegnata: così guidò fino a Porto Ercole, proseguì sul lato meridionale del monte e arrivò a Cala Lunga. Dalla vetta il panorama era mozzafiato: una baia ariosa con una sottile lingua di spiaggia chiara ai piedi di ripide pareti di roccia. L'acqua, trasparente e dalle mille sfumature, era punteggiata da imbarcazioni di lusso che sembravano sospese nell'aria. La discesa era piuttosto ripida e serpeggiava tra la bassa vegetazione mediterranea.

Rimase diverse ore distesa sui ciottoli levigati: sonnecchiava, leggeva, faceva il bagno. Nessuno le prestava attenzione e Francesca si sentì piacevolmente invisibile.

A mano a mano che le persone se ne andavano, capì che il pomeriggio stava scivolando nella sera. Anche la luce era cambiata: più calda e avvolgente, accarezzava le linee dei promontori e dell'isolotto rendendone le sagome più morbide contro il cielo sempre più rosato.

Era ora di tornare. Non aveva nessuno a cui preparare la cena, e si sarebbe regalata un lungo bagno caldo nella vasca al piano di sopra, con le candele accese e gli oli aromatici nell'acqua.

L'ultima volta che aveva guardato il cellulare, questo non aveva campo e adesso, mentre lo afferrava dalla borsa per scattare un'ultima foto, si accorse che era scarico.

La cosa non la preoccupò: dubitava che Riccardo l'avrebbe chiamata, visto lo spirito con il quale era partito, e da casa le notizie erano sempre più sporadiche.

Guidò piano fino alla tenuta, distante una trentina di chilometri. Arrivò quando il sole scompariva dietro i colli del parco naturale, infuocando il cielo e tingendo di arancione le poche nuvole sfilacciate.

Il silenzio della casa, dopo il rumore delle onde che rotolavano sui ciottoli, delle chiacchiere della gente e del borbottio del motore dell'auto, era consistente come una vera e propria presenza.

Lasciò la borsa e le scarpe ai piedi delle scale nell'ingresso e, a piedi nudi, entrò in cucina e si riempì un bicchiere d'acqua dal rubinetto. Poi prese una bottiglia di vino dal frigo, la stappò, si versò un calice e salì al piano di sopra per preparare la vasca da bagno. I movimenti erano lenti e pigri, trascorrere alcune ore al mare le regalava sempre un senso di spossatezza che, in altri momenti, l'avrebbe irritata.

Prima di entrare nella vasca si ricordò del telefono scarico: non avrebbe fatto molta differenza restare irreperibile una mezz'ora in più ma scese comunque e lo mise sotto carica. Poi salì di nuovo le scale e raggiunse il bagno dove l'aria profumava di olio di lavanda e dalla finestra, di fronte alla vasca, si potevano ammirare le stelle. Scivolò nell'acqua tiepida con un sospiro: tutte quelle cure e attenzioni riservate a se stessa in modo così esclusivo erano inebrianti.

Il telefono squillò dopo pochi minuti. Il suono, anche se proveniva dal piano di sotto, sembrò lacerare il silenzio come una sirena.

Francesca sbuffò ma decise di attendere. Avrebbero richiamato più tardi e, quando la suoneria cessò, ne fu sollevata. Un minuto dopo riprese, quasi rabbioso. Un moto di irritazione la fece scattare in piedi: si avvolse in un telo e, senza curarsi dei piedi bagnati, scese al piano di sotto lasciando impronte umide sulle mattonelle di cotto.

Guardò il display e il nome del marito sembrò aggredirla.

«Pronto?»

«Dove diavolo eri finita?» sbraitò. «È tutto il pomeriggio che ti cerchiamo!» Giulio aveva un tono di voce così alterato che Francesca non poté fare a meno di allarmarsi.

«Che succede?» domandò trattenendo il fiato.

«Matteo ha avuto un incidente mentre faceva surf» sbottò.

Come un terremoto, che ti coglie improvviso e meschino nel sonno, l'orrore e la paura le piombarono addosso mozzandole il fiato. Si portò una mano alla bocca, sgomenta e incredula. Non dubitava delle parole di Giulio ma i primi momenti in cui la mente riceve una brutta notizia tutti i sensi lottano nel tentativo di rifiutarla.

«Ci sei ancora?» gracchiò l'uomo.

«Come sta?»

«È ancora all'ospedale dell'isola» replicò Giulio. «Ho insistito perché lo portassero a Firenze, ma dicono che al momento è meglio che rimanga dov'è.»

«Come sta?» tuonò Francesca in preda al panico.

«Ha una commozione cerebrale ma è stabile.»

«Ma com'è successo?» Mentre gridava al telefono cercando di carpire al marito più informazioni possibili, Francesca si era precipitata in camera da letto per vestirsi.

«Senti, la madre dell'amico con cui è all'Elba era piuttosto isterica e non so i dettagli. Ma dice che ha battuto la testa sulla tavola.»

«Oddio…» mormorò mentre le lacrime le scendevano copiose. «Parto subito» singhiozzò.

«Non ci sono traghetti dopo le dieci e mezzo di sera» disse Giulio. «Ho controllato. L'ultimo parte da Piombino a quell'ora. E il primo è domattina alle cinque e mezzo.»

«Ma tu dove sei?»

«Ero a Milano, ma sto rientrando in città.»

«Io adesso vado» ripeté. «Proverò a chiamare la mamma di Leonardo, devo sapere come sta *adesso*.»

«Dovresti avere un sacco di chiamate sul telefono. Avresti dovuto controllarlo.»

«Era scarico…» Li sentiva arrivare, i sensi di colpa. Pesanti come macigni, freddi e taglienti come lame. Avrebbe sopportato qualsiasi cosa purché Matteo stesse di nuovo bene: non le importava più la sua vecchia vita vuota e solitaria; le inquietudini che l'avevano lacerata negli ultimi tempi erano nulla a confronto dell'orrore nero e profondo che la stava trascinando con sé.

«Ti chiamo quando ho notizie» lo salutò.

«Ci sentiamo quando arrivo a Firenze.»

Francesca riattaccò. Voleva suo figlio: voleva stargli accanto, abbracciarlo, baciarlo, assicurarsi che stesse bene.

Mancavano ancora diverse ore alla partenza del traghetto per l'isola e Piombino era a un'ora di distanza dalla tenuta. Si sforzò di respirare a fondo per essere più lucida: calmarsi era impensabile, ma doveva mantenere il sangue freddo per arrivare fino da lui.

Preparò una borsa con qualche abito di ricambio e un po' di biancheria, fece il giro della casa per chiudere tutto e uscì. Quasi inciampò su Oliver che sonnecchiava davanti alla porta e imprecò. Di nuovo le lacrime presero a scorrerle sul viso, brucianti come lava, e la paura le fece cedere le gambe. Pianse a lungo, inginocchiata di fianco al cane che l'annusava perplesso e le leccava il viso. Poi si fece forza e si alzò, diretta alla macchina: non riusciva a liberarsi dell'idea che quanto stava succedendo fosse una sorta di punizione per aver desiderato qualcosa di diverso per se stessa. Si sentì in colpa per aver provato felicità e voglia di sognare lontana dai suoi figli, quando per tutta la vita aveva giurato che non li avrebbe mai trascurati.

«No, no, no» mormorava mentre saliva in auto e metteva in moto. Poi asciugò con stizza il viso umido di lacrime, e si avviò.

36

Era stata una notte lunghissima e angosciante. Aveva telefonato alla mamma di Leonardo, che le aveva raccontato cos'era successo. I due ragazzi stavano facendo surf insieme, ma un'onda più alta delle altre aveva fatto cadere Matteo, che aveva sbattuto la testa sulla tavola dell'amico. Sembrava avesse perso i sensi, perché era caduto in acqua senza riemergere e Leonardo si era tuffato per ripescarlo. Non era rimasto a lungo senza conoscenza, ma i medici volevano tenerlo monitorato a causa del trauma alla testa.

Francesca si era ritrovata a dover consolare l'amica, affranta perché l'incidente era successo quando Matteo era sotto la sua custodia. Dopo aver riattaccato, si era strappata gli auricolari, poi aveva accostato l'auto a lato della strada: il cuore le batteva all'impazzata, se lo sentiva rimbombare nella testa e il sollievo che aveva provato nel sapere che il suo bambino non era in pericolo di vita non era in grado di placarlo.

Era ripartita con urgenza e aveva raggiunto il porto di Piombino: a quell'ora della sera la zona era piuttosto inquietante, e lei si chiuse in macchina nel parcheggio antistante le partenze dei traghetti, in attesa. A mezzanotte era seduta nella sala d'attesa dell'ospedale di Portoferraio: non aveva accettato l'invito dell'amica a dormire da lei perché voleva vedere Matteo non appena gliel'avessero permesso. E alle sette della mattina successiva era al suo capezzale.

Il ragazzo dormiva con il viso rivolto verso la finestra: era stato rasato sopra l'orecchio sinistro e un vistoso cerotto bianco aveva preso il posto dei capelli. Si portò una mano alla bocca per trattenere un singhiozzo, mentre le lacrime tornavano a rigarle le guance. L'infermiera le aveva detto che Matteo aveva riposato tranquillo: il medico sarebbe arrivato alle nove e poteva chiedere a lui tutti i dettagli. Francesca si sedette accanto al letto e prese una mano del figlio tra le sue. Era già più alto di lei, la sagoma del corpo sotto le lenzuola arrivava fino ai piedi del letto, e aveva un fisico solido, allenato dalla sua passione per lo sport. Non c'era nulla in cui non amasse cimentarsi: dallo sci al nuoto, dal surf alla mountain bike e la corsa, anche se il canottaggio lo aveva proprio conquistato. A scuola se la cavava, ma per lui restare seduto era un'enorme sofferenza. Francesca gli passò una mano sul viso, mordendosi le labbra per trattenere quelle maledette lacrime che non le davano tregua. Le sembrava ancora un bambino, il suo piccolo uomo: i tratti del viso erano già ben marcati, le labbra piene e il naso importante che aveva preso dal padre. Ma lei lo immaginava ancora piccolo, con i suoi occhi da monello, la risata contagiosa e l'esuberanza incontenibile. La separazione dei genitori l'aveva ferito, Francesca lo sapeva senza che ne avessero mai parlato. Glielo leggeva negli occhi, negli scatti improvvisi, negli sbalzi d'umore. Aveva insistito tanto per trascorrere l'estate lontano da casa: prima in ritiro con la squadra e poi con gli amici. Francesca capiva che aveva bisogno di spazio, di accettare a modo suo la nuova realtà. E adesso questo.

«Mamma.»

Francesca si alzò in piedi di scatto, il cuore di nuovo una pallina impazzita nel petto. «Tesoro, sono qui.»

«Ho mal di testa.»

«Vado a chiamare il dottore.»

Fece per voltarsi verso la porta quando un uomo con un camice bianco indossato sopra un paio di jeans e una camicia azzurra fece il suo ingresso nella stanza. Aveva un sorriso rassicurante, che però non servì a scalfire il muro della sua angoscia.

«Buongiorno» li salutò, poi si avvicinò al letto. «Sono il dottor Pellegrini. Come andiamo?»

«Mio figlio ha mal di testa» gli disse, dimenticando di presentarsi.

«Sarebbe strano il contrario, con la botta che ha dato» la rassicurò. Francesca trattenne il fiato e strinse i pugni per trattenersi dal fare domande mentre il medico visitava Matteo.

«Il mal di testa potrebbe durare qualche giorno» spiegò tornando a rivolgersi a lei. «Gli abbiamo dato cinque punti sulla ferita e, anche se non ha intaccato il cranio, il dolore persisterà. La Tac comunque è a posto» continuò, e Francesca sentì i propri polmoni riempirsi di ossigeno. «Non ci sono lesioni interne o versamenti.»

«Ma aveva perso conoscenza...»

«Non lo sappiamo con esattezza» precisò il medico. «Il suo amico sostiene di essersi tuffato a ripescarlo perché sembrava non salisse, ma può darsi che fosse solo stordito. Quando è arrivata l'ambulanza era cosciente e ha risposto alle domande. L'abbiamo ricoverato per prudenza ma, scadute le ventiquattro ore, siete liberi di andare.»

«Grazie.» Per un attimo la voce le tremò, ma allungò decisa una mano verso il dottore.

«Dovrà stare a riposo, naturalmente. Se il mal di testa persiste, rivolgetevi al vostro medico di base. Scriverò tutto nella lettera di dimissioni, comunque.»

«D'accordo» mormorò Francesca.

«In forma, eh, campione?» Dopo questo saluto a Matteo il dottore uscì.

«Dov'è il babbo?»

«Ci aspetta a casa» gli spiegò sedendosi accanto a lui. Una volta parlato con l'infermiera aveva chiamato Giulio il quale, quando lei gli aveva detto che il figlio aveva trascorso una notte tranquilla, aveva deciso di aspettarli in città.

«Non voglio tornare a Firenze» borbottò il ragazzo.

«Non abbiamo molta scelta, tesoro. Hai sentito il dottore? Adesso hai bisogno di riposo, i traumi alla testa non sono una passeggiata.»

«Ma non posso restare qui?»

«A fare cosa?»

Matteo tacque, distogliendo lo sguardo dalla madre. Francesca sentì i sensi di colpa farsi spazio dentro di sé come un esercito di invasori.

«Adesso la cosa più importante è che tu ti rimetta del tutto.»

«Quindi le mie vacanze sono già finite?» brontolò a occhi bassi.

«E perché mai?» cercò di incoraggiarlo. «Non siamo ancora ad agosto. Non appena ti riprenderai troveremo qualcosa da fare.»

«Volevo stare con i miei amici...»

«Tesoro, ma potrai starci. Ora dobbiamo solo preoccuparci di tornare in perfetta forma. Nel frattempo decideremo come organizzare le prossime settimane. D'accordo?»

Matteo non rispose, gli occhi puntati verso la finestra come se là fuori la vita stesse proseguendo lasciandolo indietro.

La sua frustrazione le arrivava dritta nel petto, amplificandosi e facendola sentire impotente. Eppure non c'era molto che potesse fare per lui: non avrebbe derogato all'assoluto riposo ordinato dal dottore. Quando i medici avessero dichiarato che poteva riprendere tutte le sue attività senza problemi, poteva accompagnarlo lei stessa all'isola d'Elba. Certo, non sarebbe stata la stessa cosa che starci da solo, ma avrebbe trascorso tutti i giorni con gli amici e lei avrebbe fatto il possibile per non essere invadente. Sì, forse quella poteva essere una soluzione. Ma prima sarebbero rientrati a Firenze.

«E quando ce ne andiamo?» domandò Matteo cercando di mettersi seduto. Una smorfia di dolore gli contrasse il viso ma lui non cedette.

«Forse non dovresti muoverti» si allarmò Francesca.

«Aiutami» borbottò. «Tira un po' su il letto.»

La madre obbedì e, una volta seduto, Francesco si guardò attorno muovendo piano la testa.

«Come va?» gli domandò.

«Meglio.»

«Partiremo domattina» decise Francesca. «Non appena ti dimetteranno.»

Matteo non rispose. Si fece passare il cellulare che era nel cassetto del comodino e chiuse la conversazione.

Francesca avvertì la stanchezza arrivarle addosso come una valanga. Si chiuse in bagno e si passò l'acqua fredda sul viso e tra i capelli, nella speranza che l'aiutasse a stare sveglia. L'adrenalina la stava abbandonando, lasciando il posto a una spossatezza travolgente. Doveva avvisare Giulio che sarebbero rientrati. E chiamare anche Esmeralda: sentiva il bisogno di una voce amica, una spalla forte contro la quale appoggiarsi ora che le sembrava che tutto vacillasse.

Riccardo. Era dalla notte precedente che non pensava a lui. Si sarebbe chiesto dove fosse finita, quando fosse rientrato da Roma. L'avrebbe chiamato, uno dei giorni successivi. In quel momento tutto ciò che riguardava le ultime settimane le sembrò stonato, sbagliato. Aveva desiderato toccare il cielo e ora si trovava schiacciata a terra.

37

Alla fine la famiglia dell'amico di Matteo li aveva ospitati per un paio di giorni, finché il figlio non si era rimesso un po' in forze ed erano tornati a Firenze. Matteo non era entusiasta ma, dopo che la mamma di Leonardo l'aveva invitato a tornare da loro, una volta guarito, il suo umore era migliorato.

Erano partiti di mattina presto, per evitare le ore più bollenti, ma quando erano arrivati in città il caldo era torrido ed entrambi erano spossati. Per questo non si erano mostrati entusiasti nel trovare Giulio sul divano del salotto.

«Ehi, Matt, ti vedo bene!» Si era alzato allegro per accoglierli. «Questo nuovo taglio di capelli è proprio originale.»

Matteo aveva fatto una smorfia ma si era lasciato abbracciare, poi era scomparso in camera sua.

«Tutto bene?» aveva poi domandato a Francesca.

«Sì, sta meglio.»

«Non mi sembra di buonumore, però...» constatò.

«Non lo è, infatti.» Francesca, con le borse da viaggio ancora tra le mani, fece per dirigersi verso la lavanderia.

«Ehi, che vi succede?» sbottò Giulio. «Ce l'avete con me?»

Francesca sospirò, appoggiò le borse a terra e si voltò verso il marito. «Sono stanca, Giulio. Sono stati giorni orribili e

Matteo voleva restare al mare. Quindi ci perdonerai se non ti saltiamo al collo dalla gioia.»

«Be', non ricordo che tu l'abbia mai fatto.»

«E non inizierò adesso.»

«Senti, possiamo parlare un momento? Il bucato puoi farlo dopo.»

Francesca lo guardò sospettosa, ma lo seguì sedendo accanto a lui sul divano. Giulio aveva i gomiti appoggiati alle ginocchia e si tormentava le mani, all'improvviso meno spavaldo.

«Cosa c'è?» lo sollecitò.

«Ho riflettuto molto, in questi tre giorni. L'incidente di Matt mi ha fatto stare male e mi sono reso conto di quanto mi sembrasse assurdo non essere lì.»

«Nessuno ti ha impedito di raggiungerci.»

«Sì, lo so. Ma non è solo quello... io vorrei... ecco... pensavo...»

«Giulio, cosa vuoi?» Francesca sedeva rigida sul bordo del divano, sospettosa.

«Forse non dovremmo separarci» disse tutto d'un fiato. Francesca aprì la bocca per replicare, poi la richiuse. Non era possibile, non stava succedendo davvero. «So che fai fatica a credermi» continuò lui girandosi per guardarla, «ma ho sentito la tua mancanza nelle ultime settimane. Sicuramente quella vacanza ti ha fatto bene, sembri un'altra persona, e forse non avrei avuto il coraggio di fare un passo indietro se non fosse stato per l'incidente. Ma adesso ho capito che non voglio perdere nessuno di voi.»

Francesca era senza parole. Se lei gli sembrava diversa, lui era proprio un altro. Parole così appassionate non uscivano dalle sue labbra da anni, tanto che non era nemmeno sicura che le avesse mai pronunciate. Cosa gli passava per la mente?

«Ho fatto un errore» continuò lui di fronte al suo mutismo. «Mi sono sentito soffocare dalla quotidianità e ho creduto di non amarti più come all'inizio.»

«Non mi sembra il momento adatto per parlare di queste cose, con Matteo di là...» gracchiò, incapace di trovare la voce.

«E invece lo è» la contraddisse.

«Questa situazione lo sta logorando» lo difese. «Tu non dovresti neppure vivere qui.»

«E questo non ti dice niente?» esclamò. «Forse perché nessuno dei due era davvero pronto a fare questo passo!»

Se avesse pronunciato quelle parole solo due mesi prima, Francesca avrebbe accettato le sue scuse e avrebbe fatto qualsiasi cosa per tenere in piedi la famiglia. Ma ora non era più la stessa persona. E aveva capito che ciò che li univa non era l'amore. «Giulio» sospirò. «Il matrimonio è finito perché non ci amiamo più. Non come dovrebbero un marito e una moglie. È vero, forse io non avrei mai fatto questo passo per prima, ma ora non possiamo nasconderci la verità.»

«Hai un altro?»

Francesca si alzò in piedi di scatto, avvampando. «Vogliamo parlare delle tue *altre*?»

Giulio si passò le mani tra i capelli, nervoso. «D'accordo, ho fatto degli errori. E ho lasciato a te tutto il peso della famiglia.»

«E del ristorante» aggiunse lei.

«Questo perché io voglio crescere!» sbottò alzandosi a sua volta. «Perché dovrei accontentarmi? Che male c'è a voler ingrandire l'attività? D'accordo la prudenza ma a volte è necessario assumersi qualche rischio per ottenere dei risultati.»

«Non ho mai detto che devi accontentarti.» Francesca lo guardò dritto in faccia. «Ti ho sempre lasciato libero di fare le tue scelte.» Era sbalordita dalla calma fredda con la quale gli teneva testa.

«Vuoi almeno pensarci?» Giulio abbassò la voce, allarmato dal gelo che le leggeva negli occhi. «Non è troppo tardi, i ragazzi ne sarebbero felici.» Quello era un colpo basso. Francesca gli voltò le spalle, afferrò le borse e scomparve nel retro della casa.

38

«Ehi, ti vedo bene.»

Così aveva esordito Luca quando si erano incontrati in un caffè per chiudere la questione dell'appartamento. Era stato Riccardo a scegliere un ambiente neutro: non aveva voglia di affrontarli in ufficio, tantomeno nella sua ex abitazione.

Non gli aveva risposto, limitandosi a stringere la mano che l'altro gli porgeva.

«Vanessa» aveva salutato la donna. Poi tutti e tre si erano seduti, evitando di guardarsi. Dopo aver ordinato qualcosa da bere, Riccardo aveva messo sul tavolo la valutazione della casa che si erano fatti fare al momento della separazione.

«Cosa vogliamo fare?» Non voleva perdere tempo in convenevoli e i suoi modi bruschi strapparono una smorfia alla donna.

«Ormai hai assunto dei modi davvero spiacevoli» brontolò.

«Sono in buona compagnia, allora» replicò fissandola. «Ma non siamo qui per parlare dei nostri difetti. Cosa avete deciso?»

«Vuoi fare rivalutare l'appartamento?» domandò Luca accennando alle carte sul tavolo.

«Non necessariamente» replicò. «La valutazione è di meno di due anni fa e non credo che le cose siano cambiate molto. Di certo l'appartamento non si è svalutato.»

Guardò prima uno poi l'altra, appoggiando gli avambracci al tavolo. Mentre osservava Luca leggere le carte e Vanessa sorseggiare annoiata un bicchiere d'acqua, Riccardo realizzò che ciò che provava per quelle due persone era *indifferenza*. Erano sfumati rabbia, dolore e delusione. Si sentiva lucido e determinato.

«Non siete d'accordo? Non ho problemi se volete trovare un altro perito.»

«No» rispose Luca. «Va bene così.»

E ci credo bene, pensò Riccardo: non aveva dubbi che avrebbe potuto ricavare anche di più dalla vendita. Ma era stanco e, soprattutto, aveva fretta di chiudere completamente i rapporti con loro.

«Quanto tempo abbiamo?» Adesso anche il suo ex collega aveva assunto un tono distaccato: sembravano due professionisti che si fronteggiavano in un'aula di tribunale.

«Ne avete già avuto a sufficienza. Il tempo è scaduto.»

A quel punto Vanessa aveva iniziato a lamentarsi, Luca l'aveva zittita e per poco Riccardo non era scoppiato a ridere di fronte a quella scenetta. La trattativa era durata meno del previsto: ancora una volta, Riccardo si era mostrato disponibile, permettendogli di pagare in tre rate l'intero ammontare. Avevano preso appuntamento dal notaio per firmare i documenti necessari e poi li aveva salutati.

Mentre rientrava a casa e ripensava all'incontro non poté fare altro che sentirsi sollevato. Credeva che avrebbe sofferto nel rivederli, soprattutto nel vedere Vanessa con la rotondità della pancia già visibile sotto l'abito elegante. E invece non aveva provato nulla. Ora, man mano che si avvicinava alla

Maremma, era sempre più euforico e il suo unico pensiero era quello di rivedere Francesca e di raccontarle tutto. Decise di non fermarsi a casa da sua madre e puntare dritto alla tenuta: era rimasto molto sorpreso di non vedere la Mercedes parcheggiata al solito posto sotto le querce l'aveva sorpreso.

Era sceso e aveva fatto il giro della proprietà. Le finestre erano tutte chiuse e Riccardo iniziò a preoccuparsi. Certo, si disse, poteva essere andata a fare un giro fino al mare, oppure a fare la spesa. Poteva anche aver fatto di nuovo un salto a Firenze, ma qualcosa gli diceva che non era così. Ritornò all'auto e, prima di allontanarsi, diede un'altra occhiata alla casa, imponendosi di non essere troppo pessimista.

Guidò fino a casa, sentendo che l'euforia che aveva provato appena un'ora prima lo aveva abbandonato. Tosca, intenta a dare da mangiare alle galline nell'aia, si fermò in piedi a guardarlo, mentre lui parcheggiava sotto un pergolato.

«Com'è andata?» gli domandò non appena il figlio si avvicinò.

«È quasi finita» rispose senza entusiasmo.

«Quasi?»

«Pagamento in tre rate» spiegò.

«E non sei contento?»

«Aspetta un figlio da Luca» borbottò.

Gli occhi della madre si spalancarono dallo stupore. Poi scrollò il capo. «Povero bambino» disse.

«Hai visto Francesca?» cambiò discorso lui, con un barlume di sorriso negli occhi.

«No. Perché?»

«Così, per sapere.» Quell'apprensione lo faceva sentire sciocco. «Vado dai cavalli.»

Tosca lo osservò entrare in casa per cambiarsi, e sospirò. Avrebbe dovuto essere felice del risultato dell'incontro, e invece le sembrava solo molto stanco. La notizia della gravidanza doveva essere stato un duro colpo. Negli anni l'argomento non era più stato toccato, ma lei era certa che il figlio desiderasse molto diventare padre.

Tosca tornò a dedicarsi alle galline, con i pensieri in movimento. Ora Riccardo doveva solo tagliare per sempre ogni legame con Vanessa e, grazie al Cielo, quel figlio non era suo! Poi, avrebbe potuto finalmente guardare avanti. E non le sarebbe affatto dispiaciuto che, in quel futuro, ci fosse anche Francesca. Aveva persino smesso di assillare Riccardo per convincerlo a tornare in città, lontano dalle loro terre. Perché quella donna aveva riportato la spensieratezza sul viso del suo ragazzo, e questo doveva pur significare qualcosa.

Riccardo si era cambiato, poi era andato alle scuderie. Artemisia e Lapo erano chiusi nei box, in attesa. Li liberò e iniziò a strigliarli, dopo di che sellò Lapo e condusse la cavalla al pascolo insieme agli altri. Non avrebbe saputo fornire una spiegazione razionale se glielo avessero chiesto, ma era certo che Francesca non sarebbe venuta. Né quel giorno né il successivo. La morsa che gli attanagliava il cuore lo faceva respirare con affanno, era stanco e aveva bisogno di lei.

Lasciò Artemisia nel pascolo con gli altri cavalli, poi spronò Lapo al galoppo attraverso campi e prati. Il suo amico più fidato sapeva ciò di cui aveva bisogno e si lanciò in una corsa spericolata: Riccardo stava sdraiato sulla sua schiena, aggrappato alle redini e cieco al paesaggio circostante. Quando il manto di Lapo iniziò a ricoprirsi di schiuma bianca Riccardo si decise a rallentare. Al passo rientrarono alle scuderie, senza che fosse riuscito a liberarsi della sensazione di smarrimento che batteva sorda nel petto come zoccoli di un cavallo in corsa.

39

Erano trascorsi tre giorni dal suo rientro da Roma e dalla scomparsa di Francesca, e a Riccardo sembrava di impazzire. Più volte aveva afferrato il cellulare per chiamarla; altrettante aveva iniziato messaggi che poi aveva cancellato. Quella mattina era stato in giro per uffici per i vari adempimenti burocratici del maneggio e le ore erano passate veloci. Ma, non appena rientrava a casa, per quanto il lavoro non mancasse, il tempo sembrava fermarsi. Non riusciva a credere che Francesca gli mancasse tanto.

Il cellulare squillò mentre sellava Lapo: lo estrasse con impazienza dalla tasca dei pantaloni e, quando vide il suo nome, cercò di controllare il nervosismo.

«Pronto?»

«Ciao. Sono io.» La voce di Francesca era poco più di un sussurro e lui trattenne il fiato.

«Stai bene?» le domandò.

«No. Cioè, io sto bene, ma si tratta di Matteo. Ha avuto un incidente e...»

«Come sta?» Adesso Riccardo non si fece più scrupolo a mostrare preoccupazione.

«Sta meglio. L'hanno dimesso dall'ospedale ieri e ha un po' di mal di testa. Gli danno fastidio i punti.»

«Cos'è successo?»
«Stava facendo surf con un amico e ha battuto la testa sulla sua tavola. La lacerazione ha permesso che non si formasse un ristagno di sangue, ma ha cinque punti e...» A Francesca mancò la voce e Riccardo percepì con chiarezza quanto si fosse spaventata per il figlio.
«Tu come stai?»
«Io sto bene. Cioè, adesso va meglio, ma...» Riccardo trattenne il fiato. Stava imparando a conoscerla ed era sicuro che fosse lacerata dai sensi di colpa. «Rientreremo a Firenze» continuò Francesca. «Dovrà stare a riposo per un po'.»
«Certo. Naturalmente» si affrettò a dire.
Un silenzio imbarazzato paralizzò la conversazione. Riccardo avrebbe voluto chiederle quando sarebbe tornata, avrebbe voluto precipitarsi da lei anche se, a ben pensarci, non gli aveva detto nemmeno dove si trovava. Ma non ne ebbe il coraggio.
«Adesso devo andare» continuò Francesca.
«D'accordo. Io...» Perché non riusciva più a essere spontaneo con lei? «Io sono qui.»
«Grazie. Ciao, Riccardo.»
«Ciao.»
Era un addio. Quella fu la prima sensazione che provò non appena Francesca ebbe chiuso la telefonata. Guardò il telefono che teneva tra le mani come se fosse uno strumento del diavolo. Lapo gli sfregò il naso su una spalla, dandogli piccoli colpetti nel tentativo di smuoverlo, ma Riccardo sembrava tramortito. Il cavallo iniziò a pestare la terra polverosa con la zampa sinistra, irrequieto, finché non colpì lo stivale del suo cavaliere. Allora Riccardo si riscosse e lo guardò. Poi tornò ad abbassare gli occhi sul cellulare, per poi gettarlo lontano, con rabbia, imprecando.

Si stava comportando da bambino, lo sapeva. Calciò furiosamente un sasso ai suoi piedi, che colpì il secchio di ferro dal quale stava bevendo Lapo. Il cavallo nitrì infastidito. Non c'era niente che potesse fare. Niente.

Passò una mano sul collo dell'animale, più volte, fino a quando il movimento divenne più simile a una carezza che a un pugno.

«Che ne dici di una doccia?» sussurrò a Lapo, guardandosi la mano sporca. «Forza, andiamo.»

Lo condusse vicino a un rubinetto collegato a una sottile impalcatura di metallo, all'interno della quale scorreva l'acqua che poi veniva spruzzata da decine di forellini sul cavallo sotto di essa. Lapo si divertiva a fare la doccia: Riccardo tolse la maglietta, prese la spazzola e andò insieme a lui sotto i getti freddi. Al primo contatto rabbrividì, ma la giornata era così calda che presto la sensazione divenne più che piacevole. Rimasero lì a lungo, cavallo e cavaliere. Lavando via con cura il sudore e le paure.

40

Erano trascorsi dieci giorni da quando erano rientrati a Firenze e agosto era arrivato portando con sé un caldo soffocante.

Matteo, la cui guarigione procedeva a una velocità che solo l'adolescenza poteva permettere, era sempre più irrequieto e imbronciato. Era stanco del riposo forzato, ma Francesca non aveva alcuna intenzione di lasciarlo tornare al mare. Almeno non finché la ferita alla testa non fosse completamente guarita. E comunque, non senza di lei.

Per evitare che la convivenza diventasse incandescente, Francesca aveva ripreso i vecchi ritmi: jogging all'alba, un salto al ristorante, che continuava a restare aperto anche a pranzo, ozio forzato nel pomeriggio per il troppo caldo e alla sera di nuovo al ristorante.

In breve tempo la routine aveva trasformato il soggiorno in Maremma in un ricordo dai contorni sfumati. Non aveva più chiamato Riccardo e uno dei motivi per cui aveva bisogno di tenersi impegnata era per non pensare a lui: se l'avesse fatto il bisogno di rivederlo sarebbe tornato a tormentarla, e non poteva permetterselo.

Durante le pigre ore pomeridiane aveva preso spesso il telefono tra le mani e fissato il nome che aveva selezionato sullo schermo. Ma non era mai riuscita ad andare oltre. Cosa avrebbe potuto dirgli? La loro separazione era avvenuta in modo brusco, ma sapevano che sarebbe avvenuta. Chiamarlo adesso non avrebbe cambiato la realtà.

Quello che provava, ogni volta che pensava a lui, era ancora difficile da gestire. Lui era evasione, passione, gioia incosciente, desideri inconfessati: per la prima volta nella vita aveva espresso un desiderio che riguardava lei e solo lei, ma era stata subito richiamata alla realtà. Non poteva esimersi dal suo ruolo di madre e si vergognava di avere pensato, nelle lunghe notti in cui osservava il profilo dell'uomo accanto a lei, di essere contenta così, con i figli lontani, finalmente con un po' di tempo da dedicare a se stessa e a qualsiasi cosa di cui avesse voglia. Riccardo e i sensi di colpa adesso procedevano avvinghiati e le era difficile scinderli.

"Se quella vipera di tua madre ti avesse voluto bene ora non annulleresti te stessa per i tuoi figli." Quante volte glielo aveva ripetuto Esmeralda? Ma lei non si era annullata: la vita che si era costruita a Firenze non gliel'aveva imposta nessuno, l'amore per i suoi figli era inesauribile, anche se quello per Giulio, come il loro sogno di aprire un ristorante e cucinare insieme, era arrivato al capolinea. Giulio. Dopo la conversazione surreale, il marito non aveva più affrontato l'argomento, ma il suo atteggiamento era cambiato. Continuava a vivere con loro e faceva il possibile per mostrarsi premuroso e gentile e lei non aveva il coraggio di impuntarsi perché se ne andasse. Doveva decidersi a risolvere quella situazione, capire cosa voleva davvero e metterlo in pratica, senza continuare a vivere nell'incertezza, ma non poteva nemmeno dimenticare di avere un'attività in comune con lui e doveva valutare con razionalità tutti gli scenari che potevano prospettarsi. Lui sognava di andare a Milano ma non aveva mai parlato di volere abbandonare il loro ristorante. Certo, lei era la proprietaria, ma erano soci nell'attività, e se lui l'avesse piantata in asso? Il ristorante ne avrebbe risentito? Per quanto Francesca avesse sempre gestito la clientela e le relazioni sociali in modo impeccabile, Giulio restava il centro carismatico del locale. Era il suo, il nome dello chef di successo. Le battaglie legali avrebbero potuto seppellirli.

Seduta al bancone della cucina, di fronte a un bicchiere di tisana allo zenzero fredda, venne riscossa dallo squillo del telefono.

«Pronto?» rispose dopo aver guardato il display.

«Come stanno i miei ragazzi?» domandò Esmeralda con voce allegra.

Francesca sorrise, grata di quella interruzione. «Matteo sembra un leone in gabbia» le disse.

«E ci credo!» esclamò l'altra. «Quanto pensi di tenerlo ancora segregato?»

«Non lo tengo segregato!» protestò Francesca. «Si è appena tolto i punti, voglio essere sicura che sia del tutto guarito.»

«Devi lasciarlo respirare, ragazza mia» decretò Esmeralda.

«Dove sei?» Francesca sapeva che i consigli dell'amica erano a fin di bene, ma lei avrebbe fatto di testa sua.

«Sono appena tornata dal mare» rispose. «Ma credo non resterò a lungo in città. Troppo caldo.» Francesca non replicò. Era vero, Firenze in agosto poteva essere soffocante. «Pensavo di venire a trovare il mio ragazzo» continuò Esmeralda. «Se non disturbo.»

«Figurati! Gli farà piacere. Io tra poco devo uscire per andare al ristorante.» Francesca sentì l'amica sbuffare, e immaginò i suoi occhi critici e severi brillare di disappunto.

«Quando pensavi di ripartire?» le domandò.

«Non pensavo di farlo...» sussurrò Francesca.

«E perché no?» Esmeralda non aveva bisogno di alzare la voce, bastava un lieve cambiamento della modulazione e il messaggio arrivava forte e chiaro.

«Sarei dovuta tornare, prima o poi. È accaduto prima del previsto, ma non cambia il risultato.»

«Ti sei arresa» sentenziò Esmeralda.

«Arresa?» protestò. «Non so di cosa tu stia parlando.»

«Ti vorrei ricordare con chi stai parlando.» Adesso il tono era decisamente arrabbiato. «Non sprechiamo parole inutili. Tu eri felice alla tenuta. Per la prima volta in vita tua hai fatto progetti per te stessa. E ti sei innamorata. Credi davvero di poter seppellire tutto sotto la sabbia e continuare con la tua vecchia, noiosa vita?»

Chiunque altro si sarebbe offeso a quelle parole, ma Francesca conosceva troppo bene Esmeralda per non capirne il vero significato. L'amica, al contrario, non sembrava affatto preoccuparsi di punzecchiarla nei punti più deboli.

«È stata una parentesi. Lo sapevamo fin dall'inizio.»

«Lo sa anche Riccardo?»

«Certo che lo sa!» esclamò esasperata.

«Glielo hai detto che è finito tutto?» Francesca tacque, inspirando a fondo per contenere la frustrazione. «Non l'hai più chiamato, eh?»

«Esmeralda, ti prego» mormorò Francesca. «Non posso tornare in Maremma. È stato bellissimo, ma è una cosa conclusa. Sapevamo che, prima o poi, sarebbe finita. Lo sapevi anche tu.»

«Si dà il caso che la vita non sia rigida e schematica come lo sei tu» la rimproverò, «a volte ti riserva sorprese alle quali dovresti prestare attenzione. Le cose possono cambiare e non ci si può ostinare a restare fermi.»

Francesca adesso lo sapeva. Ed era questa consapevolezza che le faceva ancor più male. «Devo andare a prepararmi, adesso» le disse. «Se vuoi passare a trovare Matteo gli farà piacere. I suoi amici sono tutti fuori città e lui si annoia.»

«Arrivo tra mezz'ora» la salutò brusca prima di riattaccare.

Francesca sospirò, poi appoggiò i gomiti al bancone e si prese la testa tra le mani. Doveva ricostruirsi un'armatura che la proteggesse dal resto del mondo, dalle emozioni e dai desideri.

«Mamma?» Matteo era sulla porta e la osservava confuso.

«Oh, tesoro, non ti ho sentito arrivare.»

«Chi era al telefono?»

«Esmeralda» rispose scivolando giù dallo sgabello. «Ha detto che passa a trovarti.»

Francesca sciacquò il bicchiere nel lavello, poi fece per allontanarsi dalla cucina. «Vado a prepararmi per il ristorante» gli disse baciandolo su una guancia.

«Mamma.» Francesca si fermò sulla porta e si girò verso il figlio. «Era davvero così bello in Maremma?»

Sentì le lacrime pungerle gli occhi e guardò il suo adorato bambino. «Sì» gli scompigliò i capelli con la mano, e stirò le labbra in un sorriso forzato, «la tenuta di Esmeralda è un posto magico.»

Matteo la osservava confuso: non aveva mai visto quell'espressione nostalgica sul viso della madre e non ne capiva bene il significato. «Vuoi tornarci?»

Come poteva dirgli che non sapeva più cosa voleva? «Sono dove voglio essere, tesoro» mormorò. «Non devi preoccuparti per me.»

Prima che le lacrime la travolgessero voltò le spalle al figlio e uscì dalla cucina.

41

«Mamma, voglio tornare da Leonardo.»

Francesca era appena rientrata dalla sua corsa mattutina e Matteo l'aspettava già sveglio in cucina. Era trascorsa un'altra settimana e il figlio era sempre più irrequieto.

«Ho parlato con sua mamma e ha detto che posso andare anche da solo, se tu sei d'accordo.»

«Tesoro, non posso darle questa responsabilità.»

«Ma io sto bene!» gridò il ragazzo. «Non ho più mal di testa e la ferita si è chiusa perfettamente!»

Matteo si era tagliato i capelli corti e si vedeva già la ricrescita attorno alla cicatrice.

Francesca sospirò. La paura di ciò che sarebbe potuto succedergli non l'aveva ancora del tutto abbandonata, ma capiva di non poterlo tenere recluso ancora a lungo.

«Facciamo così» si arrese, «andiamo dal dottore per un'ultima visita e se lui dice che è tutto a posto ti accompagno da Leonardo.»

«Io sto bene, mamma» insistette il ragazzo. «E tu non devi restare con me per forza.»

«Lo so. Ma posso deciderlo io?» Non era davvero una domanda, ma il viso di Matteo si rasserenò.

«D'accordo. Ora vado a fare un giro in bici.»
«Va bene. Rientra presto però, prima che faccia troppo caldo.»
Matteo alzò gli occhi al cielo sbuffando, fece per allontanarsi, ma poi si voltò verso sua madre. «Mamma?»
Francesca si stava togliendo le scarpe da ginnastica, ma il tono di voce del figlio la bloccò.
«Cosa c'è?»
«Tu e il babbo tornate insieme?» domandò.
Francesca sgranò gli occhi dallo stupore. «Te lo ha detto lui?»
«Be', ha detto che vorrebbe...»
Francesca strinse i pugni per trattenere l'irritazione. «E tu cosa vorresti?»
«Io...»
Francesca si maledisse e maledisse l'uomo che dava false speranze al figlio. «Lascia stare.» Lo fermò. «Mi dispiace per questa situazione, tesoro. Parlerò con tuo padre e chiariremo tutto, te lo prometto.»
«D'accordo... Allora io vado.»
Lo guardò uscire dalla grande vetrata del salotto, salire sulla bici appoggiata dentro al garage aperto e scomparire oltre la curva della casa.
Matteo aveva preso le sue parti quando lei e il marito avevano annunciato che si sarebbero separati: Giulio e il figlio non erano mai stati molto uniti, avevano poco in comune, tanto nel carattere quanto nelle passioni, ma erano pur sempre una famiglia. Francesca aveva fatto di tutto per non far pesare le assenze di Giulio e il suo egocentrismo sui ragazzi, quando erano piccoli. Era comunque il loro padre e l'idea di una famiglia spezzata non poteva lasciarli indifferenti.
Ma aveva rimandato il momento in cui essere perentoria

con Giulio, e così aveva creato illusioni e confusione nei figli, di certo in Matteo.

Avrebbe fatto una doccia per sciogliere la tensione, poi avrebbe parlato con il marito.

Rimase a lungo sotto il getto dell'acqua, a occhi chiusi, in cerca di risposte che però si rifiutavano di prendere forma. Fino a qualche mese prima non avrebbe avuto alcuna incertezza, adesso era tutto un groviglio inestricabile.

Aprì gli occhi di scatto, fermando l'acqua. La testa le girava e rimase qualche secondo appoggiata con le mani al muro, le lacrime si mescolavano alle gocce che scendevano dai capelli.

Quando tornò in salotto, Giulio sedeva sul divano con una tazza di caffè in una mano e il cellulare nell'altra.

«Buongiorno» la salutò cordiale.

«Hai detto a Matteo che torneremo insieme.»

Giulio abbandonò il telefono accanto a sé e drizzò la schiena, guardandola serio. «Perché è ciò che desidero.»

Aveva gli occhi grandi e scuri, lo sguardo intenso sotto le sopracciglia folte. Era l'uomo con il quale aveva condiviso metà della vita, ed era sicura di conoscerlo bene. Pregi e difetti, punti deboli e di forza. E i suoi occhi le dicevano che era sincero.

Francesca raggiunse la poltrona di fronte a lui e si sedette.

«Noi non ci amiamo più, Giulio.»

«L'amore cambia, si evolve, prende altre forme» la contraddisse. «Proviamo affetto l'uno per l'altra, ci capiamo e sosteniamo. E abbiamo cresciuto due bravi ragazzi. Abbiamo commesso degli errori, è vero, ma c'è troppo in gioco per non darci una seconda occasione.»

Il ragionamento era impeccabile. Nessuno sano di mente crederebbe che la fiamma dell'innamoramento possa durare tutta la vita. Sono altri i principi sui quali si basa un rapporto duraturo: l'affetto, la sicurezza, la consapevolezza di aver costruito qualcosa di importante e di valore. Ci aveva sempre creduto anche lei, soprattutto per spiegarsi le assenze del marito, le scappatelle, le priorità che non erano loro tre. Quello che più di tutto le aveva sempre dato forza era la consapevolezza che Giulio tornava sempre da lei. Erano stati complementari e forse non sarebbe stato difficile esserlo ancora.

Francesca sospirò, incrociando le dita in grembo.

«Ho bisogno di te.» Giulio si era sporto verso di lei e le aveva posato le mani sulle sue. «Tu lo sai. Proviamoci.»

«Se il dottore mi darà l'ok, porto Matteo all'Elba.»

«D'accordo.» Giulio le sorrise. «Quando torni ci prendiamo un po' di tempo solo per noi. Possiamo andare da qualche parte insieme, possiamo andare alla tenuta di Esmeralda.» Francesca si irrigidì e si liberò dalle mani dell'uomo. Lui non apprezzò il gesto ma si sforzò di non darlo a vedere. «Faremo quello che vuoi, va bene? Solo tu e io.»

«E Milano?»

Questa volta fu il turno di Giulio di adombrarsi. «Sembra che le cose vadano per le lunghe» borbottò. «E comunque ad agosto non troverei un notaio o un commercialista nemmeno pagandolo il doppio. Ci penseremo a settembre, d'accordo?»

«D'accordo» sussurrò. Era tutto ciò per cui aveva vissuto: una famiglia tutta sua, unita anche nelle difficoltà. Un uomo e dei figli da amare, ai quali dedicare tutta se stessa. Perché allora non si sentiva sollevata? Non amava più l'uomo accanto a lei, e tentare di aggiustare il suo sogno infranto le sembrava una fatica immensa. Si domandò se ce l'avrebbe fatta, a riprendere il suo posto. «Vado a telefonare per prendere appuntamento con il medico» annunciò alzandosi in piedi.

Lui la imitò, afferrandole una mano. «Posso avere un abbraccio?» Francesca sollevò gli occhi nei suoi e, prima che lui potesse leggervi lo smarrimento, si lasciò abbracciare.

Non provò nulla. Erano mesi che non si toccavano e quel corpo grande e robusto non le trasmise nessuna emozione.

«Posso tornare nella nostra camera?» le mormorò tra i capelli.

«Facciamo un passo alla volta, va bene?» Francesca si sciolse dall'abbraccio e fece qualche passo indietro.

«Dovrai collaborare anche tu, però» le fece notare, incapace di trattenere il disappunto.

«L'ho sempre fatto, se non sbaglio.»

Giulio sollevò le mani in segno di resa, afferrò il telefono dal divano e uscì dalla stanza.

Francesca osservò la tazzina vuota di caffè abbandonata sul tavolino di vetro. Fu travolta da una stanchezza schiacciante, grigia, che le diede la nausea.

Inspirò a fondo, una volta, poi una seconda: l'odore delle tazze sporche di caffè non le era mai piaciuto, le chiudeva lo stomaco. Afferrò la tazzina e strofinò con rabbia l'alone tondo che macchiava il ripiano, senza grandi risultati.

Avrebbe portato Matteo al mare, magari già il giorno dopo, e si sarebbe assicurata che fosse sereno e spensierato. Con lui al sicuro, lontano da casa, avrebbe provato a rimettere i pezzi a posto. Settembre sarebbe arrivato in fretta e si augurava che la quiete che l'autunno portava con sé l'avrebbe aiutata.

Lavò la tazzina del marito e si preparò un altro caffè. Poi chiamò l'ambulatorio e prese appuntamento per il pomeriggio stesso. Matteo sarebbe stato contento di partire e lei doveva tenersi occupata. Aveva preso l'unica decisione possibile. Doveva solo accettarla e guardare avanti.

42

Era trascorso un mese da quando se n'era andata. Non era nemmeno tornata a prendere le cose che aveva lasciato alla tenuta, tanto che sua madre aveva chiamato Esmeralda per sapere cosa doveva farne. Quest'ultima le aveva detto che poteva tenere pulita la casa e lasciare le cose di Francesca dove stavano, perché prima o poi sarebbe tornata.

Lui non ne era così convinto. Un mese di silenzio, senza una telefonata o un messaggio, dopo quell'addio: Francesca era stata chiara, ma per lui era troppo tardi, aveva già iniziato a crederci.

Si era innamorato come un pivello e calpestare i cocci del suo cuore infranto era ogni giorno più doloroso. Il maneggio lo teneva occupato, certo: con la prima rata, che Vanessa aveva versato senza ritardi, aveva finalmente avviato l'attività, ed era rimasto sorpreso dal numero di richieste che avevano iniziato ad arrivare. Adesso stava cercando una persona che lo affiancasse, perché da solo non avrebbe potuto gestire tutto. Ma nonostante il passare del tempo, Francesca gli mancava come il primo giorno. Non era più passato alla tenuta, perché quella casa vuota lo straziava, ma non c'era angolo delle colline che non parlasse di lei: come poteva riuscire a dimenticarla?

«Perché non la chiami?» Tosca sputò fuori la domanda

come se avesse un sapore amaro. Osservava ogni giorno le occhiaie del figlio, lo sguardo tormentato sotto due nuove rughe incise sulla fronte, le spalle più curve e il mutismo sempre più simile a quello del padre.

«Perché dovrei?»

«Per vedere se ti togli quel muso da funerale dalla faccia» replicò dura.

«Non devi guardarmi per forza.»

«Piantala di fare lo stupido» lo rimproverò.

Erano seduti nella penombra della cucina, a tavola. I raggi obliqui del sole che entravano dalle finestre indicavano le prime ore del mattino. Fedo era uscito all'alba e la moglie di solito faceva colazione con lui. Ora sedeva di fronte al figlio con una tazza di tè tra le mani, gli occhi due lame pronte a colpire la sua corazza di dolore.

«Siamo adulti, mamma» borbottò senza guardarla. «Se non chiama avrà i suoi motivi.»

«Ma tu muori dalla voglia di sentirla» sbottò. «E di farti spiegare questi motivi, giusto?»

«Li so già.»

«Ah, sì?» Tosca sembrava scettica.

«Ha due figli» spiegò stanco. «E un'attività in proprio. Non ha mai nascosto che sarebbe rientrata a casa.»

«Sei più testardo di tuo padre.» Si avvicinò la tazza al viso e ne inalò il profumo, prima di berne un sorso. «Le cose cambiano. Fino a che non si è orizzontali in una fossa, tutto può cambiare.»

«Sì, d'accordo, mamma. Può essere» sospirò. «Ma se fosse cambiato qualcosa avrebbe chiamato.»

Lei lo guardò di traverso. «Non puoi sapere perché non l'ha fatto» insistette. «Magari ha solo bisogno di incoraggiamento. Magari ha bisogno che la chiami tu.»

«Non lo farò, mamma» sibilò, gli occhi due fessure minacciose.

«E allora smettila di andare in giro con quella faccia» replicò, affatto spaventata. «Sembra ti sia morto qualcuno!»

«È l'unica faccia che ho!» sbottò alzandosi in piedi. «Perché non puoi lasciarmi in pace?»

«L'ho fatto!» gridò Tosca di rimando. «È passato un mese e sei ancora lì a sguazzare nel fango!»

«Non vedo che fastidio ti dia» borbottò, poi le voltò le spalle per uscire dalla cucina.

«Vuoi proprio saperlo?»

Riccardo si fermò sulla soglia, si voltò lentamente e incrociò le braccia sul petto. «Sono sicuro che stai per dirmelo.»

«Mi fa piacere sentire che sai ancora ribattere a tono» gli fece notare. «Non puoi credere che mi renda felice vedere mio figlio in queste condizioni» continuò.

«Sto bene, mamma. Davvero.»

«Ti ammalerai.» Un'ombra di sorriso gli attraversò gli occhi chiari mentre con una mano si toccava in gesto scaramantico. «Tu non sei come tuo padre.» La voce di Tosca adesso era più morbida. «Ostinato, orgoglioso e irragionevole» chiarì. Riccardo si appoggiò con una spalla allo stipite della porta, guardando la madre con i pugni piantati sui fianchi. «Hai seguito il cuore con lei. Devi continuare a farlo.»

«Ho sbagliato. Dovrei perseverare, secondo te?»

«Io so quello che ho visto» replicò testarda. «Lei ti ha reso felice, ha dato un senso alla tua presenza in questo posto. Ti ha dato la forza di affrontare Vanessa una volta per tutte. E ti ha fatto credere nel tuo sogno del maneggio. Vuoi sentire altro?»

«Pensi di dirmi cose che non so già?» La frustrazione gli faceva tremare la voce, ma non riusciva a staccarsi dalla porta. Aveva bisogno di tirare fuori tutte le parole soffocate in quelle settimane, sfogare la rabbia e il dolore, prendersela con qualcuno. E non c'era nessun altro con cui poterlo fare.

«Davvero spiritoso, il signor Sotuttoio!» lo derise Tosca. «Se sei sicuro che non ci sia speranza, allora devi solo essere felice per ciò che hai avuto.»

«E questa filosofia spicciola dovrebbe fare miracoli?» sibilò furioso.

Tosca inspirò a fondo, tentando di riflettere. Aveva cercato lo scontro, perché voleva che sputasse fuori tutta la rabbia che lo stava avvelenando. Ma non voleva tirare troppo la corda: qualcuno poteva rimanerne ferito.

«Senti.» Tosca inspirò abbassando le palpebre, poi tornò a puntare gli occhi in quelli del figlio. «Non ho la soluzione, nessuno ce l'ha. Ma peggio di così non puoi stare, dunque tanto vale chiamarla.»

Riccardo si passò le mani sul viso, strofinando con vigore quasi volesse liberarsi dell'intorpidimento che lo avvolgeva.

«Ci penserò, d'accordo?»

«Fallo in fretta» lo sollecitò. «Il fatto che riesca ancora a tollerare il caratteraccio di tuo padre dopo quarant'anni non significa che possa sopportarne un altro.»

«Ricevuto.» Si portò una mano alla fronte in segno di saluto e lasciò la stanza.

Sua madre non aveva tutti i torti: buonsenso e ragione non avevano sortito alcun effetto, se non soffocarlo sempre più nella morsa stretta dei pensieri. Ma chiamarla non era facile come credeva Tosca. Soprattutto perché lui non era pronto a sentirsi dire che era finita. Quelle parole gli avrebbero tolto qualsiasi illusione. Ed era l'unica cosa che gli era rimasta.

43

Giulio si stava impegnando al massimo per riconquistare la sua fiducia e il suo affetto ma, per quanto Francesca lo apprezzasse, non era più abituata alla sua presenza. Aveva voluto accompagnare moglie e figlio all'isola d'Elba, dove erano rimasti una notte in un albergo poco lontano dalla casa dell'amico di Matteo. Quest'ultimo, dopo un momento di perplessità iniziale, sembrava felice della nuova situazione: aveva chiacchierato durante tutto il viaggio e aveva insistito perché restassero più di una notte sull'isola. Ma su questo Francesca era stata categorica: aveva bisogno di spazio, silenzio, solitudine e, con la scusa del ristorante, erano rientrati a Firenze dopo appena un giorno.

Trascorrere la notte chiusa in una stretta camera d'albergo con il marito era stato più imbarazzante del previsto. Giulio aveva rispettato il suo desiderio di non volere essere toccata, anche se con evidente insofferenza. Ma Francesca non aveva comunque chiuso occhio; raggomitolata sul bordo del letto aveva ascoltato il respiro profondo e rumoroso dell'uomo addormentato accanto a sé.

Il sollievo che aveva letto negli occhi di Matteo le aveva confermato di aver preso la decisione giusta. Doveva solo imbrigliare il cuore, addomesticarlo e placarlo. Così si era ripetuta come un mantra mentre aspettava che il sole sorgesse, durante il viaggio di ritorno, e ogni volta che le forze sembravano venire meno. Una volta a Firenze, si era gettata a capofitto nel lavoro: al ristorante, dove trascorreva sempre più tempo, e a casa, dove curava con passione quasi ossessiva il giardino. Cercava sollievo nella fatica fisica, come ogni volta in cui non aveva altri strumenti per domare l'irrequietezza. Così come aveva fatto lavorando nel vigneto, le vesciche nelle mani e il sole implacabile sulla testa. Le mancava da impazzire, quel posto e quel tempo.

Il telefono, che dopo l'incidente teneva sempre a portata di mano, iniziò a squillare, vibrando sul tavolino di rattan sotto il portico di casa. Si avvicinò per controllare il display: negli ultimi tempi rispondeva solo alle chiamate dei figli, o meglio ai loro messaggi, e quando vide il nome della madre tornò a dedicarsi ai fiori che stava pulendo. Ma la suoneria non accennava a tacere così, sbuffando, tolse i guanti da giardino e rispose.

«Ciao, mamma.»

«Che fine hai fatto?»

«Sono a casa. A Firenze.»

«Come sta Matteo?» Francesca tacque. Non le aveva parlato dell'incidente del figlio e di certo non era stato Matteo, per lui quella donna che vedeva appena una volta all'anno era poco più di una sconosciuta. «Ti meravigli che io lo sappia, giusto?» dichiarò Delia vittoriosa. «Ti sembrano segreti da tenere nei confronti della tua famiglia?»

«Non era un segreto» sospirò. «Non era niente di grave, per cui non volevo allarmarvi inutilmente.»

Voleva chiederle da chi l'avesse saputo, ma si trattenne dal darle soddisfazione.

«Giulio ci ha detto che state di nuovo insieme» continuò, rispondendo alla sua domanda.

«Giulio vi ha chiamati?»

«Per fortuna che qualcuno si ricorda ancora della nostra esistenza.» Francesca non prestò attenzione al commento lamentoso: Giulio non era certo una persona attenta alle dinamiche familiari e se li aveva avvertiti doveva avere un secondo fine.

«Visto che sei tornata finalmente a casa potremmo venire a trovarvi. Se Matteo sta bene può fare un po' di compagnia al nonno.»

L'idea di avere i genitori in giro per casa, ora che la sola presenza del marito le sembrava ingombrante a sufficienza, era impensabile. «Matteo è tornato al mare» le disse, «e io e Giulio ci siamo presi un po' di tempo per noi.»

Queste ultime parole, pronunciate ad alta voce per la prima volta, le tolsero il respiro. La verità era che, per quanto Giulio fosse presente e premuroso, lei faticava ad abituarsi alle sue nuove attenzioni. E faceva il possibile per evitare di trascorrere troppo tempo sola con lui.

«Ok, ho capito. Non ci volete tra i piedi.» La voce di Delia sembrava stanca e Francesca provò una fitta di rimorso: erano mesi che non li vedeva e, a dispetto dei rapporti non idilliaci, non li aveva mai trascurati tanto.

«Mamma, credimi. Qui a Firenze si muore dal caldo e la quantità di turisti è oltre il tuo livello di sopportazione.» Non aveva mai trascurato nessuno prima di quell'estate, ma non era il momento di rimediare con loro.

«Sì, sì, d'accordo» brontolò. «Allora ci sentiamo.»

«Magari a settembre…»

Ma Delia stava già riattaccando. Non le aveva chiesto di lei: com'era andata la sua vacanza in Maremma, come stava, cosa faceva. Non era sorpresa, alla madre la sua vita interessava solo per criticarla. Però questa volta era stata meno aggressiva del solito. Si ripromise di chiamarla, nei giorni successivi. Per assicurarsi che fosse solo un momento di spossatezza e non qualcosa di più grave. Vivere lontana da loro non rendeva facile capire quanto gli anni influissero sul loro fisico e il loro umore.

Portò gli attrezzi da giardino nel piccolo capanno di fianco al garage: era ora di andare ad aiutare Giulio al ristorante.

44

Il ristorante era l'unico luogo dove Francesca riusciva ad allentare le tensioni. Ettore e i camerieri erano confusi dalla presenza costante di Giulio in cucina, ma avere a che fare con lui in mezzo ad altra gente le rendeva tutto più facile.

A casa era tutt'altra cosa. I tentativi di Giulio di riconquistarla non facevano altro che farle erigere muri. Solo se pensava ai ragazzi riusciva a convincersi che doveva continuare a provare. Ma non credeva che sarebbe stato così difficile. Sempre più spesso si era ritrovata a maledire il giorno che aveva accettato l'offerta di Esmeralda di andare in Maremma. Da quel momento, non era stata più padrona delle proprie emozioni, e il peggio era che tornare indietro stava diventando impossibile.

Mentre sistemava sui tavoli del ristorante le gerbere colorate, ciascuna in un sottile vasetto di vetro, dalla cucina arrivava la voce del marito e i monosillabi di Ettore. Le loro voci, il rumore delle pentole e i profumi dei cibi in cottura erano un sottofondo rassicurante.

Sollevò di scatto la testa quando sentì qualcuno bussare alla vetrata del ristorante: le tende rendevano difficile vedere la persona, ma Francesca non ebbe alcun dubbio su chi fosse.

Uscì in strada, chiudendosi piano la porta alle spalle, e il cuore saltò un battito quando incrociò gli occhi grigi di Riccardo.

«Ciao» la salutò impacciato.

«Cosa ci fai qui?» Non voleva essere scortese, ma la sorpresa l'aveva mandata in confusione.

«Non volevo disturbare...» borbottò Riccardo. Non era stato facile arrivare fino lì e quell'accoglienza lo metteva a disagio.

«Scusami» sospirò Francesca. «Non disturbi, sono solo sorpresa.»

«Come stai?»

«Io...» Lanciò un'occhiata al ristorante, poi tornò a guardarlo. «Sto bene.»

«Tuo figlio?»

«Sta bene, grazie. L'ho già riportato al mare.»

Calò un silenzio ingombrante, doloroso.

«Credevo ti saresti fatta sentire» continuò Riccardo. «Alla tenuta ci sono ancora le tue cose.»

«Lo so.» Francesca non riusciva a reggere il suo sguardo, quei meravigliosi occhi grigi segnati dalla sofferenza. «Mi dispiace» sussurrò, lo sguardo fisso sui sanpietrini che lastricavano il vicolo. «È stato un periodo difficile e...» Il minimo che potesse fare era essere sincera. Sapeva quanto doveva essergli costato venire a cercarla fino in città e meritava onestà. «L'incidente di Matteo mi ha spaventata da morire» incominciò. «Poi il tempo è passato e non ho avuto più il coraggio di chiamarti.»

«Avrei capito.»

«Lo so» disse. «Non sapevo cosa dirti. Niente che non sapessi già.»

«Sei tornata con tuo marito?» La domanda era poco più di un sussurro, ma le parole la colpirono come uno schiaffo.

«Devo pensare ai ragazzi.»

«Credevo fossi felice, giù.» L'amarezza gli stravolgeva i tratti armoniosi del viso. «Il progetto della tenuta… ero sicuro che ci tenessi. Mi sono sbagliato.»

«Non ho mai detto che l'avrei realizzato davvero.»

«Hai ragione» ammise. «Lo volevo solo io, per te era solo una vacanza.»

L'accusa era pesante: Riccardo aveva ragione a essere deluso, ma non poteva liquidare tutto come se fosse stato un capriccio.

«Non è stata una vacanza!» sbottò cercando di non alzare la voce. «Mi dispiace che lo pensi. Io non posso vivere laggiù, questa è la mia casa e qui devo restare.»

Riccardo era ferito ma non era stupido. Il dolore l'avrebbe portato a dire cattiverie inutili. Francesca aveva scelto la famiglia, e aveva rinunciato ad altro, a lui. Non capiva come potesse farlo, lui non ci riusciva. Il solo pensiero di doverle dire addio gli faceva schizzare il sangue alla testa.

«Capitolo chiuso, quindi» borbottò.

«Mi dispiace.»

«Anche a me.»

Le lacrime bruciavano in gola, premevano negli occhi per uscire e portare via il senso di impotenza. E di vuoto. Ma nessuno dei due permise loro di scendere.

«Francesca?» Giulio era sulla porta e li guardava. Francesca inspirò a fondo, provò senza successo a ingoiare il nodo che aveva in gola e si stampò sul viso un sorriso privo di gioia.

«Arrivo subito» disse voltandosi appena verso di lui. Poi tornò a guardare Riccardo. «Addio» sussurrò porgendogli una mano.

Lui gliela strinse senza fiatare, fece un cenno col capo e si allontanò. Francesca chiuse gli occhi per non vederlo scomparire oltre l'angolo, poi si voltò verso il marito ed entrò nel ristorante senza rivolgergli la parola.

«Chi era?» domandò seguendola.

«Un conoscente» mormorò tornando a dedicarsi ai fiori, i cui colori accesi nulla potevano fare per illuminare il buio che era calato su di lei.

Aspettò di sentire la porta della cucina chiudersi e, quando fu sicura di essere di nuovo sola, lasciò finalmente libere le lacrime.

45

«Stai sbagliando.»

«Non è vero.»

«Sì che lo è» insistette Esmeralda. «E quando te ne accorgerai sarà troppo tardi.»

«Dovevi vedere la faccia di Matteo quando lo abbiamo portato insieme al mare» le fece notare Francesca. «Era sollevato, sereno.»

«Si dà il caso che Matteo non sia un bambino.» La frustrazione di Esmeralda le colorava le guance, le mani si muovevano nervose mentre lei cercava di farla ragionare. «Quando si accorgerà che non sei felice, ne soffrirà.»

«Per allora sarà già fuori di casa.»

«Quando sei così ostinata non ti sopporto» brontolò l'amica. «Perché non mi parli della faccia di Riccardo quando gli hai detto addio?»

«Ti prego, Esmeralda, possiamo parlare d'altro?»

Non era riuscita a nasconderle la visita di Riccardo in città ed Esmeralda, che di indole non era affatto romantica, aveva però apprezzato moltissimo il gesto dell'uomo.

«Riccardo ha capito. Perché non provi anche tu a metterti nei miei panni?»

«Perché sono panni soffocanti» replicò disgustata. «E anche fuori moda, se proprio vuoi saperlo: non è più uno scandalo separarsi. Hai il diritto e anche il dovere di pensare a te stessa. Ma che esempio dai ai tuoi figli?»

«Di una persona che si prende a cuore le proprie responsabilità» sbottò piccata.

«A discapito di se stessa» rimarcò. «Per fortuna che Gaia ha scelto di vivere la sua vita lontana da te.»

«Stai diventando peggio di mia madre» l'accusò, ferita. Francesca non si era liberata del tutto del dubbio che Gaia fosse fuggita a causa della separazione, forse per colpa sua.

«Il ruolo che ti sei imposta in questi anni ha funzionato così bene perché ci credevi. E perché non sapevi che esisteva altro. I tuoi figli hanno visto in te una donna responsabile e giudiziosa, una persona attenta al benessere della famiglia e una presenza solida e costante. Se sono dei così bravi ragazzi è anche merito tuo, e questo te l'ho sempre detto.» Francesca abbassò gli occhi sulle mani che reggevano un bicchiere di tè freddo. Erano uscite a bere qualcosa insieme nell'unico giorno di chiusura del ristorante: Francesca non avrebbe voluto accettare, sapendo come sarebbe andata a finire. Ma era difficile dire di no a Esmeralda. «Ora che sono cresciuti, però, hanno bisogno di sapere che nessuna donna deve annullarsi per gli altri. Sono sicura che ti porterebbero molto più rispetto se mostrassi loro un po' di sano egoismo.»

«Continui ad assomigliare a mia madre.»

«Se insisti mi offendo.»

«Ascolta, Esmeralda.» Francesca appoggiò gli avambracci sul tavolo sporgendosi verso l'amica. «Io capisco quello che vuoi dire. Ma ho preso una decisione. Non dico che mi ostinerò a mantenerla se le cose non dovessero andare bene, ma devo provarci. Matteo è ancora...»

«Non lo dire!» la interruppe. «Non è un bambino, e nemmeno un ragazzino ingenuo! Devi fidarti di lui!»

«Adesso devo andare» sospirò alzandosi in piedi. «Giulio mi vuole portare a cena in un posto fuori città.»

«Davvero romantico» scimmiottò Esmeralda.

«Ce la sta mettendo tutta. Non essere sempre così dura con lui.»

«D'accordo.» Si alzò anche lei, avvolta in uno stravagante abito di seta lilla. Esmeralda era sempre una donna bellissima e Francesca rimase a guardarla incantata. «Vuoi che ti faccia spedire le tue cose da Tosca?» le domandò fingendo di non notare la sua ammirazione.

«Non disturbarla, vedrò io come fare. A meno che non ti serva liberare la casa.»

«In quel caso te lo faccio sapere.»

Si salutarono nel parcheggio, Esmeralda ancora imbronciata per non essere riuscita a scalfire la testardaggine dell'amica.

«Non essere arrabbiata con me» mormorò Francesca baciandola sulle guance.

«Non sopporto vedere che ti autoinfliggi certi tormenti.»

«Starò bene, vedrai.»

«Sì, certo. Ci sentiamo domani.» E con queste parole le voltò le spalle, salì in macchina e se ne andò in una nuvola di polvere.

46

Mentre guidava verso casa, Francesca ripensò alla delusione sul viso dell'amica e se ne dispiacque. Desiderava che capisse il perché delle sue scelte, anche se non le approvava. Forse, se avesse visto l'impegno che Giulio stava mettendo nel ricostruire il loro rapporto, si sarebbe convinta che era suo dovere provarci.

Parcheggiò nel cortile davanti al garage ed entrò in casa. Sentì la voce di Giulio provenire dallo studio dove ancora dormiva: lasciarlo tornare nella loro camera da letto era l'ultimo passo che avrebbe compiuto prima del ritorno a casa del figlio.

Si avvicinò alla porta e lo sentì parlare al telefono. Fece per andarsene, ma il suo tono concitato la trattenne.

«Ti dico che ormai ci siamo» stava dicendo il marito. «Io e mia moglie siamo tornati insieme.»

Un momento di silenzio, segno che stava parlando l'interlocutore all'altro capo del filo, poi di nuovo la voce di Giulio. «Certo che sono sicuro!» disse. «Non appena strapperemo le carte della separazione avrò anche queste dannate firme, vedrai.» Francesca rimase impietrita. Doveva essersi sbagliata, non poteva aver sentito davvero quelle parole.

«Adesso però smettila di assillarmi» continuò Giulio. «Ti chiamo io appena avrò quello che serve.»

Ancora qualche attimo di silenzio, durante il quale Francesca temette che il rumore del battito forsennato del suo cuore potesse sentirsi attraverso la porta, poi il marito chiuse la comunicazione.

Francesca avrebbe voluto andarsene, ma i piedi sembravano incollati al pavimento. Per quanto si sforzasse, il suo corpo si rifiutava di obbedire.

Quando Giulio aprì la porta e se la trovò davanti, sobbalzò, sorpreso.

«Ciao!» esclamò allegro. Lei lo fissava con il viso stravolto e il sorriso dell'uomo si spense. «Stai bene?» domandò allarmato.

«Sei stato bravo» mormorò Francesca.

«Di cosa stai parlando?» Giulio era impallidito mentre cercava di sfoggiare un'aria sincera e confusa.

«Dovresti vergognarti!» sibilò facendo un passo indietro. «Mi hai mentito!»

«Francesca, calmati. Non è così.» Giulio fece un passo verso di lei.

«No!» Francesca sollevò le braccia davanti a sé, quasi dovesse proteggersi. «Volevi solo la mia firma per quella maledetta garanzia. Ecco cosa volevi! Non ti importa nulla di noi! Hai ingannato pure tuo figlio, per il tuo maledetto locale!»

«Ti prego, Chicca. Ascoltami...»

«Non chiamarmi così!» gridò. Poi si diresse a passi spediti verso la camera da letto. Giulio la fermò sulla porta, afferrandola per un braccio.

«Ascoltami!» la implorò. «Non è come credi!»

«Ah, non è come credo?» Reagì liberando il braccio dalla sua presa. «Non vuoi la mia firma come garante? E queste settimane di armonia non erano finalizzate a stracciare le carte della separazione per essere libero di sputtanarti di nuovo i miei soldi? Non è così?»

«Francesca, per favore, possiamo parlare con calma?» la supplicò. «È vero, ho bisogno di quei soldi. Ma non c'entrano con noi due. Io voglio davvero che torniamo insieme.»

«Sei un bugiardo! E nemmeno bravo!»

«Adesso sei arrabbiata e non riesci a ragionare» continuò Giulio disperato. «Perché non ti rilassi sotto la doccia e ne parliamo a cena?»

«Stai scherzando?» Francesca era fuori di sé. Si sentiva ingannata, umiliata, disprezzata. Come aveva potuto essere stata così ingenua? «Io non vengo da nessuna parte con te. Noi non abbiamo più niente da dirci!» Gli sbatté la porta in faccia e afferrò la sacca da viaggio dal fondo dell'armadio.

«Francesca, per favore, puoi ascoltarmi almeno?»

Lei riaprì con violenza la porta della camera. «Dovresti avere un po' di decenza e startene zitto. Vai a fare le valigie, perché non ti voglio più vedere in questa casa. Mi hai capito?»

«Tu non puoi...»

«Ah, no? Sei sicuro? Devi andartene, vai via!»

«Non ti riconosco più» continuò Giulio imperterrito. «Non hai mai alzato la voce con me. Cosa ti prende? Lasciami almeno il tempo di spiegare!»

«Allora non hai capito.» Francesca non urlava più: lo fissava gelida, il viso stravolto dall'ira. «Non crederò più a una parola che esce dalla tua bocca. Hai chiamato anche mia madre, vero? Tutto per assicurarti quei dannati soldi.»

«Possiamo lasciare da parte i soldi, per un momento?» Era evidente la sua disperazione, che traspariva dal tono supplichevole. Ma Francesca era irremovibile.

«Non abbiamo più niente da dirci» concluse lapidaria. «Adesso io esco e non voglio più trovarti qui al mio ritorno.»

«Dove vai?» Francesca risbatté la porta, infilò alla rinfusa vestiti e poco altro nella borsa, poi la chiuse con rabbia. «Vai dal tuo amante?» strillò Giulio fuori dalla porta, stravolto dal panico. Lei inspirò ed espirò più volte, sperando che il tremore che la scuoteva si placasse, e le lacrime la smettessero di scendere contro la sua volontà. Poi aprì la porta, scansò il marito e si avviò all'uscita. «Non rispondi, eh?»

Francesca si tirò dietro la porta con forza, facendo tremare le vetrate del salotto. Buttò la valigia nel baule, salì in macchina e avviò il motore, facendolo andare su di giri. Poi partì di scatto, schizzando ghiaia per tutto il giardino. Il desiderio di mettergli le mani addosso era stato così forte da rischiare di non fermarsi: non l'aveva fatto perché solo il pensiero di toccarlo la ripugnava.

Guidò per più di due ore, fino alla tenuta, e quando parcheggiò sotto le querce e spense il motore, lasciò che il silenzio l'avvolgesse e la facesse sentire al sicuro. Reclinò la testa all'indietro, abbandonandosi contro il poggiatesta, e si concentrò sul respiro e i battiti del cuore, che sembravano rumorosi in tutta quella quiete.

Era tutto finito, distrutto, polverizzato. Aveva permesso che Matteo coltivasse speranze, cieca e testarda, e ora lo avrebbe ferito due volte. Per fortuna che Gaia era lontana, e non era stata costretta ad assistere a quella patetica farsa.

Scese dall'auto quasi di corsa, come se potesse fuggire dai suoi stessi pensieri, prese la valigia e si avvicinò alla casa. Dopo il rumore costante della città, il silenzio di quella terra sembrava totale, ma Francesca sapeva che non era così. Non appena si fosse liberata del brusio che faceva da sottofondo ai suoi respiri l'avrebbe sentita, la notte che pulsava. L'aria era tiepida e profumata: rosmarino, malva, erba tagliata, terra, resina. Se chiudeva gli occhi e si concentrava poteva distinguerli uno a uno. Pian piano anche i rumori iniziarono ad abitare lo spazio: la brezza che muoveva le foglie più alte delle querce, il grido della civetta che faceva vibrare l'aria, i tanti scricchiolii sconosciuti. Aveva dimenticato quella sinfonia e la commozione le fece salire le lacrime agli occhi. La stanchezza arrivò all'improvviso alle spalle, facendola vacillare. Non aveva mai gridato in vita sua. Non con quella intensità, violenza e disperazione, e adesso era sfinita. Entrò con le chiavi che non aveva ancora restituito e accese la luce dell'ingresso: la casa era in ordine e profumava di cera per il legno. Sentì un'altra ondata di lacrime salirle alla gola, brucianti, ma non fece nulla per fermarle. Che le importava? Era sicura che fosse l'aria di quella terra che la stava aiutando a buttare fuori tutta la frustrazione e il dolore, prima di prendersi di nuovo cura di lei. Aveva solo voglia di abbandonarsi, chiudere gli occhi e lasciare che il mondo proseguisse senza di lei.

Si chiuse la porta alle spalle e si trascinò nella sua piccola camera, si gettò sul letto vestita e attese l'arrivo della valanga di dolore, emozioni e disillusioni che sapeva l'avrebbe travolta. Desiderava che le facesse male, un dolore fisico che annullasse tutto il resto.

Fu una notte lunga e tormentata, un alternarsi di incubi e veglie dove il soggetto era sempre il guscio di se stessa attorno a un buio senza fondo. Il sonno profondo e senza sogni arrivò con le prime luci dell'alba.

47

Il risveglio fu come un lento risalire dalle profondità del mare: suoni ovattati, la pressione sulla pelle, l'urgenza d'aria. Quando Francesca aprì gli occhi respirava con affanno. Rimase sdraiata in posizione supina, lo sguardo che metteva a fuoco le travi del soffitto e il pulviscolo che galleggiava nei fasci di luce che filtravano dalle crepe degli scuri.

Gli accadimenti delle ultime ore le apparvero come fotogrammi che scorrevano sulla parete. Era ancora sbalordita per tutta quella rabbia che aveva sputato fuori come veleno e che l'aveva svuotata. Doveva averne accumulata parecchia, negli anni, per reagire in modo tanto violento.

L'inganno le bruciava ancora e non riusciva a capire come il marito avesse potuto scendere tanto in basso. Ma la verità era che non le importava più. Giulio era fuori dalla sua vita, non poteva essere più fuori di così. E questa consapevolezza, invece di lasciarla smarrita, la faceva sentire sollevata. Una sensazione di leggerezza, una pagina bianca in attesa di essere riscritta, la rendeva insieme euforica e timorosa. E libera. Per la prima volta in vita sua, non si sentiva in colpa.

Si mise seduta sul letto osservando i vestiti stropicciati con i quali era arrivata la sera prima. Un caffè e una doccia erano le priorità, ancor prima di ricominciare a riflettere. Per quello ci sarebbe stato tutto il tempo.

Mentre aspettava che il caffè fosse pronto, osservava il paesaggio fuori dalla finestra. Era una calda giornata di fine agosto e il frinire delle cicale si udiva con chiarezza attraverso i vetri. Le colline avevano assunto colori secchi e polverosi a causa della mancanza di piogge, ma i vigneti che correvano lungo i fianchi erano verdi e rigogliosi. Avrebbe fatto una bella camminata fino alla vigna, per vedere se il suo lavoro da principiante avesse dato buoni frutti. Le era mancato anche il giardino delle erbe, e le passeggiate a cavallo. Tutto, di quel posto, le era mancato.

Aveva pensato molto anche a Riccardo, e il bisogno di spiegarsi si era scontrato con il timore che lui non volesse più parlarle. Se non fosse arrivata tardi, la sera prima, probabilmente sarebbe corsa subito da lui, ma adesso, alla luce del sole e con la mente più lucida, era felice di non averlo fatto.

Non poteva fargli promesse, non aveva idea di cosa avrebbe fatto della sua vita da quel giorno in poi. Se la separazione con Giulio adesso era una certezza, il resto era più complicato. I ragazzi, la sua casa, il ristorante: non poteva abbandonare la sua vita dall'oggi al domani, anche se non aveva molti dubbi sul fatto che non voleva più lavorare con l'ex marito. Questo l'addolorava di più della fine del suo matrimonio, ma adesso sentiva il bisogno di cambiare. L'idea di restare lì e avviare il progetto che aveva cullato all'inizio dell'estate spingeva con insistenza per ottenere un posto fisso nei suoi pensieri. Tuttavia, non voleva illudersi: i desideri, prima o poi, finivano per scontrarsi con la realtà e non sempre ne uscivano vincenti.

Bevve una dose abbondante del primo caffè della giornata, poi fece la doccia e indossò un paio di pantaloncini e una canotta. La pancia brontolava dalla fame, ma adesso voleva solo camminare, respirare il profumo delle colline riscaldate dal sole, riempirsi gli occhi dei loro colori e svuotare la mente.

Nel primo pomeriggio si era alzato un vento forte che aveva portato un muro di nuvole basse e scure. Presto il fronte aveva coperto il sole ed era dilagato minaccioso sopra le colline. I campi arati per le prossime semine erano macchie ocra esaltate dalla nuova luce.

Francesca aveva camminato a lungo, senza meta, e quando si era decisa ad andare al maneggio il cielo minacciava pioggia. I tuoni brontolavano nella pancia delle nuvole e i lampi laceravano il sibilo del vento. Quando Francesca raggiunse le scuderie, Riccardo stava chiudendo i cavalli nei box. Il vento faceva volare gli oggetti e la polvere si infilava negli occhi e nelle narici.

«Posso aiutarti?» domandò raggiungendolo alle spalle.

Riccardo sussultò. Si voltò piano e, quando Francesca incrociò i suoi occhi, trattenne il fiato. Quel grigio che l'aveva tanto affascinata era freddo come ghiaccio. L'espressione severa del suo viso non mostrò alcuna emozione e la sicurezza che l'aveva guidata fino a lì scomparve trascinata via dal vento.

«Puoi raccogliere i secchi.» Dalla voce dell'uomo non trapelava alcun sentimento. Le voltò le spalle, continuando quello che stava facendo. Francesca rincorse i secchi che rotolavano nella polvere, li portò nella stanza dove tenevano gli attrezzi e chiuse con cura la porta. Poi attese che Riccardo la raggiungesse. «Non possiamo stare qui» le disse. «Tra poco si scatenerà l'inferno.»

«Sono venuta a piedi» si scusò lei.

«Ti accompagno.»

Riccardo la precedette fino alla macchina parcheggiata nell'aia, salì e mise in moto aspettando che lei chiudesse la portiera. Tutto in assoluto silenzio.

Il disagio animava il mutismo di entrambi: l'uno ammantato di freddezza, l'altro di colpa. Francesca non era più tanto sicura che sarebbe riuscita a dirgli quello su cui aveva riflettuto tutto il pomeriggio. Le faceva male vederlo così, perché capiva benissimo come si sentiva, ma lei non era libera di fare le proprie scelte senza che altri ne rimanessero coinvolti, così come invece lo era lui.

Quando arrivarono alla tenuta iniziavano a cadere le prime gocce di pioggia. Riccardo si fermò accanto alla macchina di Francesca senza spegnere il motore, in attesa che lei scendesse.

«Possiamo parlare?» gli chiese. Le mani di Riccardo strinsero con forza il volante, poi sospirò e girò la chiave. Adesso solo il rumore secco delle gocce sulla carrozzeria e i loro respiri riempivano l'abitacolo. «Sono tornata per spiegarti» iniziò Francesca.

«Ti sei già spiegata benissimo» replicò freddo.

«Non avrei mai dovuto sparire in quel modo e non ne vado fiera.» Francesca sollevò gli occhi dalle mani intrecciate in grembo e guardò fuori dal finestrino il paesaggio deformato dall'acqua. «Il fatto è che...» Francesca si interruppe, un nodo improvviso bloccato in gola. Riccardo attese, affatto intenzionato ad aiutarla. Però il silenzio si prolungava e lui si girò a guardarla. «Non mi piacciono gli addii» mormorò lei.

«Non doveva esserlo per forza.»

«Sapevamo che sarebbe finita» continuò Francesca rifiutando di incrociare i suoi occhi. «Forse pensavamo che sarebbe stato meno... meno difficile.»

«Io non sapevo che mi sarei innamorato» replicò Riccardo. La sua candida sincerità fu come un pugno in pieno petto e Francesca chiuse gli occhi, sconfitta. «Non sapevo che mi sarei sentito così solo» continuò lui, la voce bassa e rauca. «Non sapevo che esistessero persone così determinate e tenaci da trasmetterti la voglia di sognare di nuovo.» Si passò una mano sul viso e tacque per riprendere fiato. «Non sapevo che non sarei più riuscito a farne a meno. Però sono contento per te, invece, che hai tante certezze.»

«Io ho delle responsabilità» protestò Francesca ferita.

«Lo so. Non le hai mai nascoste. Non ti sto accusando di nulla perché sei sempre stata sincera.» Si girò verso di lei e, quando i loro occhi finalmente si incontrarono, restarono entrambi senza fiato. «Sto solo cercando di spiegarti perché mi hai fatto così male.»

«Mi dispiace così tanto...» sussurrò mentre le lacrime scorrevano lungo le guance, atterrando sulla maglietta come gocce di pioggia.

«Anche a me.»

Francesca si passò le mani sul viso, nel vano tentativo di asciugarlo, poi girò la testa verso il finestrino, incapace di vedere le cose al di là della cortina d'acqua. Pioggia e lacrime, tuoni e battiti furiosi del cuore violavano la calma sonnacchiosa di quelle terre. «Riparto tra pochi giorni» annunciò quando ebbe recuperato la voce. «Devo andare a prendere Matteo al mare. C'è la scuola, gli allenamenti e...»

«D'accordo» la fermò Riccardo.

Francesca mise la mano sulla maniglia della portiera: indugiò qualche secondo, poi si voltò verso di lui. «Ciao» disse.

«Ciao.»

Scese dall'auto chiudendo in fretta la portiera per evitare che l'acqua la allagasse. Il temporale non accennava a placarsi, uno specchio perfetto del suo stato d'animo. Fece qualche passo verso la casa, poi si voltò a guardarlo fare retromarcia e allontanarsi. La pioggia le inzuppava i capelli: sentiva le gocce scorrerle lungo la schiena, bagnarle i pantaloncini e finire a terra, dove i piedi erano quasi sommersi dall'acqua.

Dopo settimane di siccità, la terra non riusciva ad assorbire tutta quella pioggia improvvisa: sembrava quasi impermeabile e l'acqua formava pozze e rigagnoli improvvisati.

Non gli aveva detto quasi nulla di ciò che avrebbe voluto ma, chiusa in quello spazio stretto accanto a lui, ogni cosa le era sembrata sciocca e inutile.

Una però avrebbe dovuta dirla, perché ora le bruciava nello stomaco, dove sarebbe rimasta mettendo radici: neppure lei sapeva che si sarebbe innamorata di lui.

48

Aveva salutato Fedo e Oliver, poi era andata a trovare Tosca, che si era mostrata molto dispiaciuta per la sua partenza, ma non aveva osato dirle ciò che avrebbe voluto. Dopo aver pulito la casa a fondo, aveva caricato in macchina tutte le sue cose.

Non era riuscita a rivedere Riccardo: non c'era altro che potessero dirsi e guardare ancora una volta i suoi meravigliosi occhi grigi avrebbe solo peggiorato la separazione.

L'indomani il sole brillava in un cielo sgombro di nuvole, i colori erano nitidi e accecanti dopo che la pioggia aveva ripulito l'aria dall'afa e dalla polvere.

Dire addio alla tenuta era stato più difficile e doloroso di quanto avesse immaginato: non avrebbe trovato da nessun'altra parte la magia di quel luogo.

Quando era arrivata all'isola d'Elba, aveva ritrovato il figlio allegro e in ottima forma.

«Io e il babbo ci lasciamo» gli aveva rivelato durante il viaggio di ritorno in macchina. «Definitivamente.»

«Sta ancora a casa?» le aveva domandato dopo parecchi minuti di silenzio.

«No.» Francesca lo aveva sbirciato con la coda dell'occhio, ma dal viso di Matteo non trapelavano emozioni. «Mi dispiace.»

«Ci hai provato, mamma.»

Lo aveva fatto una volta di troppo, ma questo non lo avrebbe confidato al figlio. Così come non gli avrebbe detto che razza di uomo era il padre. Avevano chiuso quella porta e non c'era bisogno di dire altro.

Arrivati a casa, Francesca si era sentita sollevata: lui se n'era andato davvero. Aveva portato con sé anche un quadro e altri oggetti di valore che avevano comprato insieme nel corso degli anni. Non le importava: non voleva litigare con lui per i soldi, né per altro. L'unica cosa che desiderava era ricominciare.

Anche Gaia era rientrata a casa, dovevano definire le pratiche per il suo soggiorno in un college inglese. La figlia era cambiata: la ragazzina che aveva salutato a giugno ora era una piccola donna, che mostrava sicurezza e determinazione nel modo di muoversi, di parlare, di pensare. Aveva accolto la notizia della separazione definitiva con calma e lucidità: non essendo stata presente durante il breve periodo di riavvicinamento, aveva avuto più tempo per scendere a patti con quel cambiamento senza essere distratta dalle illusioni.

«Tu come stai, mamma?» le aveva domandato una sera mentre cucinavano insieme.

«Sto bene» aveva ammesso, sorpresa che non fosse una menzogna.

«E adesso cosa farai?»

«Non mi annoierò, stanne certa» le aveva sorriso. «Tra tuo fratello e il ristorante c'è sempre da fare.»

Gaia era rimasta in silenzio qualche minuto, mentre tagliava le verdure prima di passargliele.

«Esmeralda mi ha detto della tenuta» le aveva confessato alla fine.

«Ah, sì?»

«Dice che è un posto bellissimo» aveva continuato Gaia. «E che ti sarebbe piaciuto restare.»

«Ha detto così?» Avrebbe dovuto immaginare che Esmeralda non si sarebbe arresa. Da quando lei e i ragazzi erano rientrati a Firenze, l'amica passava spesso a trovarli e si fermava a cena con loro. Quella donna era una presenza solida e confortante, e tutti ne avevano tratto beneficio.

«Non è vero?» Gli occhi della figlia, dello stesso colore dei suoi, l'avevano scrutata sfidandola a mentirle.

«Certo che è un posto bellissimo, lo è sempre stato. Ho dei bellissimi ricordi di quando passavo le estati lì da bambina...»

«Non intendevo questo, ti chiedevo se volevi restare là.»

«Gaia» l'aveva interrotta, «anche la nostra casa è un posto meraviglioso.» Francesca le aveva messo le mani sulle braccia, regalandole un sorriso affettuoso. «Io sto bene qui. Davvero, tesoro. Non devi preoccuparti per me.»

«D'accordo, mamma. Ma se avessi voglia di tornare...»

«Ne parleremo insieme. Va bene? Tu ora devi pensare al college, e a divertirti.»

A quelle parole, il viso della figlia si era illuminato. Si erano abbracciate e, con sollievo di Francesca, quell'argomento non era stato più affrontato.

Quando, qualche tempo dopo, l'aveva accompagnata all'aeroporto e l'aveva osservata sparire oltre i cancelli dei controlli di sicurezza, non era riuscita a trattenere le lacrime. Era orgogliosa della sua piccola donna, ma non era del tutto indolore il distacco da quella parte di sé.

Era rimasta sorpresa e commossa dalla capacità di adattamento dei figli: dal loro sapere reinventarsi senza paure, dalla loro fiducia e dal loro ottimismo. Attraverso i loro occhi, era riuscita a vedere una parte di se stessa alla quale aveva sempre rifiutato di aprire le porte. Attraverso i loro sogni, anche il profilo dei suoi desideri aveva acquisito nitidezza.

Ma con loro non era stata del tutto sincera: aveva le idee molto più chiare di quanto avesse ammesso, a proposito del proprio futuro.

49

Quella mattina era arrivata presto al ristorante. Si era preparata un caffè e si era goduta il silenzio, aggirandosi tra i tavoli, in cucina, osservando con orgoglio il luogo in cui aveva lavorato negli ultimi vent'anni. Era fiera del suo locale, dei sacrifici fatti per farlo diventare quello che era e di tutto il tempo e le energie che gli aveva dedicato. Non aveva rimpianti nemmeno per aver rinunciato al suo ruolo in cucina. Ormai quel tempo si era concluso: Giulio si era finalmente trasferito a Milano e lei voleva guardare avanti.

Alcuni colpi decisi alla porta la fecero accorrere. Quando aprì, Esmeralda entrò avvolta in una nuvola di colori e profumo.

«Cos'è questa novità?» domandò, piantando le mani sui fianchi.

«Vuoi un caffè?»

«Voglio sapere perché mi hai fatta venire proprio qui» replicò.

Francesca sorrise. «Sediamoci.» Le scostò una sedia da un tavolo centrale, poi si accomodò di fronte a lei. Esmeralda incrociò le braccia davanti al petto e si apprestò ad ascoltarla. «Ci sono un po' di novità» esordì Francesca, che non riusciva a evitare che le labbra le si incurvassero in altri sorrisi.

«Bene.»

«Giulio non tornerà a Firenze» annunciò. «Ho liquidato la sua parte della società ed è volato a Milano ad aprire il suo nuovo giocattolo.»

Se fosse stata il tipo, Esmeralda avrebbe urlato di gioia. Invece si limitò a socchiudere le labbra in un ovale perfetto prima di riprendere fiato. «Ci sentiamo quasi tutti i giorni e sei riuscita a tacermelo» ammise.

«Perdonami» si scusò, «ma voglio ricominciare, e voglio farlo con le mie forze.»

«Mi pare tu sia partita con il piede giusto.» Esmeralda intuì che c'era dell'altro e si sforzò di trattenere l'entusiasmo.

«Ho parlato con Ettore» continuò Francesca «e con il resto del personale. Dobbiamo ancora definire i dettagli, ma vorrei chiederti se puoi darmi una mano con il ristorante, anche solo passare per vedere se hanno bisogno, insomma… in mia assenza…»

«Del tipo "quando il gatto non c'è, i topi ballano"? Sono sicura che mi divertirò un mondo.»

«Ecco, non sarebbe una cosa a tempo pieno…»

«Tranquilla. Stavo scherzando. Non ho intenzione di fare scappare nessuno.» Esmeralda appoggiò gli avambracci al tavolo e si sporse verso Francesca. «Accetto più che volentieri» annunciò.

Francesca sospirò sollevata e si rilassò contro lo schienale della sedia. «Ti ringrazio. Davvero. Mi togli un peso.»

«Hai fatto presto a liberarti di Giulio.»

«In realtà all'inizio non voleva vendere» confidò. «Ma ormai è ossessionato da Milano e quei soldi gli servivano.»

«Finalmente hai tirato fuori le unghie.»

«È stata una sensazione…» Si portò una mano al volto, quasi si vergognasse di come si era sentita.

«Inebriante?» suggerì Esmeralda.

«Ecco, sì… Ma c'è dell'altro.» Francesca inspirò a fondo. Poi appoggiò i palmi delle mani sul tavolo, drizzò la schiena e sollevò gli occhi in quelli dell'amica. Era spaventata, ed elettrizzata dalla portata di quello che aveva pensato. «Vorrei far rivivere la tenuta» annunciò.

Esmeralda non si scompose. «Ah. Per questo prevedi di essere assente da Firenze…» insinuò divertita.

«Volevo partire con le erbe aromatiche. Ho dei contatti con delle aziende che producono cosmetici naturali che sarebbero interessate ad acquistare erbe biologiche.» Fece un respiro profondo, poi continuò. «Mi sono informata a proposito degli ulivi. Produrre olio non è molto redditizio, se non si ha un frantoio. Ma anche con l'olio delle olive si fanno prodotti cosmetici.»

«Sembra interessante.»

«Mi piacerebbe produrre vino» confidò. «La concorrenza è tanta, e non basta più saper produrre vini di qualità.»

«Sei sempre stata una brava imprenditrice» le ricordò Esmeralda.

«Non lo so. E comunque ci vogliono soldi per partire con il piede giusto. E non ho nemmeno la cantina…»

«C'è quella di Fedo.»

«Se vorrà affittarmela.»

«Non credo sia un problema.»

«Glielo chiederò. Quando sarà il momento giusto. Adesso però ho bisogno di sapere se…» Francesca si interruppe all'improvviso. Esmeralda le voleva bene come se fosse una figlia, ma poteva non essere d'accordo su tutti quei cambiamenti che coinvolgevano anche lei.

«Se?» la incitò l'amica.

«La tenuta non è mia» mormorò. «E non potrei permettermi di acquistarla.»

«E ci credo!» esclamò Esmeralda. «Soprattutto perché io non la voglio vendere!»

Francesca impallidì. «Sì, certo. Ci avevo pensato, in effetti. Ma...» Si era illusa. Tutte le informazioni che aveva raccolto in quelle settimane, tutti i sogni che ci aveva costruito sopra stavano andando in frantumi. Aveva sbagliato, non per questo la delusione faceva meno male.

«Possiamo diventare socie» annunciò Esmeralda. «La tenuta è mia e tu ci realizzi quello che vuoi. Il ristorante è tuo e potrebbe fornirsi dalla mia tenuta, che tu farai rifiorire.» Lo stupore tolse ogni parola di bocca a Francesca, che guardava l'altra donna con gli occhi spalancati dalla sorpresa. «Cos'ho detto di così ridicolo?»

Francesca si portò le mani al volto, e sentì le guance scottare dall'emozione. «Pensi che potremmo farlo?» mormorò.

«Ma certo! Perché no? Avevi altre idee?»

«No, certo che no!» esclamò incredula.

«Io però non voglio sapere nulla di adempimenti burocratici» precisò Esmeralda.

«Naturalmente» la rassicurò. «Ci vorrà del tempo, comunque. Dovrò fare un corso per avere la qualifica di imprenditrice agricola. E poi aprire una partita Iva, registrare l'attività presso la camera di commercio, aprire una posizione Inps...»

«Basta! Basta!» la interruppe Esmeralda. «Non vorrai farmi pentire di aver acconsentito, vero?»

«Perdonami» si scusò Francesca, che non riusciva a contenere l'entusiasmo.

«Tu dimmi quando avrai bisogno delle mie firme e siamo d'accordo. Più di così non posso concederti.»

Esmeralda si alzò, imitata da Francesca. «Ti ringrazio davvero con tutto il cuore» disse quest'ultima. «Sono così spaventata... ed eccitata! Non so cosa succederà, ma sento che devo provare.»

«Andrà benissimo.» Questa volta la voce della donna era venata di affetto, e Francesca sentì gli occhi bruciare di lacrime. «Però manca una cosa.»

«Cosa?»

«Il nome della tua nuova azienda.»

Francesca sorrise e si lasciò abbracciare, mentre le lacrime avevano perso la loro battaglia contro la gravità.

50

Quell'anno la vendemmia era iniziata in anticipo, complice l'estate molto calda e asciutta, e anche la raccolta delle uve nere procedeva spedita.

Riccardo e il padre avevano assunto dei braccianti stagionali che li aiutassero nella raccolta e, per accelerare il lavoro prima dell'arrivo delle piogge che potevano rovinare i chicchi già maturi, Riccardo aveva sospeso il lavoro al maneggio. Era stata una buona estate per la sua nuova attività, ma aveva constatato che, per restare sul mercato e rientrare con le spese, doveva offrire più servizi: uscite notturne a cavallo per i più esperti, escursioni al seguito dei butteri nel loro lavoro con le mandrie allo stato brado, corsi per bambini. I clienti erano diventati sempre più esigenti, erano curiosi e disposti a spendere per esaudire i propri desideri. Durante l'inverno avrebbe ragionato su come migliorare l'attività e fino a dove poteva permettersi di investire.

Adesso era più importante portare a termine i lavori in campagna in previsione del riposo invernale. Dopo la vendemmia ci sarebbe stata l'aratura, le semine, la raccolta delle olive, le potature: fino a dicembre non avrebbero avuto molta tregua.

Quel giorno stavano vendemmiando nel vigneto della tenuta di Esmeralda. Avevano già fatto un paio di viaggi per portare i grappoli alla cantina sociale con il carro, ma ne avrebbero dovuti fare altri prima di sera. Quelle viti avevano prodotto molto quell'anno e l'uva era bella e corposa. Riccardo non poteva fare a meno di pensare a Francesca, a quando lavoravano in silenzio tra i filari sotto il sole, alla sua idea di produrre vini da quelle uve invece di portarli alla cantina, al suo ingenuo entusiasmo.

Era passato un mese dall'ultima volta in cui l'aveva vista e non c'era giorno in cui non gli tornasse in mente. Forse il tempo avrebbe attutito il dolore vivo, ma le cicatrici sarebbero rimaste. Quando Francesca era tornata per dargli una spiegazione lui aveva capito che era sincera. Ma la delusione bruciava: lei non aveva creduto a sufficienza a ciò che era nato tra loro. Non serviva ripetersi che lei non lo aveva mai detto, di essersi innamorata.

C'erano momenti in cui pensava che sarebbe impazzito: quando doveva prendere decisioni sentiva la sua voce dargli consigli, quando ammirava un tramonto rivedeva la sua espressione estasiata, quando faceva una cavalcata la sentiva accanto a sé. Anche in quel momento, impegnato nella vendemmia del vigneto dove tutto aveva avuto inizio, gli sembrò di vederla, in piedi in fondo al filare. Era evidente che la situazione gli stava sfuggendo di mano. Quando Francesca sollevò una mano per salutarlo, lui strabuzzò gli occhi. Poi si guardò attorno, preoccupato che qualcuno facesse caso a lui. Si tolse i guanti e passò una mano sul viso accaldato, poi tornò a guardare in fondo al filare. E lei era lì, le mani piantate nelle tasche e un sorriso timido sul viso.

Riccardo posò guanti e forbici nel secchio ai suoi piedi e le andò incontro.

«Ciao» lo salutò Francesca.

«Ciao» replicò cauto. «Sei venuta a controllare il lavoro?» Voleva essere una battuta leggera, ma la voce gli uscì più brusca di quanto avrebbe desiderato.

«Sono sicura che tu ne sappia più di me» mormorò Francesca, gli occhi inchiodati in quelli dell'uomo. Non si sarebbe lasciata intimidire, questo diceva il suo sguardo.

«Cosa ci fai qui?»

«Volevo parlarti» rispose. «Ma se hai da fare posso aspettare.»

«Non c'è motivo di parlare ancora» borbottò Riccardo, confuso nel trovarsela lì di fronte in carne e ossa.

«Invece sì. Ti chiedo solo un po' del tuo tempo ma, se è un brutto momento, ripeto, posso aspettare.»

«Dobbiamo finire qui, prima che la cantina chiuda» spiegò, imbarazzato dalla determinazione di lei.

«Posso aiutarti?» si offrì Francesca. Il suo sorriso, limpido e sincero, lo disorientava.

«Non hai i vestiti adatti» mormorò. «L'uva nera macchia. E comunque tra poco ci fermiamo per il pranzo.»

«Perfetto!» esclamò decisa. «Allora vado a cambiarmi e torno.»

«Non sei tenuta a farlo.»

«Lo so.»

Francesca gli sorrise, poi voltò le spalle e si allontanò a piedi lungo la strada sterrata che portava alla tenuta. Riccardo rimase immobile a guardare nella sua direzione, anche dopo che lei era scomparsa oltre la curva. L'accozzaglia di domande e dubbi che gli affollavano la testa sembravano in procinto di fargliela esplodere. Le era parsa così serena, quasi felice. Nell'ultimo mese le doveva essere accaduto qualcosa, e si scoprì geloso di non averne fatto parte. Francesca era andata avanti con la propria vita, mentre lui era rimasto affogato nello struggimento. Si sentì uno stupido e fu travolto da un'irritazione così vibrante da costringerlo a stringere i pugni per tenerla a freno.

Tornò al lavoro piantando i piedi con rabbia nel terreno duro, sotto gli occhi incuriositi dei braccianti, tentati di fare qualche battuta ma frenati dal suo sguardo tempestoso.

Quando più tardi Francesca ritornò, questa volta con l'auto che parcheggiò in uno spiazzo lontano dai filari, si presentò da sola agli uomini che vendemmiavano. Disse che stava alla tenuta e che amava la vita di campagna, e se avevano la pazienza di insegnarle avrebbe imparato in fretta. Sorrideva e la sua voce invitava alle chiacchiere, ma bastarono poche occhiate truci di Riccardo per riportare l'ordine e il silenzio nella vigna.

Francesca lavorò con impegno e determinazione, riempiva la cesta che teneva tra i piedi e la vuotava personalmente nel carro. Qualcuno si era offerto di aiutarla, ma lei aveva rifiutato e Riccardo, dentro di sé, aveva sorriso.

Quando terminarono la vendemmia, e gli uomini passarono a salutarla prima di andarsene, Riccardo decise che avrebbe fatto lui l'ultimo viaggio con il carro fino alla cantina al posto del babbo. Il desiderio di prenderla tra le braccia, baciarla, tenerla lontano dagli occhi e dalle chiacchiere della gente lo stava facendo uscire di senno.

L'aveva salutata in modo sbrigativo, assicurando che si sarebbero visti più tardi e, mentre guidava fino alla cantina, si disse che avrebbe fatto meglio ad avere un argomento maledettamente valido per giustificare quel ritorno.

51

Francesca era fuori di sé dall'agitazione. Si era fatta una lunga doccia e aveva controllato per l'ennesima volta di avere cibo sufficiente in frigo, nel caso Riccardo avesse deciso di restare a cena. Poi aveva aperto una bottiglia di vino rosso e si era seduta sulla sedia di vimini sotto il portico a guardare il tramonto. Le giornate erano sempre più brevi: mancava un mese al cambio dell'ora, ma il sole si gettava oltre l'orizzonte ogni giorno con più anticipo. Le serate erano fresche e Francesca si era avvolta un plaid attorno alle spalle.

Era stata un'impresa titanica fingere naturalezza e allegria quel pomeriggio nella vigna e Riccardo sembrava intenzionato a rendere i suoi sforzi ancora più difficili. Sperava non fosse ancora arrabbiato con lei: quando aveva deciso di partire per la Maremma era così eccitata, non vedeva l'ora di comunicargli tutte le novità. Adesso però era assillata dall'incertezza.

A mano a mano che i colori infuocati del tramonto si attenuavano, l'aria si faceva più fredda. Francesca rabbrividì, stringendo la coperta attorno al corpo e raccogliendo le gambe sotto di sé. Bevve un sorso di vino rosso, chiudendo le palpebre e sentendo il liquido scivolare attraverso il petto e fermarsi in corrispondenza dello sterno.

Quella mattina, quando era arrivata alla vigna, lo aveva individuato subito: nessuno dei braccianti era alto quanto lui, nemmeno Fedo. L'espressione sbalordita che gli si era dipinta sul viso quando si era accorto di lei l'aveva fatta sorridere. Avrebbe voluto corrergli incontro e abbracciarlo, invece si era ficcata i pugni in tasca e aveva atteso. Lui era stato distaccato e diffidente e c'era voluta una buona dose di volontà per fingere di non essersi sentita avvilita.

Iniziava a fare buio quando udì il rumore di un'auto che si avvicinava e vide i fari lampeggiare tra la vegetazione. Riccardo parcheggiò accanto alla sua Mercedes sotto le querce, scese con lentezza e si avvicinò.

«Ciao» la salutò. Francesca sorrise ma tacque, la gola stretta in una morsa. «Scusami il ritardo» continuò. «Ho avuto un contrattempo.»

«Accomodati.» Accompagnò l'invito con un gesto della mano. «Ho preso un bicchiere anche per te.»

Riccardo si versò il vino e sedette accanto a lei. Indossava un paio di jeans scuri che gli fasciavano le gambe lunghe, una maglietta chiara e un maglioncino con il collo a V. Si muoveva con naturalezza in ogni contesto, senza timore o disagio, e lei aveva sempre ammirato questa sicurezza.

Rimasero a lungo in silenzio, mentre le ombre della sera si mescolavano al buio privo di sfumature. «Allora, di che cosa volevi parlarmi?»

«Sei ancora arrabbiato con me?» gli domandò, un accenno di sorriso sul volto illuminato dalla luce tremolante delle candele che aveva acceso sotto il portico.

«Sono solo curioso» chiarì.

Francesca lo guardò e l'intensità dei suoi occhi verdi gli fece distogliere lo sguardo.

«Sono successe molte cose negli ultimi tempi» iniziò.

«Hanno cominciato ad accadere prima ancora che tornassi qui… a riprendere quello che avevo lasciato.» Si interruppe, le frasi si scomponevano nella sua mente e non riusciva a far seguire loro un percorso logico e chiaro. «Io e mio marito ci siamo lasciati» continuò. «Definitivamente. È fuori anche dal ristorante.»

Francesca lanciò un'occhiata a Riccardo, poi abbassò gli occhi sul bicchiere che stringeva tra le mani. Il viso dell'uomo era impassibile, imperscrutabile, e lei sentì la sua determinazione vacillare. Il suo progetto sarebbe andato avanti anche senza di lui. Non l'aveva pensato prevedendo la sua collaborazione. Come aveva detto a Esmeralda, voleva farcela da sola. Ma c'erano stati momenti, nell'ultimo mese, in cui aveva sognato che lui le sarebbe stato al fianco.

«Adesso il ristorante è solo mio, ma mi sono presa una pausa» continuò. «Avevo bisogno di cambiare. Di ricominciare da capo con qualcosa di diverso.» Sorseggiò il vino, sperando le desse un po' di coraggio. «Ci ho messo un po' a capirlo. Dopo aver fatto tutta la vita le stesse cose, con le stesse dinamiche, non è facile cambiare. E forse non ce l'avrei nemmeno fatta se non mi ci fossi trovata costretta…»

Adesso il viso di Riccardo esprimeva confusione e Francesca sorrise. «Giulio mi ha ingannata» confidò. «Ha fatto leva sul mio senso del dovere verso la famiglia per convincermi a tornare insieme. E invece voleva solo il mio appoggio economico, gli serviva una firma, che io gli facessi da garante.» Vuotò il bicchiere e lo appoggiò a terra accanto a lei. «Ho parlato con i ragazzi. E con Esmeralda. Sono andata a parlare con le associazioni, con il mio commercialista, ho studiato i bandi per i fondi…»

«Francesca?» la richiamò Riccardo dopo l'ennesima interruzione. Vide un sorriso aprirsi sul suo viso, mentre lei cercava di trattenerlo.

«Ti trovi nella neonata tenuta Esmeralda» annunciò sollevando lo sguardo. «Io non sono la proprietaria dei muri e del terreno, ma la gestirò io. L'azienda produrrà erbe aromatiche, olio e forse anche vino. E tutto quello che riuscirò a realizzare.» Lo stupore dipinto sul viso di Riccardo le strappò una risata. «Hai ragione, a volte penso anche io di essere impazzita.» Appoggiò la testa alla spalliera della sedia, fissando il soffitto di travi del portico. «Vorrei chiederti...» sospirò. «Ecco... vorrei chiederti se ti va di aiutarmi.»

«Perché?» fu la prima domanda che uscì dalle labbra dell'uomo.

«Be', perché tu conosci queste terre, ci sei nato, sei tornato qui per lavorarci.»

«Perché *vuoi farlo*...» precisò. «Sei così lontana dal tuo mondo. Questa è una terra romantica e affascinante per chi ci viene da turista.»

«Perché non sono mai stata felice in nessun posto che non fosse questo.»

La sua sincerità lo spiazzò. «È una vita dura, con più sconfitte che vittorie.»

«Non ho paura.»

Un lampo di divertimento attraversò gli occhi di Riccardo. «E i tuoi figli?»

«Gaia è tornata in Inghilterra. È affascinata dai racconti che io ed Esmeralda le abbiamo fatto del posto e ha detto che, non appena tornerà, verrà a trovarmi.»

«E Matteo?» Riccardo aveva bisogno di certezze. Non poteva convivere con il dubbio che, di fronte alla prima difficoltà, lei sarebbe di nuovo scomparsa.

«Quando dovrò stare qui, lui si trasferirà da Esmeralda. Così potrà continuare la scuola e gli allenamenti senza problemi. Qui comunque ci sono centri per il kitesurf, la società di canottaggio, i cavalli e i percorsi per mountain bike... Era entusiasta!»

«Sei sicura?»

«Stai cercando di farmi cambiare idea?»

«Non voglio che tu rimanga delusa» replicò serio. «Avrai bisogno di un minimo di personale, dovrai sistemare la cantina, se non costruirne una nuova, dovrai imparare tutto su terra e piante e mettere in preventivo che qui è la natura ad avere l'ultima parola.»

«Non sono una sprovveduta.»

«Non intendevo questo.»

«La parte che riguarda la produzione di vino è la più onerosa. Una cantina nuova sarebbe molto costosa, ma potrei vedere in che condizioni è quella di tuo padre, e prenderla in affitto.» Francesca tacque e sospirò. «So che è un salto nel vuoto» mormorò senza guardarlo. «Ma sento che ce la posso fare. Ci siamo date un anno per prepararci a metterla a regime. Se servirà di più stringerò i denti e aspetterò.»

«E io cosa dovrei fare?»

«Tu non *devi* fare nulla» precisò Francesca. «Però se volessi darmi una mano, sarebbe tutto più facile. Potremmo collaborare, sostenerci, confrontarci...» Sentiva il suo scetticismo vibrare nell'aria e non riuscì a proseguire. Esmeralda, Matteo e Gaia l'avevano sostenuta con entusiasmo, ma proprio Riccardo sembrava il più freddo. «Come dicevo, non sei obbligato» concluse. «Era una proposta, la mia. Pensavo che sarebbe stato bello lavorare insieme.»

«È questo che vuoi che io sia?» domandò. «Un collaboratore? Un consulente?»

Il nodo si era presentato, puntuale, al pettine. Francesca lo stava aspettando: era il suo turno per essere sincera, lo sapevano entrambi.

Si alzò dalla sedia, stringendosi il plaid addosso, e si avvicinò a lui. Lo vide irrigidirsi, mentre lei si accovacciava accanto alla sua sedia e gli prendeva una mano tra le sue. «Mi sono innamorata di te da quando abbiamo lavorato insieme nella vigna» sussurrò fissandolo. «Ho avuto paura, ho commesso degli errori e ti ho ferito.» Riccardo sedeva immobile, ipnotizzato dai suoi occhi e dalla sua voce.

«Ho due figli, che verranno sempre prima di qualsiasi altra cosa» continuò. «Per questo non posso ancora farti promesse. Ma vorrei provarci, se sei d'accordo.» Sorrise, mentre le guance prendevano colore e il silenzio dell'uomo la metteva un po' a disagio. «Non c'è stato giorno in cui io non abbia pensato a te» sospirò. «Sto cercando un posto in cui stare bene, e una persona che voglia condividerlo con me.»

Riccardo si riscosse: si alzò in piedi e la aiutò a sollevarsi, poi le cinse la vita con le mani. «Farei qualsiasi cosa per farti stare bene» sussurrò avvicinando il viso al suo.

«Mi sembra un buon inizio.»

«Non potrebbe essere migliore.» Riccardo appoggiò le labbra alle sue, annusando il suo profumo e stringendola a sé. Francesca gli passò le braccia attorno al collo e rispose al bacio con entusiasmo, spazzando via tutti i dubbi e le paure.

52

L'aria che entrava dalla portafinestra spalancata sapeva d'estate. Era un mese di giugno insolito: a maggio la neve aveva spolverato le cime del monte Amiata, fatto decisamente insolito per quelle zone. Ma adesso l'estate sembrava essersi ricordata che era il suo momento, e si intrufolava nelle case mescolandosi all'aria fresca del mattino.

Francesca sprimacciava i cuscini del letto della stanza al pianoterra che dava verso il mare. Non smetteva di stupirsi del fatto che, sebbene non lo si vedesse, la sua presenza a breve distanza fosse così palpabile.

Finì di rifare il letto, sistemò qualche oggetto fuori posto e passò l'aspirapolvere. Poi chiuse la finestra e, quando si voltò per uscire, incrociò la sua immagine riflessa nello specchio incastonato nell'anta dell'armadio. Inclinò il capo e sorrise. Quella donna abbronzata, con i capelli che si appoggiavano morbidi sulle spalle, il fisico asciutto e gli occhi del colore delle foglie d'ulivo non era più una sconosciuta. Averla trovata e accettata era stato il suo più grande successo, e ora la guardava orgogliosa.

«Quante volte devo dirti che non mi devi riordinare la stanza?» Esmeralda era apparsa sulla porta, le mani piantante sui fianchi e un ampio abito giallo che illuminava l'ambiente.

«Non mi costa nulla.» Francesca afferrò l'aspirapolvere e le passò a fianco regalandole un sorriso. «Vieni che prendiamo un caffè» le disse prima di avviarsi verso la cucina.

Era trascorso quasi un anno da quando le due donne erano diventate socie, ed era la prima volta che Esmeralda metteva piede nella tenuta. Quando l'anziana donna aveva annunciato a Francesca il suo desiderio di andare a trovarla, quest'ultima si era fatta cogliere dal panico. Non temeva critiche sul suo operato: Esmeralda era aggiornata quotidianamente su quanto avveniva nella tenuta. Era però preoccupata su come potesse reagire: erano passati tredici anni dalla morte del marito ma ancora, quando parlava di lui, il tempo sembrava essersi fermato.

«A volte, quando ti guardo, stento a riconoscerti» commentò Esmeralda seduta al vecchio tavolo della cucina. Osservava la sua pupilla muoversi leggera per la stanza, preparare il caffè, aggiustare il mazzo di lavanda in mezzo al tavolo, scegliere con attenzione il colore delle tazzine spaiate e portarle in tavola insieme alla zuccheriera.

«Eppure sono sempre io.»

«Certo» confermò la donna. «Il bruco che si è trasformato in farfalla.»

Francesca sorrise, senza rispondere. Le versò il caffè, poi si sedette di fronte a lei. «Sono così felice che tu sia qui» le confidò.

Esmeralda concentrò la sua attenzione sul caffè, sorbendolo piano, con gli occhi bassi. Quell'argomento continuava a essere l'unico che la privava della risposta pronta.

«Ho visto i ragazzi andarsene in bici» disse.

«Sì. Vanno alle scuderie prima che arrivino clienti. Così possono aiutare Riccardo ad accudire i cavalli, e magari cavalcare un po'.»

L'espressione distesa, serena, dipinta sul volto di Francesca commosse Esmeralda. Dopo anni di tentativi per tirare fuori quella ragazza dalla gabbia in cui si era rinchiusa, aveva quasi perso la speranza di riuscire a farla rinsavire. E adesso erano lì. Nel luogo dove non credeva che sarebbe più riuscita a mettere piede.

«Quanto restano?» domandò, prima che la commozione la travolgesse.

«Sai che non lo so?» Francesca si passò una mano tra i capelli, poi la lasciò scivolare verso le punte, che arrotolò tra le dita. «All'inizio avevano detto una decina di giorni. Poi si sono appassionati ai cavalli. E Matteo ha conosciuto dei ragazzi giù a Talamone, al centro di surf… non li vedo mai.»

«È una bella cosa» constatò Esmeralda.

«Bellissima. Ci sono giorni in cui mi sembra tutto un sogno.»

«Tu continua a sognare, ragazza, che a svegliarsi c'è sempre tempo.»

Francesca sorrise, poi si alzò e portò le tazzine nel lavello. C'erano momenti in cui il panico l'assaliva, e le toglieva il respiro. Era tutto così perfetto che nemmeno le difficoltà che incontrava per l'avvio dell'attività le pesavano. Ma, proprio per questo, temeva di alzarsi una mattina e scoprire che non c'era nulla di reale.

«Come vanno i lavori alla cantina?» Esmeralda la riportò al presente.

«Procedono. In realtà quelli di ammodernamento sarebbero finiti. Aspettiamo l'ispezione dell'azienda sanitaria e dei vigili del fuoco. Se tutto va bene, a settembre partiremo con la prima vendemmia.»

«Chi l'avrebbe mai detto un anno fa che saresti diventata un'imprenditrice agricola?»

«Di certo non io!» Francesca arrossì. Ma era orgogliosa del lavoro fatto fino a quel momento, e delle vecchie insicurezze era rimasta appena l'ombra. «Comunque siamo solo all'inizio. Le erbe aromatiche mi stanno impegnando moltissimo, e ho lasciato Fedo e Riccardo a occuparsi delle vigne. Forse...»

«Forse?» Esmeralda la fissò, severa.

«Non so. Forse ho voluto partire troppo in grande...»

«Sciocchezze. Giardino, vigneti e cantina c'erano. E ti sei consultata con tutti gli esperti possibili. Hai la passione, e lo spirito imprenditoriale. Ora devi avere un po' di pazienza.»

«Lo so.» Francesca iniziò a preparare una delle sue bevande dissetanti con alcune foglie di mentuccia e della radice di zenzero, poi ripose la caraffa in frigorifero. «Cosa vuoi fare oggi?»

«Non starti tra i piedi» annunciò Esmeralda alzandosi a sua volta. «Se non la smetti di farmi da balia torno in città.»

Francesca scoppiò a ridere. «Non faccio niente del genere!» si difese.

Esmeralda lasciò la cucina, attraversò il salottino e uscì sotto il portico. Uno dei gatti che si erano autoinvitati alla tenuta da quando era di nuovo abitata stava acciambellato sul davanzale della finestra, ed Esmeralda si avvicinò per accarezzarlo. «Pensavo che Riccardo vivesse qui con te.»

Francesca non si meravigliò della domanda. Al contrario, si era chiesta quanto tempo ci avrebbe impiegato l'amica a porgliela. «Stiamo facendo le cose con calma» ammise.

«Calma?» sbottò Esmeralda. «Ma se è passato un anno!»

«Non è proprio un anno» precisò.

«Non fare la pignola.»

Francesca si avvicinò a un grande vaso di terracotta dove aveva piantato dei gerani rossi. Li pulì dai fiori appassiti, tastò il terriccio e tolse qualche fogliolina gialla. «Va tutto bene» confidò dopo qualche attimo di silenzio. Esmeralda non l'avrebbe lasciata in pace, e lei d'altra parte non aveva nulla da nascondere. Si girò verso l'amica e la guardò, gli occhi che brillavano come smeraldi. «Non abbiamo fretta. Vogliamo solo goderci questo tempo.»

Esmeralda la osservò con attenzione, poi si avvicinò e le posò le mani sulle braccia. «Lo ami?»

A quella domanda, le guance di Francesca presero fuoco, mentre le labbra tremavano nello sforzo di trattenere un sorriso. «Lui è la parte più incredibile di questo sogno» mormorò.

Esmeralda l'abbracciò e Francesca sentì le lacrime pungerle gli occhi. «Non è un sogno» le sussurrò tra i capelli. «È la vita che ti meriti.»

Il rumore di zoccoli di cavalli al trotto che si avvicinavano alla tenuta le fece separare. Quando Riccardo, Gaia e Matteo fecero irruzione nel prato davanti al portico, Esmeralda andò loro incontro, mentre Francesca asciugava frenetica il viso bagnato di lacrime. Poi inspirò a fondo, si asciugò i palmi sui pantaloncini di cotone e tentò di ridimensionare il sorriso ebete che le si era stampato in viso.

Esmeralda aveva ragione: era la sua vita, che aveva progettato a suo piacere e misura. E alla quale non avrebbe rinunciato per nulla al mondo.

Ringraziamenti

Il momento in cui si scrive la parola "fine" in una nuova storia è sempre straniante. L'entusiasmo, le fatiche, gli ostacoli; e poi le riletture, l'editing, la correzione di bozze. Ci si sente come al termine di una difficile maratona: stanchi, appagati, ma ancora carichi di adrenalina. E con un inspiegabile desiderio di esprimere gratitudine.

Anche questa volta sono tante le persone che desidero ringraziare, e mi rammarico già perché so che non riuscirò a citarle tutte.

Maria Paola, Anita, Francesca e Marina, il cui entusiasmo è sempre stato in grado di placare le mie ansie e paure.

Veronica, Eugenio, Valentina, Barbara, Giancarlo, Roberta e Simona, per la loro amicizia sincera e incrollabile.

Mario, Bianca, Paola, Leonardo, Anna e Ida, che hanno illuminato il mio cammino con la loro presenza, le loro parole e i loro abbracci.

Un ringraziamento speciale va alle libraie e librai che hanno creduto in me: Laura, Antonella, Francesca, Carlotta, Laura, Michela, Giorgio, Paola, Giulia e Piera. Ma soprattutto alle lettrici e ai lettori che hanno speso il loro tempo per leggere le mie storie, per esprimermi le loro critiche e i loro apprezzamenti. Ho imparato da ciascuno di loro.

Chi mi segue lo sa: io amo l'Italia, che è sempre protagonista dei miei romanzi. *Esprimi un desiderio* è ambientato nella Maremma Toscana, una terra che mi ha regalato tante emozioni indimenticabili. E la cui atmosfera ha lenito spesso le ferite. E asciugato lacrime. E regalato sorrisi.

In ultimo, e per la prima volta, desidero riservare anche a me una pacca sulla spalla: per la cocciutaggine, la voglia di sognare, di essere me stessa e vivere intensamente.

E ancora grazie ad Ale, sempre e comunque.

Finito di stampare nel mese di ottobre 2020 presso
Grafica Veneta, via Malcanton 2, Trebaseleghe (Padova)

Printed in Italy